傷物語

KIZUMONOGATARI

瀆葬版

TOKUSOUBAN

西尾維新

講談社

傷物語

キズモノガタリ

作画／守岡英行

装丁／Veia

第零話　こよみヴァンプ

001

キスショット・アセロラオリオン・ハートアンダーブレードのことを、そろそろ語らなくてはならない頃《ころ》だと思う。僕にはきっと、その義務がある。高校二年生から高校三年生の狭間《はざま》である春休み——僕は彼女に出会った。それは衝撃的な出会いであったし、また壊滅的な出会いでもあった。いずれにしても、僕は運が悪かったのだと思う——勿論《もちろん》、僕がその不運をたまたま避《さ》けられなかったのと同じような意味で、その不運をたまたま避けられていたとしても——僕ではないほかの誰かが同じ目に遭《あ》っていたかと言えば、多分、そんなことはないのだろう。運が悪かったなどというのはあるいは非常に無責任な物言いであり、僕が悪かったと、素直にそう言うべきなのかもしれない。結局あれは、僕が僕であったがゆえに起きた、そういう一連の事件だったのだと思う。

一連の事件。

迂闊《うかつ》なことに大した思い入れもなく、そう表現してしまったものの——仮にそんな風に『一連の事件』と言ったとき、どこからどこまでの事象が含まれるべきなのか、実のところ僕にはよくわからない。一体どこから事件は始まっていて、そしてどこでどういう経緯を辿《たど》り、そしてどのように終わったのか——その正確なところは、僕には断言できない。ひょっとすると、それは今をもって終わっていないのかもしれないし、あるいはまだ始まってさえいないのかもしれないと——ただの外連味《けれんみ》や言葉遊びで言うのではなく、僕は真剣にそう思うのだ。

結局、僕は僕の視点からでしか事件を観測することはできないし、だから僕以外の人間にとって、あの一連の事件が本当はどのような意味を持っていたのか——そして、どのような意味を持っていなかったのか、それを知ることは永久にできない。『彼ら』に話を聞くことができれば、ある程度の事情を把握《はあく》することはできるのかもしれないが——それだって、それが本当のことなのかどうか、わかるはずがないのだった。

あるのは真実ではなく認識なのだ。

そしてそれで十分なのかもしれない。

しかし、そもそも（それだけは間違いなく断定できる）、ことの中心であった彼女——キスショット・アセロラオリオン・ハートアンダーブレードは、そういう存在なのだ。

観測者にとってのみ意味を持つ。

観測者によって意味が違う。

観測者同士にとっての意味が一致しない。

それが——吸血鬼である。

とは言え、吸血鬼という存在についての詳《くわ》しい説明は、多分不要だろう。漫画であれ映画であれゲームであれ、それはもう散々に掘り尽くされた鉱脈だ。この国で生まれた文化でこそないものの——大半の日本人にとってはとても馴染《なじ》み深い存在だろう。一周半して、今はちょっと古い概念と言ったところか。

しかし、春休み。

僕はその、一周半して古い概念であるところの吸血鬼に襲われた。

間が抜けていると言える。

実際、間抜けだったと思う。

そしてその、他の誰でもない、僕自身の間抜けさのせいで——僕は二週間の地獄を体験することになった。

春休みを端《はし》から端まで、目一杯《めいっぱい》使った——地獄だった。

地獄のような冗談で、冗談のような地獄だった。

一連の事件がどこから始まり、どこでどういう経緯を辿り、そしてどのように終わったのか——先にも言ったように、それは僕にとっては永遠の謎、決して解けないパラドックスのようなものだけれど、たったひとつのあの地獄がいつから始まりいつ終わったのかは、僕にとってははっきりしている。

三月二十六日から四月七日まで。

春休み——である。

キスショット・アセロラオリオン・ハートアンダーブレード——後に僕は、彼女のような存在を怪《かい》異《い》と呼ぶのだと知ることになる。

怪異。

化物。

人外者。

ならばやはり、僕があのとき、あの場所で、そういう風に彼女を観測してしまったことが——僕が地獄を経験した、最大の要因なのだと思う。

観測者としての僕は、はなはだ不適合で。

そしてやっぱり、間抜けだった。

彼女のことを話そうと思えば、それは必然的に自分の間抜けさをあますところなく晒《さら》さなければならないのだけれど——ともすればその行為は自虐的に見えるかもしれないけれど、それでも僕は、やっぱりあの吸血鬼のことを、語らなければならないのだろう。

彼女から受けた傷の物語を。

僕が彼女を傷つけた物語を。

語らなければならないのだろう。

語る義務があるのだろう。

それが僕の責任だ。

……前置きが随分《ずいぶん》と長くなったように思うが、これについては勘弁《かんべん》を願いたいところである——責任だ何だと偉そうに言ったところで、所詮《しょせん》それは間抜けな道化《どうけ》の責任だ。どこで挫《くじ》けるのかわかったものではない——弱気なことを言ってしまえば、正直なところ、僕にはまるで、この物語を話し終える自信がない。だから僕はこんな風にうだうだと、もっともらしい前振りを並べているのだ。

それもさすがに限界で、それにいざ語り始めてしまえばその後はもう石が坂道を転がるがごとしで、途中で止めるほうが難しいだろうけれど、しかし念のため、万が一、僕の覚悟が足りなかったときのために、この物語の結末をあらかじめ、最初に宣言しておこうと思う。

吸血鬼にまつわるこの物語はバッドエンドだ。

みんなが不幸になることで終わりを迎える。

それだって地獄の終わりというだけであって、一連の事件はやっぱりまだ終わっていないのかもしれないし、いずれにしたところで、僕の彼女に対する責任は、一生かかっても終わることがないのだけれど。

002

友達を作ると、人間強度が下がるから。

確か、そんなことを言ったように思う。

いつのことかと思い出せば、それは春休みの直前である三月二十五日の土曜日、終業式の日の午後のことだった——そのとき僕は、通っている私立直江津《なおえつ》高校の付近を、漫然《まんぜん》とそぞろ歩いていた。

部活動に一切《いっさい》所属していない僕のことである。

本当に何の用もなく、漫然とそぞろ歩いていたのだ。

明日から春休みということで浮かれていたのかというと、決してそういうわけではなかった。

春休みに限らず、夏休みだったり冬休みだったり、あるいはゴールデンウィークだったり、そういうまとまった休日というのは、基本的に学生にとって嬉《うれ》しいもののはずで、僕だってやはり基本的には三学期が終わって生活が春休みに突入したことは嬉しいのだけれど、しかし同時に、長期休暇《きゅうか》というのは僕にとって暇《ひま》を持て余してしまう期間であることも事実なのだった。

特に春休みは宿題もないから。

何となく家に居づらい。

そんなわけで——終業式が終わり、教室で通知表を受け取って、ではまた新学期にとクラスが解散になったところで、一直線に家に帰ることにためらいを憶《おぼ》え、かといって他に行くところもなく、学校付近を不審者よろしくうろうろしているというわけである。

特に目的はない。

暇潰《つぶ》しというよりは時間潰しだ。

事実、僕は自転車通学なのだが、自転車はまだ校内の自転車置き場に停めたままだ——これはまだ帰るつもりはないという意思の表れでもあった。

散歩と言えば散歩だが。

勿論、僕は健康志向の人間ではない。

時間潰しなら学校の中で潰せばよさそうなものだったが、しかし家に居づらいのと同じで、校内も校内で居づらいものがあるのだった——終業式の午後とは言え、部活動をやっている人間の数は多い。

頑張《がんば》っている人間は、苦手だ。

まあ、うちの学校はそこまで部活動に熱心なほうではないけれど。例外は去年何かの間違いで入学してきた怪物みたいな大型ルーキーが入部したという女子バスケットボール部くらいのもので、あとは大体、運動部であっても『参加することに意義がある』といった感じなのだ。

そんなわけで、というほどのわけもないのだが、何となく学校の周囲をぐるぐると旋回するように歩いた後、僕はしかし、さすがにそろそろ校内に自転車を取りに戻って、家に帰るべきかと考え始めていたのだが——お腹《なか》もすいたし——そこで僕は、意外な人物を見かけたのだった。

春休みなので、自分の所属する学年を二年生と言うべきなのか三年生と言うべきなのか、正直なところ微妙なのだけれど、とにかく、同じ学年の有名人——羽川翼《はねかわつばさ》が、僕の正面から、歩いてきていたのである。

両手を頭の後ろに回して、一瞬、何をしているのかと思ったが、どうやら三つ編みの位置を調整しているらしい。長めの髪を、彼女は後ろで一本の三つ編みにまとめているのだ。三つ編み自体が最近は珍《めずら》しいのだが、その上で彼女は前髪を一直線に揃《そろ》えている。

制服姿。

全く改造していない、膝下《ひざした》十センチのスカート。

黒いスカーフ。

ブラウスの上に、校則指定のスクールセーター。

同じく校則指定の白い靴下《くつした》にスクールシューズ。

いかにも優等生といった風情《ふぜい》だ。

そして実際、彼女は優等生である。

優等生の中の優等生で、委員長の中の委員長。

一年生のときも二年生のときも、僕は彼女とクラスが違うし、だから向こうは僕のことなど知りもしないだろうけれど、しかし僕のほうは、彼女の委員長ぶりというものを伝え聞いていた。

噂話《うわさばなし》に疎《うと》い僕が伝え聞いていたというのだから、話半分だとしても、よっぽどの委員長ぶりだったのだろう。

きっと三年生になっても委員長をするに違いない。

そして成績優秀。

おかしな表現ではあるが、異常なほどに頭がいいらしい。五教科六科目で六百点満点を取るなんて朝飯前。そりゃ、全員でテストを受ければ、誰かが一位になるのは誰かがビリになるくらいの当然至極《しごく》のことなのだけれど、しかし羽川翼は、二年間、常にトップの成績を維持しているのだという。

直江津高校という私立の進学校に入学したまではいいものの、あっという間に落ちこぼれていっという間に落ちぶれてしまった僕などとは雲泥《うんでい》の差と言うか、ある意味対極的な存在である。

ふうむ。

と、僕は一瞬、彼女に気を取られてしまう。

やはりクラスが違うので、知ってはいても、見かけることはほとんどないのだが——そんな彼女を、終業式が終わった今、こうして偶然見かけたということに対して、ちょっとばかり驚いたのだ。

まあ。

偶然であり、たまたまだ。

どうやら彼女は校門から出てきたところらしいが、よくよく考えてみれば僕がずっと学校のそばをうろうろしていたのだから、見かけて不思議というほどでもないだろう。

羽川のほうは、当然、僕に気付きもしない。

三つ編みの位置の修正に夢中になっていて、僕のことなど視界に入っていないっぽい——まあたとえ入っていたとしても、僕と羽川は、会釈《えしゃく》をするような仲でさえないのだ。

はっはっは。

むしろ羽川みたいな優等生タイプは、僕みたいなちゃらんぽらんに生きている人間が、きっと大嫌いだろうからな。

真面目《まじめ》な彼女に、不真面目な僕。

知られていないほうがいいのだ。

このまますれ違うとしよう。

だからといって逃げる必要もないしな。

僕のほうも、まるで彼女に気付いていないかのような素振《そぶ》りで、ペースを乱さずに、歩き続けた——あと、お互いに五歩ほど歩けば無事にすれ違うという位置関係になった、そのときである。

僕は。

その瞬間のことを、多分、一生忘れないだろう。

何の前触れもなく——一陣《いちじん》の風が吹いたのだ。

「あ」

と。

僕は思わず、声を漏《も》らしてしまった。

羽川のやや長めの、膝下十センチのプリーツスカートの前面が、思い切りめくれあがってしまったのだ。

普通ならば、彼女はすぐに、反射神経でそれを押さえ込んだはずだったろう——しかしタイミングの悪いことに、そのとき彼女の両手は頭の後ろに回され、三つ編みの位置を直すという複雑な作業をしている最中《さなか》である。僕の立ち位置から見れば、まるで後頭部で手を組んで、あたかも軽く気取ったポーズを取っているかのようにも見えてしまう、そんな姿勢になっていた。

そんな状態でスカートがめくれたのだ。

中身は丸見えとなった。

決して派手ではない——しかし、惹《ひ》きつけられた眼をそこから逸《そ》らすことを決して許さないような、上品な下着だった。

清楚《せいそ》な純白色である。

際《きわ》どい形をしているというわけでもない、布面積の数値はむしろ大きいほうだろう。幅も広く、生《き》地《じ》も厚いそれである——断じて扇情《せんじょうてき》的ではないし、そういう意味では色気に欠けていると言っていいのかもしれない。

しかしそのあまりの白さに僕は眩《まぶ》しささえ憶えた。

そして決して地味ではない。

センターの部分には、白地に白い糸で、複雑な模様の刺繍《ししゅう》が施《ほどこ》されていた——恐らく花をあしらっているのだろう。左右対称のその模様は、下着全体のバランスを絶妙に彩《いろど》っている。そして刺繍の中央上部に、小さなリボンが飾られていた。

そのリボンで全体の印象が更《さら》に引き締まる。

更にその小さなリボンのすぐ上には、彼女の下腹と、可愛《かわい》らしいおへそが見えていた。そんな部位までがあられもなくあらわになるほどに、スカートは大胆にめくれあがってしまっていたのだ。スカートにインされていたブラウスの裾《すそ》までが、しっかりと観察できたほどである。ブラウスの裾がかように扇情的に見えることがあろうとは、僕はこれまで思いもしなかった。

また、スカートの裏地というのが、僕にとっては新鮮だった。よく見かけておきながら不可侵《ふかしん》のように未知の存在であった、スカートという衣類の構造を、僕は初めて、理解したように思う。

何より、めくれあがったのがスカートの前面のみというのが素晴らしかった。

純白色の下着、それにその下着と競《きそ》うかのような色の白さを誇る、それなりにむっちりとした彼女の太ももは、紺《こん》色のスカートが背景となることにより、コントラストが強調されて、しっかりと際立つ。一般女子に比べて長めのスカートは、こうなってしまえば優美な芸術品を際立たせるための暗幕のようですらあった。プリーツスカートのひださえも、まるでビロードみたいだった。

やはり、後頭部で手を組むというそのポーズもあいまって、まるで僕に自慢《じまん》の下着を見せつけているかのような――結果として、彼女はそんな有様《ありさま》になった。

彼女。

羽川翼は、結局、身じろぎひとつしなかった。

あっけにとられてしまったのだろう。

そのポーズのまま、スカートがめくれあがるに任《まか》せ、表情までも固まったままだった。

実際は一秒にも満たない時間だったと思う。

しかし、僕にとっては一時間にも匹敵《ひってき》した――いや、このまま僕の人生は終わりを迎えてしまうのかもしれないという錯覚さえ、僕は憶えた。決して大袈裟《おおげさ》でなく、僕は一瞬の間に、一生を経験したのである。

眼球の表面が乾いてしまうほど。

僕は彼女の下半身に、眼を奪われた。

いや、勿論わかっている――こういう場合は、そっと眼を逸らすのが女子に対するマナーだということくらい、勿論わかっている。

普段なら僕だってそうしただろう。

僕は階段を昇るとき、もしも前に女子がいたなら、自分の足元だけを見るように心がけているくらいだ。

しかし、まったく心の準備のないところに突然舞い降りたこのような幸福に対して、咄嗟《とっさ》にそのように振る舞えるほど、僕は男性として完成されてはいなかった。

網膜《もうまく》に羽川のその姿が焼きつくようだった。

多分、今僕が死んで、そのあと眼球が誰かに移植されたら、その誰かは残りの一生、羽川の下着の幻覚に襲われることになるだろう。

それほどに衝撃的だった。

優等生の下着というのは。

「……………」

いや。

どれだけ優等生のパンツを描写するのだ。

さすがに僕は我に返ったが、そのときにはもう、羽川のスカートは元の位置へと戻っていた。

やはり一瞬のことだったのだ。

そして羽川は。

あっけにとられた表情のままで——僕のほうを見ていた。

凝視《ぎょうし》していた。

「……えっと」

うわあ。

対応に困る。

こういうとき、どうすればいいんだろう。

「み……見てないよ?」

明らかな嘘《うそ》をついてみた。

しかし、羽川は、僕のその明らかな嘘には反応せずにじっと僕を凝視したまま、どうやら三つ編みの調整は終わったらしく、両手を下ろして、今更のように、スカートの前面をぱたぱたとはたいた。

本当に今更だが。

そして、一瞬だけ僕から目を逸らして天を仰《あお》ぐようにし、それから改めて僕を見て、

「えっへへ」

と。

はにかんだ。

……おお。

ここで笑うのか。

器《うつわ》のでかい女だ——さすが委員長の中の委員長。

「なんて言うか、さあ」

とん、とん、とん、と。

両足を揃えたまま、膝のクッションで跳ねるようにして、羽川は僕の方へと寄ってきた。

十歩あった互いの距離を、三歩の距離まで詰めてくる。

ちょっと近いくらいの距離だ。

「見られたくないものを隠すにしては、スカートって、どう考えてもセキュリティ低いよね。やっぱり、スパッツっていうファイアウォールが必要なのかな?」

「さ、さあ……」

そんな比喩《ひゆ》で話されても困る。

じゃあ、僕はウイルスかよ。

彼女にとって幸いなことに——なのかどうかはよくわからないけれど、直江津高校の生徒も含めて、周囲に人はいない。

僕と羽川だけだ。

つまり彼女のパンツを見たのは僕だけなのだ。

その事実にちょっとした優越感さえ憶えるが、しかし、そんなことはともかく。

「ちょっと前にマーフィーの法則ってはやったけどさ。そこに付け加えるべきかもね。後ろに手を回しているときに限って、前向きにスカートがまくれちゃう、とか——後ろは普通に警戒するんだけれど、前って意外と盲点だったり」

「ああ……そうかもね」

知らない。

と言うか、気まずい。

羽川にそんなつもりがあるのかどうかはともかく、遠回しに責められている気分だ——とは言え、あれだけじっくりと見ておいて今更説得力に欠けるかもしれないが、女子にとって『見られたくないもの』を、わざとではないとは言え目撃してしまったという事実に、僕が罪悪感を憶えているのも確かなのである。

しかも、こいつは、こんなにこやかに……。

話を拡げようとするな。

「ま、まあ気にするなよ。見てないというのは嘘だけれど、影になってよくは見えなかったし」

これも嘘だが。

やばいくらいよく見えた。

「ふ、う、うん？」

羽川は首を傾げる。

「はっきり見えたんならそう言ってくれたほうが、いっそ女子的には気が楽なんだけれど」

「い、いや、そう言ってあげたいのは山々だけれど、しかし事実は偽れないからな」

「そうなんだ。偽れないんだ」

「ああ、気を楽にしてやれなくて残念だ。いっそ僕に嘘がつけたらと思うよ」

さっきから嘘しかついてない男の台詞である。

「およそ四ページに亘《わた》って、私のスカートの中身が細部に至るまで丁寧に描写されたように感じるのは、錯覚かな？」

「錯覚錯覚、超錯覚。さっきまで僕は、情緒豊かな美しい風景を描写していたところだよ」

これは微妙に嘘ではなかった。

「じゃ。僕はこれで」

そして、軽く手をあげ、これ以上会話を続ける意思がないことを羽川に示し、僕は前へと足を踏み出した。

ずんずん歩く。

ああ、なんだかなあ。

羽川はこれから家に帰るのだろうけれど、その帰り道、僕にパンツを見られたとか、メールやら何やらで、そんなことを友達に言い触らしたりするのかなあ。優等生はそんなことをしないとも思うし、優等生だからこそするんじゃないかとも思ってしまう。いや、羽川は僕の名前なんか知らないだろうけれど……さすがに同学年であることくらいは知ってるよなあ。

やや自意識過剰気味とも言える、そんなことを考えながら、少し歩くペースを落としていると、

「ちょっと待ってよー」

と、後ろから声がかかってきた。

羽川である。

何と、追ってきやがった。

「やっと追いついた。歩くの速いんだね」

「……帰るんじゃないのかよ」

「んん？　そりゃ最終的には帰るけれど。阿良々木《あららぎ》くんこそ、どうして学校に戻ろうとしているの？」

「…………」

名前を押さえられていた。

えええ？

名札なんかつけてないぞ？

「……えっと、まあ、自転車を取りに戻ろうと」

「あっはー。自転車通学なんだ」

「まあ、そうなんだ……家が中途半端《はんぱ》な距離にあってな――」

いや、そういうことじゃなく。

僕が自転車通学だということは、どうやら知らなかったようだけれど。

「……何で僕の名前、知ってるの？」

「えー？　そりゃ知ってるよ。同じ学校じゃない」

羽川は当たり前のようにそう言った。

同じ学校って……。

同じクラスじゃない、みたいなノリでそんなことを言うか。

「まあ、阿良々木くんは、私のことなんか知らないかもしれないけれど、阿良々木くんってそれなりに有名人だし」

「はあ？」

思わず、そう訊《き》き返してしまった。

有名人はお前のほうだろう。

まして僕など、私立直江津高校においては路傍《ろぼう》の石のような存在である――クラスメイトだって、僕のフルネームを言えるかどうかは怪《あや》しいものだ。

「ん？　どうしたの？　阿良々木くん」

「………………」

「こざと偏《へん》に可能の可、良い子の良いを二つ重ねて、樹木の木と書いて、阿良々木くん。下の名前は年月の暦《こよみ》で暦、だよね。だから阿良々木暦くん」

「…………」

フルネームも漢字も、完璧に押さえられていた。

マジかよ……。

名前と顔が一致しているってことは、もしもこいつがデスノート持ってたら、僕、殺されてるじゃん……。

いや、それは僕の側も同じだけれど。

「お前は——羽川、だ」

仕返しというわけでも、意地を張ったというわけでもないが、しかし僕はあえて彼女の言葉には頷《うなず》かず、そう言い返した。

「羽川翼、だ」

「わお」

羽川は、露骨《ろこつ》に驚いたみたいな表情を見せる。

「すごい。私なんかの名前、知ってるなんて」

「二年生一学期の期末テストで、保健体育及び芸術科目まで含めた全教科で、穴埋め問題一問しか間違わなかった、羽川翼」

「え？　ちょっと……やだもう、なんでそんなことまで知ってるの？」

更に驚く羽川。

どうやら演技ではないらしい。

「あれ……？　ひょっとして阿良々木くんて、私のストーカーだったりする？　あっはー、それはいくらなんでも被害妄想《もうそう》強過ぎかな？」

「……別に」

どうもこいつ——有名人の自覚がないようだ。

自分のことを『普通』だと思い込んでいる。

ちょっと真面目なだけが取《と》り柄《え》の普通の女の子、か？

その上で、僕なんかのことを有名人扱いしてくるのだから、性質《たち》が悪い——まあ僕も、落ちこぼれとしては、それなりに認識されているということなのだろうけれど。

しかしだからといって、それを指摘《してき》しても意味なんかないか……。

僕は適当に答えておくことにした。

「宇宙人の友達に聞いたんだよ」

「え？　阿良々木くん、友達いるの？」

「宇宙人がいるかどうかを先に訊け！」

ほぼ初対面の相手に突っ込みを入れてしまった。

しかし、悪気はないにしたって酷《ひど》い物言いである。

「いや、その」

さすがにそれを自覚したらしく、羽川はばつが悪そうな感じに言う。

「阿良々木くんって、いつも一人で、孤高《ここう》に暮らしているみたいなイメージがあったから」

「どこの格好《かっこう》いい奴だよ、それ」

一応僕のことを知っちゃあいるようだが。

やっぱり、よくは知らないようだ。

「まあ、友達がいないのはお前の言う通りだ。そんな友達がいない奴にも知られているほど、お前は有名人だってことだよ」

「ちょっと、やめてよ」

羽川はここで、少し嫌そうにした。

スカートの中身をあれだけ大胆に晒した直後も、照れ笑いひとつで済ませた女が、である。

「そういう冗談は、あまり好きじゃないの。からかわないでちょうだい」

「……あっそ」

反論すると議論になりそうだったので、僕はそう頷いておいた。

やれやれ。

校門を前にした横断歩道が赤信号だったので、僕はそこで足を止めた——羽川もその横に並ぶ。

…………。

こいつ、なんでついて来るんだ？

学校に忘れ物でもしたのか？

「ねえ、阿良々木くん」

考えていると。

羽川のほうから、そんなことを言い出した。

「阿良々木くんは、吸血鬼って信じる？」

「………………」

何を言い出すんだこいつは、と思う。

そして次の瞬間に、思い至《いた》る。

ああ、やっぱりこいつ、平然を装ってはいるものの、僕にパンツを見られたのが恥ずかしかったのだろう。

当たり前のことだが。

僕は決して有名人ではないが、羽川が僕のことを知っていたのは確かだ——そして、どうも僕の交友関係（友達がいないこと）まで把握している。

多分、あまりいい噂でない噂を聞いているのだろう。

ならば優等生として、僕に下着をまじまじと観察……いや、偶然見られてしまったことを、ちょっとした失態ととらえていてもおかしくはない。

だから、そのフォローをするために、こうして僕を追ってきたのだろう。

パンツを見られてすぐ別れるのではなく、こうして追ってきて、話を続けることで、記憶の上書きを目論《もくろ》んでいるに違いない。

ふっ。

甘いな、優等生。

吸血鬼とか、奇抜《きばつ》な話題を振ってきたところで、僕の記憶は消えない。

「吸血鬼がどうかしたのか？」

まあ、それでも、それで彼女の気が済むのならと、僕は羽川が振ってきた話題に乗ることにした。パンツを見せてもらった代償《だいしょう》として考えるなら、益体《やくたい》もない話にちょっとだけ付き合ってあげるくらいのことは、お安い御用だ。

「いや、最近ね、ちょっとした噂になってるんだけど。今、この町に吸血鬼がいるって。だから夜とか、一人で出歩いちゃ駄目《だめ》だって」

「曖昧《あいまい》な……しかも、信憑《しんぴょう》性《せい》のない噂だな」

僕は正直な感想を漏らした。

「なんでこんな田舎町《いなかまち》に吸血鬼がいるんだよ」

「さあ」

「吸血鬼って、海外の妖怪《ようかい》だろう」

「妖怪とは違うと思うけれど」

「吸血鬼が相手なら、一人で出歩こうが十人で連れ立って歩こうが、大して変わらないと思うけどな」

「それはそうね」

あはは、と羽川は笑った。

快活《かいかつ》な笑い方だ。

……なんか、イメージ違うな。

さっきから、どうも違和感だ。

優等生だとか、委員長の中の委員長だとか言うから、もっとお高くとまったキャラクターを想像していたのだが。

むしろ、妙に親しげだ。

「けど、色々と目撃証言があったりするのよ」

「目撃証言？　面白い。だったらその金さんとやらを連れてきてもらおうじゃないか」

「いや、金さんとやらじゃないんだけれど」

女子の間では、と、羽川は言う。

「うちの学校の女子だけじゃなくて——この辺の学校に通っている女子の間では、有名な話。て言うか、女の子の間だけではやってる噂なんだけど」

「女の子だけの噂って……どっかで聞いたような話だな」

しかし、吸血鬼ねえ。

よく根付いたなあ、そんな噂。

「金髪の、すごく綺麗《きれい》な女の人で——背筋が凍《こお》るくらい、冷たい眼をした吸血鬼なんだってさ」

「ディテールはえらく具体的だな。しかし、それだけじゃ吸血鬼だってわからないだろ。金髪だから目立ってるだけの、一般人じゃないのか？」

何せ郊外の田舎町である。

地方の、外《はず》れの町。

茶髪の人間さえ見かけないのだ。

「でも」

羽川は言う。

「街灯に照らされて、金髪は眩しいくらいだったのに——影がなかったって」

「ああ……」

吸血鬼。

よく聞く、今となっては古びた感のある単語ではあるが、僕もそう詳しいわけではない。しかし、言われてみれば聞いたことがある――吸血鬼には影ができないのだ。

太陽の光が苦手だから、だっけな。

しかし、まあ夜のことだし。

街灯に照らされていたと言っても、見間違いということもあるだろう――大体、街灯という舞台装置が、いかにも嘘っぽくないか？

嘘っぽいというか、安っぽいというか。

「まあね」

僕がそんな無粋《ぶすい》なことを言っても、羽川は別に気分を害するでもなく、むしろそんな風に同意を示した。

話し上手だし、聞き上手だ。

「うん、馬鹿馬鹿《ばかばか》しい噂だと、私も思う。けど、その噂のお陰で女の子が夜とかに一人で出歩かなくなるっていうのは、治安的にはいい話だよね」

「まあ、そりゃそうだ」

「でも、私はね」

声のトーンを若干《じゃっかん》落として言う羽川。

「吸血鬼がいるなら、会ってみたいって思うのよ」

「……なんで？」

どうも。

僕の予測は間違っていたのかもしれないと思う。

てっきり、パンツを見られた記憶を消去するために、こんな益体もない話をしているのだと思っていたけれど――しかしそれにしては、羽川の語り口には、ちょっと熱が入り過ぎている。

大体、『女の子だけの噂』を、学ランを着た男子であるところの僕に教えるというのも、考えてみればおかしな話だ。

「血を吸われて、殺されちゃうんだぜ？」

「まあ、殺されるのはやだけどさ。そうだね、会ってみたいっていうのは違うかも。でも、そういう――人よりも上位の存在、みたいなのがいたらいいなって」

「人より上位って、神様とかか？」

「別に神様じゃなくてもいいんだけど」

羽川は言葉を選ぶように、しばらく黙ったが、しかしやがて、

「でないと、色々、報《むく》われないじゃない？」

と言った。

いつの間にか。

信号は青に変わっていた。

けれど、僕も羽川も動かない。

正直なところ。

僕には、羽川が何を言っているのかはおろか、羽川が何を言いたいのかさえ、全《まった》くわからなかった——話がまるで繋《つな》がっていないようにすら感じる。

「いけない、いけない」

そんな僕の考えが表情に出てしまったのか、羽川は慌《あわ》てたように、そんなことを言い出した。

「阿良々木くん、意外と話しやすい人なんだね。なんだか口が滑《すべ》って、ちょっとわけのわからないことを言っちゃったような気がするよ」

「あ——ああ。いや、別にいいんだけど」

「こんな話しやすい阿良々木くんに友達がいないなんて、おかしいね。何で友達、作らないの？」

率直《そっちょく》な問いだった。

多分、悪気はないのだろう。

そのくらいのことはわかる。

作らないんじゃなくて作れないんだ、と、ここで率直に答えるのも憚《はばか》られた。

だから——僕はそのとき、こう答えたのだ。

「友達を作ると、人間強度が下がるから」

「……え？」

羽川は——それに対して、きょとんとした表情を浮かべた。

「ごめん、ちょっと意味がわからない」

「いや……だから、なんかこう、だな」

やべえ。

格好いいこと言ってみたものの、後が続かねえ。

「つまり、友達がいたら、友達のことを気にしなくちゃいけないだろ？　友達が傷ついたら自分も傷ついちゃうし、友達が悲しいと自分も悲しい。言ってみれば弱点が増えるってことだと思う。それは人間としての弱体化だ」

「……けど、友達が楽しんでいたら自分も楽しいし、友達が嬉しいと自分も嬉しいんだから、一概《いちがい》に弱くなってるわけじゃないんじゃないの？　弱点は増えるけれど、利点も増えるじゃない」

「いや」

僕は首を振る。

「友達が楽しんでいると羨《うらや》ましいし、友達が嬉しいと妬《ねた》ましい」

「……人間が小さい」

ずばり、羽川が言った。

ほっとけや。

「仮にお前の言う通りだとしても、それなら差し引き零《ゼロ》でどっちでも同じってことだろ。友達がいようがいまいが同じってことだ。いや、世の中には嫌なことのほうが多いんだから――結局、やっぱりマイナスなんじゃないのか？」

「ひねたこと言うなあ」

話しやすいって言ったの、撤回《てっかい》する。

羽川はそう言った。

期間限定過ぎる評価だった――まあいいだろう。

そういう誤解は早めに解けるに越したことはない。

「僕はさ。植物になりたいんだよな」

「植物？」

「喋《しゃべ》らなくていいじゃん。歩かなくていいし」

「ふうん」

羽川はとりあえず、頷いてはくれた。

「でも、生物ではいたいんだね」

「ん？」

「そういうとき、普通は無機物になりたいって言うんだよ。石とか、鉄とか」

意外な指摘を受けた気がした。

植物になりたいと言ったのは、昔から考えている本音《ほんね》だったのだが、まさかそういう方向からの反論を受けるとは思わなかった。

ふうむ。

なるほどねえ——無機物か。

確かに、植物も生物だよな。

「私、これから図書館に行こうと思うんだけど」

「うん？」

「阿良々木くんと話してる内に、図書館に行きたくなっちゃった」

「…………」

どういう思考回路だ。

まあ、最終的に家に帰るとか言ってたし——特に定まった予定もなかったのだろう。時間があるのは僕と同じでも、時間潰しに学校の周りをうろうろするだけか、それとも図書館に行くのか。

それが落ちこぼれと優等生をわける壁なのかもしれなかった。

「明日が日曜日で休館日だから、今日のうちに行っておかないといけないんだ」

「ふうん」

「阿良々木くんも一緒に行く?」

「なんで」

僕は苦笑する。

図書館。

この町にそんなものがあったことさえ知らなかった。

「図書館で何するんだよ」

「そりゃ、勉強でしょう」

「そりゃって……」

今度は僕はたじろいだ。

「生憎《あいにく》、僕は宿題もない春休みにわざわざ自主的に勉強するほど、奇特《きとく》じゃないんだ」

「でも、来年はもう受験生だよ?」

「受験も何も……僕は卒業さえ危《あや》ぶまれてるんだ。もう何したって間に合わないよ。せいぜい、来年度は遅刻しないように頑張るだけだ」

「……ふうん」

羽川は——なんだかつまらなそうに、そう呟《つぶや》いた。

一緒に行きたかったわけでもないだろうに。

しかし、羽川はそれ以上、何も言わない。

なんだかなあ。

お高くとまったキャラクターでこそなかったものの、よくわからない奴だ。

信号は、赤と青を繰り返している。

今は赤だった。

次に青に変わったときが別れ時だな、と僕は思った——それくらいが、ちょうどいいタイミングだろう。

羽川もそう思っているはずだ。

空気の読めない奴ではあるまい。

「阿良々木くん。携帯《けいたい》、持ってる？」

「そりゃ、携帯くらいは」

「貸して？」

そう言って、手を差し出す。

どういうつもりなのかはわからないが、とりあえず、僕は言われるがままに、ポケットから携帯電話を取り出して、羽川に手渡した。

「あれ。新しい機種だね」

「こないだ機種変したところなんだ。二年ぶりに新しくしたら複雑な機能が随分と増えていて、持て余してるよ」

「若いのに情けないこと言わないの。今からそんなことじゃ、大人になったらもっと文明に取り残されちゃうよ。今やデジタルに弱いと、日常生活さえ満足に送れないんだから」

「そうなったら仕方ない、山にでもこもるさ。そして文明が滅《ほろ》びた頃、またこの町に戻ってくるよ」

「いつまで生きる気なのよ」

不死身ですか、と羽川は呆《あき》れたように言って。

そう言うや否《いな》や、羽川はその携帯をいじり出した。

委員長の中の委員長、絵に描いたような優等生と言えど、そこはさすがに女子高生、打鍵《だけん》がめちゃくちゃ速い。

別に見られて困るような個人情報は含まれていないけれど……人の携帯を勝手にいじるなよ。

それとも、ひょっとして、スカートがめくれた際《さい》、こっそり僕が携帯電話のカメラ機能で撮影していたのではないかと疑《うたが》っているのだろうか？

だとすれば大いに調べて欲しい。

そんな不名誉な疑いは払拭《ふっしょく》しておきたい。

つーか、女子は色々、気にするところが多くて大変だなあ。これが男子だったら、たとえズボンのチャックが開いていたところで、セクシーコマンドーだって言い張れば通るもんなあ。

……通るか？

「ありがと。はい、返す」

すぐに羽川は、僕の手に携帯を戻してきた。

「そんな画像はなかっただろ?」

僕が言うと、羽川は、

「え?」

と、首を傾《かし》げた。

「画像って?」

「……いや」

あれ。

読み違えたか。

じゃあ一体、彼女は何をしていたのだ?

怪訝《けげん》そうな思いがそのまま羽川に伝わったのだろう、羽川は僕が手にしたままポケットに戻すに戻せずにいる携帯電話を指さして、言った。

「私の番号とメルアド、登録しといたから」

「はい?」

「ざーんねん。友達、できちゃったね」

そうして。

羽川は、僕に何かを言われる前にとばかりに、横断歩道を駆け足で渡って行った——信号はいつの間にか、青に変わっていたのだ。

僕のほうがそうやって別れるつもりだったのに、先を越されてしまった感じだ——あれ? 図書館に行くのではなかったのか？　いや、僕と話している内に図書館に行くことに決めたらしかったから——最初と方向が逆になっても不思議ではないか。

渡りきったところで振り向いて、「じゃあね」と手を振る羽川。

反射的にそれに応《こた》えてしまう。

僕が（多分、馬鹿みたいに）手を振るのを確認してから、羽川は踵《きびす》を返して、校門を直前に右に折れ、機嫌よさそうに歩いていった——すぐに角を曲がって行って、彼女のその後ろ姿は見えなくなった。

それを確認してから、僕は携帯電話を確認する。

果たして、本当に。

アドレス帳には、『羽川翼』が登録されていた。

携帯番号、メールアドレス。

僕はアドレス帳の機能を一切使っていなかった。必要な電話番号はすべて覚えている——と言っても、これは記憶力自慢ではない。せいぜい覚えているのは自宅と両親の携帯電話くらいのものなのだから、自慢になるわけもない。それ以外の番号にしたって着信履歴・発信履歴で十分に対応できるのだ。

ただ、友達が少ないだけである。

だから。

この『羽川翼』が、この携帯電話に登録された、最初の電話番号となった。

「なんだあいつ……？」

行動が——僕の理解を超えている。

友達?

友達だって?

本気で言っているのか?

大体、名前くらいは知っていたとは言え、初めて話すに等しい男子に対して、こんなあっさり連絡先を教えてしまうのは、年頃の女子としてどうなんだ——いや、これについては僕の感性が古いだけだろうか?

わからない。

しかし——わからないなりに、わかったことが、ひとつだけ、ある。

羽川翼。

優等生の中の優等生——委員長の中の委員長。

お高くとまっているキャラクター、どころか——

「……すっげえ、いい奴じゃん」

委員長の中の委員長。

羽川翼。

終業式の午後にこんな風にすれ違った彼女と、僕はこの少しあと——春休みの最中に会うことになるのだが、しかしそんなことはこの時点ではわかるわけもなかった。

予感めいたものさえ。

まるで感じていなかった。

003

そして──

そして、そんな記憶も冷めやらぬ、その日の夜のことである。

夜。

僕は、すっかり真っ暗になった町の中を、やはり徒歩で移動していた。午前中、自転車を使わず徒歩で学校の周りをうろついていたことに確たる理由はないが、今このとき、自転車を使っていないことには明白な理由がある。

ちなみに僕は二台自転車を持っている。

一台は通学用のママチャリ──もう一台は、お気に入りのマウンテンバイクである。

後者は用がなくとも乗りたいくらいのフェイバリット自転車なのだが、しかし、今だけは乗るわけにはいかなかったのだ。厳重に鍵をかけて玄関の内側に保管してあるその自転車がなくなっていれば、僕が出掛けたことを家族の誰かに気付かれてしまうから。

昔はともかく、今の僕は完全に放任されている。

ほったらかしにされていると言ってもいい。

だからふたりの妹と違って、門限があるとか、夜間外出禁止ということは全くないのだが（もっとも妹達はそんなルールを守る気は更々《さらさら》ないようだが)、そんな僕でも、家族に気付かれないように出掛けたいときというのがあるのだ。

具体的にはエロ本を買うときとか。

「…………」

いや、その。

ちょっと見苦しいかもしれないけれど、言い訳をさせてもらおう。

昼過ぎに見た、羽川のパンツが忘れられないのだ。

……泥沼で墓穴《ぼけつ》を掘っているか?

でも、事実そうなのだ。

一生忘れることはないだろうとか言ったものの、まさかあの映像がここまで鮮明に記憶に焼き付くことになろうとは思いもしなかった。

羽川と別れたあとも、ずっと彼女のパンツが脳内から離れない。あのときもそんなことを思ったが、しかし、あれから十時間以上が経過した今であっても、もしも誰かに僕の網膜を移植すれば、やはりその誰かは羽川のパンツの幻影を見ることになるだろう。

くそう。

そのあと、確か色々話したはずなのに、一番印象に残っているのがパンツだというのは一体どういうことなのだろう。記憶も冷めやらぬも何も、時間が経《た》ってみるとパンツのこと以外ほとんど憶えていなかった。

いい奴なのに。

羽川はいい奴なのに！

それが、背負う必要のない罪悪感を更に助長させる。

僕の心を苛《さいな》む。

羽川はあんなにいい奴なのに、僕はそんな羽川に対し、劣情《れつじょう》に近い感情を抱いている……。

けど実際、どうだろうなあ。

生でパンツを見たのなんて、一体いつ以来だろうという話だ。それはもう進学校とは言え直江津高校、生徒の半数は女子高生である。ファッションとして、スカートの短い生徒もいる。だからニアミスでチラッと見えることくらいはあるのだが、しかしあんな露骨に、完全な形で女子の穿《は》くパンツを見たことなんて……本当、中学のときだってないんじゃないのか？

小学校まで遡《さかのぼ》ると……さすがにカウントする必要はない気もする。

そうか、じゃあ人生初か……。

なんっつーか、八〇年代のラブコメ漫画みたいな感じだったもん。

僕とは縁《えん》がないだろうと思っていた羽川翼と、まさかああいう形でフラグが立つだなんて思わなかった。

くそう。

反則だよなあ、ああいうのは。

だって、多分女子は、男子のパンツを見てもこんな気分にはならないんだろう？

ずるいよ。

まあ、フラグが立ったなんて言っても、よくよく考えてみれば、ただすれ違っただけのことなのだけれど。

出会ってさえいない。

羽川のほうは、きっと今日の昼過ぎに僕と話したことなんて、今となっては憶えてもいないはずだ。

だから本当に背負う必要のない罪悪感なんだろうけど……こういうところも人間が小さいと思うんだよな、僕は。

しかしまあ、ともかく……、こんなことではいけないと、夕食を食べたところで、僕は思ったのだった。これからしばらくの間、いやひょっとしたら残りの一生全《すべ》て、この罪悪感と共に暮らさなくちゃならないのかもしれないと思うと、ぞっとする。

いい奴。

でなくとも、『友達』だとして。

だから嫌なんだ——僕の人間強度が著《いちじる》しく低下している。

こんなことで悩まなくてはならないなんて。

そんなわけで、僕は窓の外の景色がすっかり暗くなった頃、自分の部屋に『勉強中』のプレートを掛け、抜き足差し足忍び足で、こっそりと家を出たのだった。

この町唯一《ゆいいつ》と言っていい大型書店で、エロ本を買うために。

そしてそのミッションは既《すで》に果たし、二冊のグラビア雑誌を購入、今はその後の帰路についているのであった。

勿論僕は、一般本と合わせてエロ本を買うことで、店員さんに対し見栄を張るような男らしくない（？）真似《まね》はしない。そんなことをするくらいなら、二冊買う。そういう男だ。羽川が委員長の中の委員長なら、僕は男の中の男だ。

まあ、店内に知り合いがいないかどうか確認するくらいのことはするけれど。

要するに。

これらのエロ本を読み込むことによって、記憶の上書きをしようという計画なのである。羽川がそういうつもりで僕を追いかけてきたのではないかと考えた、あのときの僕の予想を応用した形だ。羽川に対しては（多分、羽川にそんな意思はなかったのだと、今となっては思うけれど）そんなことで記憶は消えないとあのときの僕は思ったものだが、エロはエロで上書きするというのは、ひとつの方策ではあるはずである。

消去は無理でも上書きならできるだろう。

オンリーワンだから苦しむのだ。

ワンオブゼムにしてしまえば、それで記憶も薄れるはずである。

生身と写真の差は大きいだろうが、そこは数でカバーすればいい。

あのときの状況を考慮して、購入したエロ本は二冊とも、女子高生・下着姿メインのものである。

三月は既に月初に数冊のエロ本を購入していたため、ここでの出費は正直懐《ふところ》が痛かったが、しかし背に腹は替えられない。

頭が痛いよりはマシだろう。

仕方のないことなのだ。

これ以上、羽川でいかがわしい想像をするわけにはいかない。

罪悪感で死ぬ。

退屈は人を殺すと言うが、人は罪悪感でも死ぬものなのだ。

あーあ……。

いっそ平手打ちでも食らわしてくれたらよかったんだよなあ……。

「……しかし、友達ねえ」

片側の手で二冊のエロ本が入った紙袋を抱え、もう片方の手で携帯電話、そのアドレス帳を確認しながら、僕は呟く。

「別に……いらないんだけどなあ」

しかし、思う。

ああいうことを言われると、思ってしまう。

僕はいつからこうなってしまったのだろう、と。

中学時代は、割と普通に人付き合いのできる奴だったように思う——小学校時代は言うまでもない。とすると、高校生になって、落ちぶれてしまって以来か。

わかりやすいわ。

無茶をして、レベルの高い高校を狙って、間違って合格しちゃって、そしてついていけなくなって……、周りの人間とは意見が合わなくて。

失敗しちゃって。

いや、どうだろう?

それでもやり直せる機会はあったはずだ。

成績は最低でも、差別されたわけでも蔑《さげす》まれたわけでもない——友達を作る機会は十分にあったはずだ。

それを拒否したのは他ならぬ僕自身なのだ。

「うーん」

たまに、わからなくなる。

友達を欲しいとは思わないけれど、それは友達がいない自分に対する単なる自己弁護なのではないか、と。

保身ではないかと。

友達。

いなければいないで何とかなるものだし。

友達がいない人間は友達がいない人間同士でつるめばいいものなのだ。実際、僕みたいな人間も、いないわけではない——極端な例をあげれば、一年次、二年次と同じクラスだった人間で、誰かと喋っているところをほとんど見たことがないという生徒だっている。

ならばそれでいいのだろう。

そういう生き方もありなのだ。

けれど。

「友達が欲しいとは思わないけれど、まして恋人が欲しいなんて思ったこともないけれど、どうしてエロい妄想だけはなくならないんだろう……」

謎だ。

パンツひとつでここまで動揺して、挙句《あげく》の果てには貨幣の流通に貢献《こうけん》してしまった。

そうは言っても、あれ、基本的には布だぜ？

昔は、『どうして女子はわざわざあんないやらしいものを着用して己《おのれ》を飾っているんだろう。変態なのだろうか』と不思議に思ったものだが、それは発想が逆だった。

売ってるって言えば、その辺で売ってるんだよ。

……いや待て！

それを買ったらさすがに犯罪だ！

犯罪ではなくとも限りなく犯罪的だ！

全く――植物になりたい。

そうすればそんな欲望とは無縁でいられるだろうのに。

石や鉄になりたいとは――

やっぱり、思わないし、思えないけれど。

それも小さいのかな――人間が。

「……うわ、もうこんな時間か」

書店の閉店間際を目掛けて飛び込んだとは言え、ぶらぶらと歩いている内に結構《けっこう》な時間になっていた――というか、日が変わってしまっていた。

既に三月二十六日である。

たった今、この瞬間から春休みである。

僕は携帯電話をポケットに仕舞《しま》い、足早に帰り道を急いだ――その大型書店は普通は自宅から歩くような距離ではない。というか、その書店は位置的には学校からそう遠くない位置にあるのである。

自転車通学しているような距離を歩いているのに、ほとんど等しい。

時間はかかって当たり前。

しかし、少し時間をかけ過ぎた。

別に早く帰らなければならない理由はないのだが、そうは言ってもあんまり遅くなり過ぎるとまずい……妹達が勝手に僕の部屋に入らないとも限らないしな。

あの妹達なら、僕の不在、そして自転車の有在から、全ての事情を察しかねない……あいつら、そういうところでは察しがいいからな。

ああ、そう言えば、妹のパンツなら見たことがあるか。あいつら風呂上りは下着姿だし。だけど、それこそカウントの外だろう。

さておき。

僕の外出がバレるかどうかはともかくとして、もういい時間で、家を出たときよりも更に暗くなっている。これでクルマにひかれでもしたら馬鹿馬鹿しい。

これは僕に限らず男子なら誰もが抱く不安だと思うが、エロ本を買った帰りほど、慎重を期さなければならない道程《どうてい》はない。

事故に遭い、その後に荷物が検分されてみろ。

女子高生・下着姿メイン。

羽川がまかり間違って、それを知ってみろ……確実に誤解される。

違う……！

これはむしろお前の貞操《ていそう》を僕から守るための手段であって……決してそんなつもりはないのだ！

……まあ、こういう意味のない一喜一憂《いっきいちゆう》は、むしろちょっと楽しいくらいのものだけれど。

こんなに暗いと確かに危ないけれど、とにかく田舎町だから、クルマの数自体が少ないし、ヘッドライトですぐにわかるのだ。基本的には杞憂《きゆう》のようなものである——しかし。

それにしても、ちょっと暗過ぎないか？

そう思って空を見上げると、原因がわかった。

街灯の明かりが消えているのだ。

五メートル間隔で設置されている街灯が、ほとんど明かりを灯《とも》していない——いや、ほとんどどころの話ではない、点灯しているのはたったの一本だけである。

故障か。

しかし、ここまで大量の街灯が一気に故障するなんてことはないだろう……なら、停電かな？　それだと、一本だけ点灯しているのはおかしいか。

そんなことを思いながら。

そんなことを思いながら、しかしあまり気にすることもなく、そういうこともあるだろう程度の認識で、僕は歩みを進めた。

早く帰らなければならない理由はないと言ったが、しかし考えてみれば、僕は一刻も早く家に帰り、購入した書物を紐解《ひもと》かねばならないという使命がある。

何よりも優先すべき、その使命が——

「うぬ」

だから。

「おい……そこの、うぬ。うぬじゃ」

だから、こんな風に声をかけられても、無視して先に――うぬ？

何だその古風な呼びかけ方？

僕は思わず、反応してしまった。

声がした方向を見た――そしてそのときこそ、僕は絶句した。

この辺《あた》りで唯一点灯していた街灯の下。

その街灯に照らされて――『彼女』はいた。

「儂《わし》を……助けさせてやる」

この田舎町にはとても似合わない金髪。

整った顔立ち――冷たい眼。

シックなドレスを身にまとっている――そのドレスもまた、この田舎町には不似合いだ。

いや、しかし、不似合いの意味合いが、そのドレスの場合だけは違う。

そのドレス――元はさぞかし立派な、格調高い服だったのだろうけれど、今はもう、まるで見る影もない。

引き千切《ちぎ》れ。

破れに破れて。

ぼろぼろの布切れのような有様だ。

雑巾《ぞうきん》のほうがまだしも立派じゃないのか、というような――逆に言えば、そんな状態になりながらも、元の高級さが滲《にじ》み出るほどのドレスだということなのかもしれない。

「聞こえんのか……。儂を助けさせてやると、そう言うておるのじゃ」

『彼女』は――僕を睨《にら》みつける。

その鋭くも冷たい視線に僕は身のすくむような思いをするが――しかし、本来ならば、ここでそこまで、怯《おび》えることはなかったのかもしれない。

何せ『彼女』は、疲労困憊《こんぱい》の体《てい》を呈《てい》していた。

街灯に背を預け。

アスファルトの地面に座り込んでいた。

いや――座り込んでいた、と言うのとも違う。

へたり込んでいると言うべきなのだろう。

そんな『彼女』には僕を睨むくらいのことしか、できないのだ。

……違う。

たとえ疲労困憊でなくとも、へたり込んでいなくとも――『彼女』は、睨みつける以外の手出しを、僕にはできなかったのだろう。

まず、出すためのその手がない。

右腕は肘《ひじ》のあたりから。

左腕は肩の付け根から。

それぞれ――切り落とされていた。

「…………っ！」

それだけではない。

下半身もまた、同じような状態だった。

右脚は膝のあたりから。

左脚は太ももの付け根から。

それぞれ――切断されている。

いや、右脚だけは、切り口がやけに鋭利《えいり》だ――切断面がはっきりとしている。他の右腕、左腕、左脚の傷口のような、えげつなく、引き千切られたような印象を見せない。

しかし。

そんな切断面の状態など、この場合は些事《さじ》だ。

つまり、『彼女』は、その四肢《しし》を一本残らずなくしているのだった。

そんな状態で――街灯の下、へたり込んでいるのだ。

疲労困憊どころか。

瀕死《ひんし》としか、言いようがない。

「お、おい――お前、大丈夫なのか」

心臓が早鐘《はやがね》のように打つ、と言う。

それはただの比喩表現だと、僕は思っていたけれど――このとき、僕は実際にそういう風に感じていた。

痛いほどに心臓が打っている。

心臓が――暴れている。

まるで、迫る危機を教えているように。

早鐘のように。

「す、すぐに、救急車を――」

四肢が切断されているにしては、出血量があまりにも少な過ぎる。

そんなことにさえ、このときの僕は頭が回らず、先ほどポケットに仕舞い込んだばかりの携帯電話を取り出すが――手が震《ふる》えて、ボタンがうまく押せない。

て言うか、救急車って何番だっけ？

117？

115？

畜生《ちくしょう》、こんなことなら、アドレス帳に登録しておけばよかった――

「きゅうきゅうしゃ……そんなものはいらんわ」

『彼女』は。

そんな四肢切断の状態にありながら、それでも意識を失わず、強い口調で――古臭《ふるくさ》い口調で、僕にそう語りかけてきた。

「じゃから……、うぬの血を寄越せ」

「………………」

携帯電話のボタンを押す指が――止まった。

そして。

僕は昼過ぎ、羽川と交わした会話を思い出す。

女の子の間だけで流れる噂。

何だっけ？

何を話したんだっけ？

夜。

夜とか、一人で出歩いちゃ駄目だって——

「……金髪」

金髪。

金髪が——

街灯に照らされて、金髪は眩しいくらいだった——そして。

影がない。

周囲の街灯が全て消えている中、唯一、点灯している街灯の下にいる『彼女』は、まるで舞台の上で華やかなスポットライトを浴びているようだったが——そして、その街灯に照らされた彼女の金髪は、本当に目もくらむほどだったが——しかし。

本当に。

『彼女』には影がなかった。

見る影もない、どころではない。

影が、本当にないのだ。

「我が名は」

そして——『彼女』は言う。

「我が名は、キスショット・アセロラオリオン・ハートアンダーブレード……鉄血にして熱血にして冷血の吸血鬼じゃ」

そんなぼろぼろの衣服と。

四肢を失った状態で。

それでも高飛車《たかびしゃ》に構えて——言った。

開いた唇《くちびる》の内には——鋭い二本の牙《きば》が見える。

鋭い——牙が。

「うぬの血を、我が肉として呑《の》み込んでやろう。じゃから——うぬの血を寄越せ」

「……吸血鬼、てのは」

僕は息を呑みながら、言う。

「不死身のはずじゃ——ないのかよ」

「血を失い過ぎた。もはや再生もできぬ、変形もできぬ。このままでは——死んでしまう」

「…………」

「取るに足らん人間ごときが——我が血肉となれることを光栄に思え」

足の震えが止まらない。

一体、何が起きているんだ？

僕は一体、何に巻き込まれているんだ？

どうして、僕の前にいきなり吸血鬼が現れて——いきなり死にかけてるんだ？

存在しないはずの吸血鬼が存在していて。

不死身のはずの吸血鬼が死にかけている。

なんだ、この現実？

「お……おい」

と。

動揺のまま、口も利《き》けずにいる僕に、『彼女』は眉を顰《ひそ》めたようだった。

いや、それは苦痛で顰めたのかもしれない。

何せ『彼女』は手足をすべて喪失しているのだ。

「ど……どうしたのじゃ。儂を助けられるのじゃぞ。こんな栄誉が、他にあると思うのか。何をする必要もない——儂に首を差し出せば、あとは全部、儂がやる」

「……血、血って……輸血とかじゃ、駄目なのか？」

我ながら冷静さを欠いた問いである。

意味がわからない。

なんの冗談なのだろう。

『彼女』……キスショット・アセロラオリオン・ハートアンダーブレードもそう思ったのか、返事をしなかった。

いや。

もう、返事をする気力もないのかもしれない。

「ど——どれくらい、いるんだよ」

この質問は、具体的だったからだろう、『彼女』は答えた。

「……とりあえず、うぬ一人分もらえれば、急場は凌《しの》げる」

「そうか、僕一人分……って！」
それじゃあ僕が死ぬじゃん！
とか。
突っ込もうとして——その言葉を呑んだ。
こいつの、僕を見る眼。
冷たい眼。
それは——食料を見る眼なのだ。
ボケてるんじゃない——大マジで言っているのだ。
取るに足りない——人間ごとき。
こいつは死にかかっていて。
そして、僕を食べることで——生き残ろうとしている。
僕に助けを求めているのではない。
僕を捕食して。
自力で生きようとしているだけなのだ。
「…………」
そうだ。
何を言っているんだ——僕は何をしているんだ？
何を——この女を助ける前提で、思考を進めているんだ？
馬鹿げている。

吸血鬼なんだぞ？

つまり、化物ってことじゃないか。

どうして手足を失い、こんなところで死にかけているのか知らないが——それだって、どうせろくでもない理由に決まっている。

巻き込まれてどうする。

君子《くんし》危うきに近寄らず、だろう？

虎子《こじ》もいないのに虎穴《こけつ》に入ってどうする？

こいつは人間じゃないのだ——人外。

人よりも上位の存在。

羽川はそう表現していた。

「どうした……血を。血を寄越せ。早く……早くするのじゃ。なにをとろとろしておるのじゃ、このろまが」

「…………」

何の疑問も抱かず。

僕がそうすることを当然のように言う吸血鬼に、僕は、ざっ、と。

一歩後ろに下がった。

大丈夫。

逃げられるはずだ……逃げ切れるはずだ。

相手がたとえ吸血鬼でも、化物でも。

腕も脚も切り落とされているこの状態なら、逃げ切れるはず——そもそも彼女は、僕を追うことさえもできないはず。

走ればいい。

それくらい、これまでずっとやってきたことだ。

それだけで、この現実を、否定できる。

そして。

僕は、もう片方の足も、後ろに下げ——

「う……嘘じゃろう?」

その途端《とたん》。

彼女の眼が——とても、弱々しいものとなった。

先ほどまでの冷たさが、それこそ嘘のように。

「助けて……くれんのか?」

「…………」

ドレスはぼろぼろ。

腕も脚も無残に引き千切られ。

街灯に照らされても影もできない、化物。

しかし——僕は。

金色の髪を持つ、そんな彼女を美しいと思った。

綺麗だと思った。

心底——惹かれた。

そんな彼女から眼を逸らせなかった。

それ以上、足を動かすことはできなかった。

竦《すく》んだからでも、震えが止まらないからでもない。

ただ、動かせない。

「い……嫌だよお」

それまでの高慢ちきな言葉遣《づか》いも崩れ——彼女は、髪の色と同じ、金色の瞳から——ぼろぼろと、大粒の涙を零《こぼ》し始めた。

子供のように。

泣きじゃくり始めたのだ。

「嫌だ、嫌だ、嫌だよお……、死にたくない、死にたくない、死にたくない、死にたくないよお！　助けて、助けて、助けて！　お願い、お願いします、助けてくれたら、助けてくれたら何でも言うことききますからあ！」

痛いほどに——彼女は叫ぶ。

臆面《おくめん》もなく。

最早《もはや》、僕のことなど目に入らないように。

我を失って——泣き叫ぶ。

泣き喚《わめ》く。

「死ぬのやだ、死ぬのやだ、消えたくない、なくなりたくない！　やだよお！　誰か、誰か、誰か、誰かあ——」

吸血鬼を助ける奴なんて。

いるわけがない。

いくら泣き叫んだところで——心を動かされるな。

だって、死ぬんだぜ？

血液一人分って。

献血《けんけつ》でさえ、怖くてしたことがないのに。

こういうのが——僕は、嫌なんじゃないか。

同じ人間のことでさえ背負い込むのが嫌なのに、まして化物のことなんて、重過ぎて背負えるわけがない。

吸血鬼なんて背負い込んでみろ。

どれだけ——人間強度が下がることか。

「うわあああああん」

流す涙が——血の赤に変わり始めた。

わからない。

わからないけれど、それは——死の前兆なのかもしれない。

吸血鬼にとっての死。

血の涙。

「ごめんなさい、ごめんなさい、ごめんなさい、ごめんなさい、ごめんなさい、ごめんなさい、ごめ

んなさい、ごめんなさい……」

ついに、彼女の言葉は懇願《こんがん》のそれから謝罪のそれへと変わってしまった。

一体、何に謝《あやま》っているのだろう。

一体、誰に謝っているのだろう。

けれど——見ていられなかった。

彼女がそんな風に、何とも知れぬ誰とも知れぬ存在に、そうやって謝る姿を。

多分。

彼女は、そんなことをしてはならない存在だ。

そんな無様《ぶざま》な死に方を——するべき存在じゃない。

「う……うわあああああああっ！」

今更のように。

僕はそんな——大きな声をあげて、走り出した。

動かすことのできなかった足を、無理矢理に動かして——彼女に背を向けて、思い切り、力の限りで走り出した。

背後からは、まだ、彼女の謝罪の声が聞こえる。

あの声は、僕にしか聞こえないのだろうか？

あの声に呼ばれて、他の誰かがあの場所に行ったりはしないのだろうか？

キスショット・アセロラオリオン・ハートアンダーブレード。

彼女を助けようとはしないのだろうか？

……するわけがない。

自分が死ぬんだ。

そうでなくとも化物だ。

吸血鬼なんだ。

助ける必要はない――そうだろう？

「……わかってんだよ、そんなことは！」

僕は。

しばらく行ったところにあったゴミステーションに、抱えていた紙袋を叩きつけた。

二冊のエロ本が入った、あの紙袋である。

ゴミは朝に出すのがマナーだが、もとより日曜日にゴミの回収などあるわけもない。それでもゴミステーションを選んだのは、最低限の良心って奴だ。

多分、運のいい男子中学生とかが拾うだろう。

勿体《もったい》ないが、しかしもう僕には必要ない。

どころか、あったら邪魔になるものだ。

これから死ぬってときに、エロ本なんて持ってられるかよ――ああ！

エロ本を買った帰りほど、慎重を期さなければならない道程はない――そんなこと、わかっていたはずなのに。

僕の人間強度は、今、地に落ちた。

「…………」

折り返して、あの街灯のところへと戻りながら――僕の眼からも、自然と、ぼろぼろと涙が零れていた。

両親。

ふたりの妹。

人間関係を避けてきた僕が、こういうときに思い出す人間と言えばそのくらいだ――そして、たった四人しかいないのに、それだけで泣けてくる。

別に仲のいい家族ではなかった。

特に、僕が高校に入って落ちぶれてからは、両親とは奇妙な、でもどうしようもない溝《みぞ》ができたように思う。

苦手なのでも嫌いなのでもない。

向こうもそうなのだと思う。

ただ、溝ができた。

思春期にはよくあることだ。

そう思って納得していたけれど――こんなことになるとわかっていたら、もっとちゃんと、話していたのに。

こっそり抜け出して、そのまま行方《ゆくえ》不明か。

ああ……じゃあ、いくら捨てたところで、妹達は、僕がエロ本を買いに出た、その行きか帰りに何かあったことくらいは察するかもしれない。

まあいい。

いくらあいつらでも、家族のそんな恥《はじ》は晒すまい。

愛していたぜ、マイシスターズ。

「………………」

涙をぬぐう。

まあでも、考えてみれば、思い出す人間が少なくて済んだのは助かった——下手《へた》に友達なんかいたら、時間切れになってたかもしれないしな。

逆に言えば、その程度の人間関係しか築いてこれなかったから、ここでこういう選択ができるのかもしれないと、そんな風に思った。

そして街灯のところに戻った。

金髪の吸血鬼は、変わらずそこにいた。

彼女も、もう泣いてはおらず。

また、何も叫んではいなかった。

すん、すん、と——しゃくりあげてこそいるものの。

もう、諦《あきら》めてしまったかのようだった。

「諦めんな、馬鹿!」

僕は、そう呼びかけながら、彼女に駆け寄って——彼女の前にかがみ込み、そして。

自《みず》ら首を、ぐいっと差し出した。

「あとは——全部、お前がやるんだろうが」

「……え?」

彼女は――眼を見開く。

驚きがその顔を支配していた。

「い――いいの？」

「悪いに決まってんだろうが、この野郎――」

畜生、畜生、畜生……。

なんで。

どうしてこんなことになったんだ。

「ど――どうして、なんて、わかりきってるよなあ、だって僕、何もしてきてないもんな、ちゃらんぽらんに生きてただけだもんなあ！」

僕は叫ぶ。

思いのままに叫ぶ。

「無理をしてまで生きてなきゃいけない理由なんか一個もないもんな、自分の命を優先しなきゃいけない理由なんか一個もないもんな、僕なんか死んでも、世界には何の影響もないもんな！」

美しくも。

綺麗でもない。

それが僕の人生なら。

この美しいものを生かすために――

僕は死ぬべきじゃないか。

それが結論じゃないか。

僕は取るに足らない人間ごときで。

吸血鬼は上位の生命——なんだろう？

「——次の人生じゃ、絶対にうまくやる。要領のいい、人間関係をうまくかわせて、細かいことでいちいち罪悪感を抱かない、悩むことなく無作為に行動できる、我《が》を通すことに何の疑問も抱かないような、嫌なことは全部他人のせいにできる、そんな人間に生まれ変わってやる——だから！」

僕は言った。

せめて。

自分からそう言うことが、下位の存在としての誇《ほこ》りだった。

「僕がお前を助けてやる——僕の血を吸え」

「…………」

「全部やる。一滴《いってき》残らず——絞《しぼ》り尽くせ」

「……あ」

彼女は。

キスショット・アセロラオリオン・ハートアンダーブレードは——勝手な推測ではあるが、多分、生まれて初めて、自身以外の存在に対して、礼を言った。

「ありがとう……」

ざくり、と。

鋭い痛みが首筋に走り——僕は彼女に咬《か》まれたことを自覚する。

意識が、一気に消失する。

そして、最後のひと掬《すく》いの意識で、僕は思い出した。

羽川翼。

彼女のことを。

下手に友達なんかいたら、時間切れになってしまう——って。

危ないところだった。

もうちょっと早く思い出していたら、間に合わなかったかもしれないな——やれやれ。

まあいいや。

時間にしてほんの十分足らず、ごくわずかなものとは言え、羽川とすれ違ったあの思い出を胸に抱いて死んでいくのなら——それもまた、悪くない。いや、この場合、羽川の下着の思い出とか、そういうことじゃなく。

だってそれじゃあ、いかに何でも締まらないだろう?

最後くらい格好つけさせろっての。

こうしてこの僕、阿良々木暦の、十七年と少しの短い人生は、あっけなく、前振りも前触れもなく終わりを迎えた——はずだった。

004

唐突《とうとつ》に意識が回復した。

本当に生まれ変わったかのような感覚だった。

いやむしろ、生き返ったかのような。

「ああ！　夢だったのか！」

そう叫んでみた。

勿論、夢ではなかった——夢だったのだとしたら、意識が回復したこの場所は、僕の部屋であるべきだった。

だけどここは僕の部屋ではなかった。

どころか、見たこともない場所だった。

毎朝僕を起こしに来る妹達もいない。

「…………」

けれど。

夢落ちになるまで、二度寝三度寝を繰り返したいくらいの気持ちだった。

何だ、ここ……廃墟《はいきょ》か？

何らかの人工建築物の中であることくらいはわかるけれど……窓は分厚い板が釘《くぎ》で打ち付けられて塞《ふさ》がれているし、天井にぶら下がっている蛍光灯《けいこうとう》はひとつ残らず割れているし……。

自分の姿勢を意識する。

床に寝転がっているようだ。

その床は、リノリウム。

しかし罅割《ひびわ》れが激しい。

首だけを動かして、周囲を確認してみる——何だ、あの壁にかかっているものは。

黒板？

それに……机？

椅子《いす》？

……学校の教室か？

じゃあ、ここは学校なのか……けれど直江津高校じゃない。それくらいはわかる。それに……どうも、学校という感じじゃない。

これでも現役の高校生なのだ。

自分が通っている学校でなくとも、どれほどそれに似ていたとしても、今いる場所が、校舎かどうかくらいは判断がつく。

となると……なんだろう？

学校じゃなくて、でも黒板や、大量の机や椅子がある場所……？

ああ、わかった。

この雰囲気《ふんいき》は塾だ。

塾の校舎なのだろう。

……けれどこれは、なんと言うか、どう見ても営業してない塾だよな？

窓といい、蛍光灯といい……潰れた塾って感じ？

まあ薄暗いからそう見えるだけかもしれないけれど——薄暗い？

あれ？

どうして僕は——こんな、窓も塞がれ、一筋の光も入らないような部屋の様子が……、こ、んなにも、は、っ、き、り、と、見えるんだ？

暗いことはわかる。

決して明るいとは思えない。

一寸先のことさえよく見えないほどなのに——それほどに暗いのに、なのに、見える。

はっきりと見える。

いや……でも、こんなもんか？

眼が覚めたところだから、少しばかり感覚が狂っているだけのことなのか？

不思議に思いながら、僕は身を起こす——

「……痛っ」

その際、口の中を噛《か》んでしまった。

ん？

あれ、僕の八重歯《やえば》ってこんな長かったっけ？

口の中に指を入れて確認しようとする――すると。

指を動かそうとして、だから腕を動かそうとして、そのときになって、僕はようやくのこと、気付いた――投げ出されていた僕の腕を枕にして眠っていた、小さな少女の存在に。

「………………」

え？

小さな少女？

「……はあああああっ⁉」

まさしく、小さな少女だった。

年齢にして十歳くらい？

よく似合うふわふわのドレスを着た、金髪の少女だった――肌の色は白を通り越して透き通るようだった。

すうすうと、小さな寝息を立てて――

眠っている。

よく眠っている。

「………………」

状況は全くわからない。

どうして僕がここにいるのか、そしてここはどこなのか、更にはこの金髪少女は一体何者なのか、何ひとつとしてわかることはない……しかしこの状況がやばいってことだけは確実だ！

少女というのはまあいいが。

見知らぬ少女という言葉からは限りなく犯罪の匂いがする！

「お、おい……お、起きろ」

金髪少女の身体《からだ》の、まあ無難そうなところ（二の腕とか）を、揺さぶってみる。

「う～ん」

すると、金髪少女は、不機嫌そうに唸《うな》った。

「あと五分……」

そんなお決まりの台詞《せりふ》を言う金髪少女。

むずがるように、寝返りを打つ。

「だ……だから起きろって」

僕は構わずに、金髪少女の身体を揺さぶり続ける。

「……あと気分」

「どれだけ寝る気だよ！」

「……四十六億年くらい？」

「地球がもう一個できちゃうよ！」

大声で突っ込んだところで、慌てて口元を押さえる。

そうだ。

考えてみれば、これって起こしたら起こしたほうがまずいんじゃないか？

この少女が眠っている隙《すき》に、自力でことの解決を探った方が、どう考えてもいい。解決と言っても、そもそも問題さえもわからないんだけど……。

とりあえず、左手首に巻いた腕時計を見る。

えっと。

今は——四時半か。

駄目だ、腕時計じゃ、午前か午後かまではわからないな。

携帯、携帯……あった。

ディスプレイに表示されている時刻は、果たして十六時三十二分だった。

日付は……三月二十八日!?

えっと……、最後に、同じように携帯電話で時間を確認した覚えがあるが、あのときは——丁度日が変わったあたりで、そう、確か三月二十六日だったっけ？

じゃあ——あれから二日も経ってるのか？

あれ。

夢落ちってことはないにしても……それでも、あれは、どこまでが本当のことだったんだ？

「……いや」

あの記憶は——どこまでが正しい？

僕は、今度は金髪少女を起こさないように、そっと腕を、彼女の頭の下から引き抜いた。

とりあえず、ここがどこか、だよな……。

足音を立てないように歩いて、この部屋（教室？）の扉へと向かう——鍵はかかっていない。というかなんというか、蝶番《ちょうつがい》が片方外れてしまっていて、ドアとしてははなはだ心もとないドアだった。

謎の施設に監禁されているという可能性は、これでどうやらなくなったようだ（馬鹿馬鹿しいかもしれないけれど、結構危惧《きぐ》していた）。

まあ、あの可愛らしい金髪少女ならともかく、僕みたいな奴を拉致《らち》しても誰にも何の得にもならないよな……。

ドアから外に出たところで、すぐに階段が目につく。

そこの床を見れば『2F』という表示があった。

二階？

上に行く階段と下に行く階段がある。

どちらに向かうべきだろうと、少し考えるけれど――普通に考えて、一階だよな。とりあえず、建物から外に出ないことには話にならない。

階段の向こう側にあるのは、どうやらエレベーターのようだったが、しかし、わざわざ近付いて確認するまでもなく、稼動はしていないようだった。

僕は階段を降りる。

「……えっと、携帯のアドレス帳に羽川の番号とメルアドが入っているから、終業式の日の午後に羽川とすれ違ったのは本当……それ以前の記憶も、なら正しいだろう」

あのパンツも決して夢じゃない。

夢のようだったけれど。

「財布《さいふ》の中のお金も減ってるし、レシートもある……だから、若者向け女性ファッション誌を買ったのも間違いない」

記憶が微妙に改変されていた。

しかし、僕は気付かない振りをして続ける。

「けど、その後のことは……現実味がないよな」

夢落ちじゃなくとも。

何かを勘違いしているって線はあるよな？

たとえば——クルマに轢《ひ》かれて怪我《けが》をしている女性がいて……、僕は、怪我人を見て動転してしまって……、その場に気絶してしまった？

んー。

無理があるけれど、何せ初めてのことだし。

それから……、気絶している僕を、ここに運んだ誰かが……、いや、わからねえ。さすがにそれは展開に無理があり過ぎる。そんなもん、普通に救急車を呼べばいいだろう。

でも、携帯電話の表示時刻は本当だよな。

やっべえ、家を二日、感覚的には三日もあけちゃってる。

無断外泊は初めてじゃないが、三日っていうのはもうぎりぎりのラインだよな。妹達の不行状《ふぎょうじょう》を思えば、可愛いものかもしれないけれど……、すぐにでも一報を入れておく必要がある。

このときの僕は。

まだそんな——暢気《のんき》なことを考えていた。

しかしそんな考えは、建物から外に出た瞬間、すぐに雲散霧消《うんさんむしょう》する。足下に散らばる瓦礫《がれき》や金属片、ガラス片、よくわからない看板や空き缶、果ては段ボールなどを避けながら（しかし、本当にどうして、暗闇の中でこんなによく見える？）、建物の外、傍若無人《ぼうじゃくぶじん》に生い茂る草の中へと身を出した瞬間

——である。

身体が。

僕の全身が——燃ヽえヽ上ヽがヽっヽたヽ。

気付くべきだった。

もう夕方と言っていいこの時間の太陽が——どうしてこんなにも眩しヽくヽ感じるのか。

だけどもう遅かった——僕の身体が、燃え上がる。

「ぎゃあああああああああああああっ!」

僕は声にならない悲鳴をあげた。

痛いなんてものじゃない。

髪が、皮膚《ひふ》が、肉が、骨が、全て——燃え上がる。

燃焼する。

すさまじい速度で——燃焼する。

「ああああああああああああああああああっ!」

吸血鬼は。

太陽に、弱い?

闇の存在である吸血鬼は、太陽に弱い?

だから——影ができない。

だけどそれが、僕に何の関係が——

「たわけっ!」

身体中の火を消そうと、ありったけの知識を総動員してごろごろと地面を転がる僕に対し（こうすれば身体についた火が消えると何かで読んだ記憶がある）、建物の中から、そんな声が響いた。

見れば。

燃え上がり、水分などとっくに飛んでしまっている、そんな眼球で、声のした方向を見れば——そこにいたのは、さっきまで眠っていた、金髪少女だった。

少女にあるまじき権高《けんだか》な目つきで、僕に対し——

「さっさとこっちに戻って来るんじゃ！」

と怒鳴った。

そう言われても、あまりの痛みに、僕の身体は思い通りに動かない——それを見て取ったのだろう、金髪少女もまた、意を決したように、建物の外へと飛び出してきた。

途端。

僕と同じように——金髪少女の身体は燃え上がった。

しかし、そんなことにはまるで構わず、彼女は僕のところに駆けてきて、倒れている僕を脇から抱えるようにし、そのままずるずると引きずった。

火達磨《ひだるま》になりながら。

ずるずると——引きずった。

それほどの力は感じない。

普通の、子供並の力だ。

その細腕にしては、それなりの腕力だと評価すべきなのかもしれないが——それにしたって、僕を持ち上げられるほどではない。

引きずるだけである。

炎上しながら——引きずるだけである。

燃え上がりながらもそんな力を出せるのは、やはり大したものだが——しかし、それでも、少女が僕を建物の中、つまりは太陽の光が当たらない影に引きずりこむまでには、かなりの時間を要した。

本当に驚いたのはそれからである。

僕の身体。

そして金髪少女の身体を包んでいた炎が、日陰に入った途端に——魔法のように消えたのだ。それだけではない——火傷《やけど》さえもしていない。

あれだけの炎に包まれながら。

服は、焦《こ》げてさえいないのだ。

フードつきのパーカーも迷彩柄《めいさいがら》のズボンも。

まるで、ほつれてさえいない。

金髪少女のふわふわのドレスも、まるで同じである。

「え、え、ええ……？」

「全く」

混乱する僕に——金髪少女は言う。

「いきなり太陽の下に出る馬鹿がどこにおるのじゃ——ちょっと目を離しておる隙に、勝手な真似をしおって。自殺志願か、うぬは。並の吸血鬼なら一瞬で蒸発しておったぞ」

「……え？」

「日のある内は二度と外に出るでないぞ。なまじ不死力があるだけに、焼かれ、回復し、焼かれ、回復し――の、永遠の繰り返しじゃ。回復力が尽きるのが先か太陽が沈むのが先か――いずれにせよ、生き地獄を味わうことになる。まあ、不死の吸血鬼を生きておるのだと定義すればじゃがのう――」

「え――え」

きゅうけつ――き。

じゃあ、やっぱり――あれは、夢でも勘違いでもなく。

「じゃ、じゃあ、お……お前、ひょっとして」

金髪、ドレス。

そして冷たい眼。

いや、年齢の違いは大きい――僕が見た彼女は、あんな瀕死の状態だったから正しい推測などできるわけもないが、それでも――外見年齢は、およそ二十七歳といったところだった。

十歳くらいにしか見えない彼女とは明らかに違う。

それに、手足。

右腕も左腕も右脚も左脚も、金髪少女にはある。

十歳の少女らしい、肉のついていない棒のような手足。

四肢を失っていた彼女とは――明らかに違う。

けれど――

けれど、共通項はある。

たとえば、喋るたびに口の内側から覗《のぞ》く、白い牙——とか。

「うむ」

彼女は頷いた。

思い切り高飛車な態度で、胸を張り。

「いかにも、キスショット・アセロラオリオン・ハートアンダーブレードじゃ——ハートアンダーブレードと呼ぶがよい」

そして続けて、恐ろしいことを言った。

「眷属《けんぞく》を造るのは四百年振り二回目じゃったが——まあその回復力を見る限りにおいて、うまくいったようじゃな。暴走する様子もなさそうじゃ。なかなか眼を覚まさんから心配したぞ」

「け——眷属？」

「そう。ゆえに、うぬ……む。そう言えば、まだうぬの名前を聞いておらんかったの。まあよいか。これまでの名前など、今のうぬにとっては何の意味も持たん。ともかく、従僕《じゅうぼく》よ」

彼女は笑った。

凄惨《せいさん》に笑った。

「ようこそ、夜の世界へ」

「…………っ」

阿良々木暦の、十七年と少しの短い人生は、あっけなく、前振りも前触れもなく終わりを迎えた
——はずだった。

しかし、違っていた。

ただ、ある意味で終わっていたのかもしれない。

道理で生まれ変わったような気がしたはずだ。

僕は——文字通りに、生き返っていたのだから。

吸血鬼。

漫画であれ映画であれゲームであれ、それはもう散々に掘り尽くされた鉱脈——一周半して、今はちょっと古いくらいの存在。

しかし僕は、それにしては、そして高校生という世代にしては、吸血鬼についてかなり疎かったと言える。

と言うか、全然知らなかった。

文字通りの、血を吸う鬼としか思っていなかった。

せいぜい、太陽が苦手で、影ができない——程度のことしか知らなくて、それだって、羽川と話している内に思い出したことである。

あとは——なんだっけ、そう、大蒜《にんにく》が嫌いなんだっけ？

よく知らない。

だから——知らなかった。

吸血鬼が血を吸えば——吸われた人間は吸血鬼となってしまうということを。

血を吸われることで、仲間とされ。

血を吸われることで、眷属とされ。

強制的に人間をやめさせられるということを——僕は知らなかったのである。

仲間。

眷属。

てっきり、死ぬものだと思っていた。

一人分、全ての血液を捧《ささ》げればそうなってしまうのが当たり前だ——僕は死ぬ覚悟で、彼女に首筋を差し出したのである。

だけれど——まさか。

吸血鬼になる覚悟など、まるで決めてはいなかった。

しかし、そんなことを言っても意味はなかった——まさしく後悔《こうかい》先に立たずである。

彼女に血液を絞り取られた僕は——極《きわ》めて荒唐無稽《こうとうむけい》なことに、吸血鬼と化していた。

証明の必要などない。

太陽の下で炎上するこの身体。

炎上しても瞬間で回復するこの身体。

暗闇でもよく見えるこの眼。

そして口の中の八重歯——牙。

それらが証明を必要としない、明白な証拠だった。

影ができるかどうかなど——確かめるまでもなかった。

「こ……ここはどこなんだ」

しかし。

ヘタレでチキンな阿良々木暦、つまり僕は、その現実に直面したくなくて、まずはそんなマイルドなところから、彼女に対して質問をした。

二階。

最初、僕が意識を取り戻した部屋に、ふたり、連れ立って、既に戻ってきていた。

少なくとも廃墟であることは間違いないようで、四階建ての建物の中、分厚い板で窓が塞がれている――つまり太陽光が入ってこない部屋は、ここだけらしいのだ。

うん。

回復するとは言え、やはり炎上は避けたい。

彼女は『蒸発』という言葉を使っていたっけ？

「む」

金髪を翻《ひるがえ》しながら、吸血鬼は言う。

「確か、『塾』とか言うものらしいぞ――数年前に潰れたようじゃが。今はただの廃墟じゃ。この通り、身を潜《ひそ》めるには便利じゃな」

「ふうん……」

やっぱり塾だったのか。

そして廃墟。

しかし、身を潜める？　変な言葉を使うな。

まるで僕達が隠れているみたいじゃないか。

気を失っていた僕の様子を見るために、人目のないところを選んだというだけだろう？

「じゃあ、キスショット。次の質問だけど――」

「待てい」

彼女。

キスショットは僕を制した。

「儂のことはハートアンダーブレードと呼べと言ったじゃろう」

「長ったらしいだろうが。ハートアンダーブレード？　言ってる間に二回は噛むよ。人の名前を噛んだりしたら駄目だろ？　だったら、キスショットのほうが短くていい。……それとも、そう呼んじゃいけないのか？」

「……いや」

キスショットは、何かを言いかけてから、しかし、首を振った。

金色の髪が静かに揺れる。

「まあ、そうじゃな、うぬがそれでよいのならばそれでよいじゃろう——断る理由もないわ」

微妙な言い方だ。

あ、外国の名前だとしたら、キスショットはファーストネームなのかな？　だとしたら、いきなりそんな呼び方をしたらまずいだろうけれど……しかしそんな人間の側の常識が吸血鬼に通じるものなのか……？

「それで、次の質問とは何じゃ？」

「えっと……僕は、吸血鬼に……なったんだよな？」

二番目に、一番訊きたい質問を持ってくる。

ヘタレでチキンである——いや。

これもやはり、現実に直面したくないからこそ出る、マイルドな質問だろう。そんなことは訊くまでもなく、わかりきっていることだ。

一番訊きたい質問は、他にある。

「当たり前じゃ」

はっきりと、キスショットは言った。

「今更説明するまでもあるまい——うぬは儂の眷属となり、従僕となったのじゃ。光栄に思え」

「従僕って……」

さっきもそう言っていたけれど。

ふうん……従僕か。

不思議と嫌な感じがしないな。

「じゃあ——どうしてお前、そんな、子供みたいな身体つきになってんだ？　昨夜……じゃねえや、一昨々日《さきおととい》か？　会ったときのお前は——もっと、こう、大人《おとな》っぽくて——」

「子供っぽくて悪かったのう」

「いや、そうじゃなくて」

大人っぽくて。

そして——手足が切断されていた。

それが言いたかったのだ。

「うぬの血は、絞り尽くしたがの」

牙を僕に晒して——彼女は笑う。

笑って言うようなことでもないが、笑う。

「それでは全然足りなかったのじゃ――じゃからそれ相応の姿になっておる。これでも死なぬだけマシじゃ。とは言え、最低限の不死身しか保てぬし、吸血鬼としての能力のほとんどが制限されておる――不便極まりないな」

それでも。

死なぬだけマシじゃがな――と、彼女は繰り返した。

死にたくない、と。

泣き叫んでいた彼女の姿が――脳裏《のうり》を過《よ》ぎる。

今のキスショットの口振りには、全くと言っていいほど、そんな面影《おもかげ》はないけれど。

今頃になって思う。

今更のように思う。

僕は本当に――この女を助けたんだ。

吸血鬼を、助けたんだ。

自分の命を投げ出して――

「手足もこの通り、形だけでも再生できたしのう。まあ、中身はスカスカなのじゃが――とは言え、当面はこれで大丈夫じゃ。……しかしな、そうは言っても上下関係はきっちりしておくぞ、従僕。こんなナリになっておっても、儂は五百年から生きておる吸血鬼じゃ。主人従僕の関係を差し引いたところで、吸血鬼としては生まれたてのうぬが、本来ならば対等に口を利ける相手ではないのじゃぞ」

「は、はあ」

「なんじゃ、曖昧な返事じゃのう——本当にわかっておるのか?」

「ま、まあ——わかるけど」

「ならば服従の証《あかし》として儂の頭を撫《な》でてみよ!」

彼女は威張って言った。

…………。

撫でた。

うわ、髪の毛柔《やわ》らけえ。

量があるのに、指が滑るようだ。

「ふっ。よかろう」

「……これが服従の証なのか?」

「そんなことも知らぬのか」

彼女は見下すようにそう言った。

吸血鬼は違うルールで動いているようだった。

「無知じゃのう。しかし無知であれなんであれ、うぬが物分りのよい従僕でよかったぞ——まあよきあるじにはよき従僕がつくものじゃがな。しかしじゃ、従僕」

キスショットは、続けて言った。

冷たい眼で僕を睨みつけて。

「うぬには命を助けられた。無様を晒す儂を、うぬは救ってくれた。じゃから儂は、特別にうぬの無礼な口の利き方も許すし、キスショット呼ばわりも許すつもりじゃ」

「よ、呼ばわりって——」

やっぱり、ファーストネーム的な扱いなのか？

まずいこと言っちゃったかな……けど、この流れだと、今更その呼び名を変えられないし。

しかし。

またキスショットは気になることを言った。

——手足もこの通り、

——形だけでも再生できたしのう。

確かに、十歳の少女の身体に相応しい細さと小ささであるとは言え、今のキスショットに手足はあるけれど。

形だけ？

中身は——スカスカ？

「それに……この先、うぬの力を借りねばならんこともあろうしなあ」

「は？」

なんだそれ。

気になるどころの発言じゃねえぞ？

「おい……それって」

「いや、じゃからと言って調子に乗るなよ、従僕。本来、従僕たるうぬが儂に奉仕するのは、当たり前のことなのじゃからな。うぬは儂が頭を撫でろと言えば、いつでもどこでも、忠実に撫でねばならんのじゃぞ？」

そう言って彼女は胸を張る。

まあ、胸を張ると言っても、十歳の体格なので、胸は全然ないのだが。胸を張ると言うより、なんだか背伸びをしているという表現のほうがぴったりくる感じだ。

……そもそも、『胸を張る』という言葉には、『胸部を主張する』というような意味は全くないのだけれど。

しかし……なんか突っ込んでも無駄そうだ。

まともな答が返ってきそうもない。

そういうところは後で訊くとして——そろそろ、一番訊きたいことを訊こうと思う。そのための前振りとしての質問を——僕はした。

「どうして——僕を吸血鬼にした？」

「む？」

「僕はお前に、吸い尽くされ——殺される覚悟だったんだけど」

走馬灯《そうまとう》まで回った。

色んな人の顔が過ぎった——いや、四人だけど。

あれ、五人だったっけ？

ちょっと憶えていない。

「……別に、したくてしたわけではない。吸血鬼に血を吸われれば、例外なく誰もが吸血鬼と化す。それだけのことじゃ」

「そう——なのか」

そうとわかっていたら。

僕は——彼女に首筋を差し出しただろうか？

吸い尽くされる覚悟はあった。

殺される覚悟もあった。

しかし——

人間をやめる覚悟は、果たしてあったか？

「まあ、それは儂にとっては都合《つごう》のよいことよ。何故《なぜ》じゃかわかるか？」

キスショットは勿体つけるように間を置いてから——やはり変わらず、高慢な口調で言った。

「それは、うぬには、やってもらわなければならんことがあるからじゃ」

「……さっき言ってた、力を借りるって奴か？」

——力を借りねばならんこともあろう。

「そう。うぬ一人の血では、ここまでしか身体を回復できんかった——今の儂は、フルパワーからは程遠い。じゃからこの先は、うぬに動いてもらわぬといかん」

「こ——この先？」

「然《しか》り。先の先まで読んで行動する。それがこの儂、鉄血にして熱血にして冷血の吸血鬼、キスショット・アセロラオリオン・ハートアンダーブレードじゃからの」

「…………」

キャッチコピー、長いよ。

名前と合わせりゃ何文字あるんだ。

冷血くらいしか合ってない気がするし。

「僕に何を――」

僕に何をさせる気だ。

思わず、そう訊こうと思ったが――しかしそうすると、話が逸れそうだった。キスショットが僕に何かをさせようとしているのならば、それもそれで立派な本筋ではあるのだろうが――しかしそれよりも先に、僕には訊いておかなければならないことがある。

前振りの質問の答は、とりあえず得たのだ。

だから一番訊きたいことを――訊く。

一番聞きたいことを。

「僕は」

意を決して、僕は言った。

彼女をしっかりと見据《みす》え。

返答次第では――覚悟があることを示しながら。

「僕は――人間に戻れるのか?」

「……ふむ」

果たして。

キスショットは――僕が思っていたような、どんな反応をも返さなかった。

てっきり、怒るか、それとも不思議がるか、理解不能を示すか――そんな類《たぐい》の反応を予想していたのだが、しかし、ただ、むしろ納得するように、頷いてみせたのだった。

「やはり――そうじゃろうなあ」

そう言いさえした。

こちらの予想は外れたが――向こうの予想は当たったらしい。

僕が、それを訊きたがっていたことさえ。

最初から、お見通しだったかのようだった。

「うぬがそう言う気持ちはわかるしのう」

「わ、わかるのか?」

上位の存在。

それは羽川の表現だが、少なくとも、先ほどからの口振りを見る限りにおいて、吸血鬼の彼女が人間という存在を一段低く見ていることは確実だ。

彼女にとって――人間は下位の存在。

なら――

吸血鬼になって何故喜ばない、とか。

人間に戻りたいなどと理解に苦しむ、とか。

そういうことを言われるのではないかと思っていたのだけれど――

「わからいでか」

キスショットは、何気なく、そう言った。

「儂も神にならんかと誘われたことがあったが、そのときは断ったからのう」

「か、神って」

「昔の話じゃよ」

ともかく、と、彼女は言った。

話題を戻したと言うよりは、その辺りのことは、どうやら触れられたくないようだった。

「人間に戻りたい――と言うより、元のままでありたいと思ううぬの気持ちはわかるのじゃ。そう言い出すと思っておったわ。『ようこそ、夜の世界へ』と言ったものの、うぬがそのままでいたがるとは思っておらんかったよ」

「そうか――」

と、言ったところで。

まだ僕は、質問の答を聞いてないことに気付く。

「で、どうなんだよ。僕は――」

「……戻れるよ」

キスショットは、少し声を低くして、言った。

僕を見る眼は、相変わらず冷たいそれである。

刺すような視線とさえ言えた。

「戻れる」

けれど――そんな視線で僕を見つめるままに、彼女は「戻れる」と、そうはっきりと、断言したのだった。

「保証するよ。儂の名にかけての」

「…………」

「勿論……従僕よ。そのためには、ちょっとばかり儂の言うことを聞いてもらわねばならぬのじゃがな。従僕たるうぬに命令を下すに遠慮《えんりょ》する必要などないのじゃが——一応、命令ではなく脅迫《きょうはく》ということにしておいてやろう。人間に戻りたくば——儂に従え、とな」

そしてやはり——彼女は、凄惨に笑った。

005

ドラマツルギー。

エピソード。

ギロチンカッター。

それが、キスショットから身体の部品を奪った三人の名である——らしい。

一応、三人のそれぞれの特徴《とくちょう》を、キスショットから聞きはしたものの——そういうのはどうも、言葉で聞いてもぴんとこない感じだった。

違う国の言葉で説明を受けているようで、その三名についてのイメージはどうにも曖昧だが、しかし、一番重要なことだけは、わかりやす過ぎるほどにわかりやすかった。

ドラマツルギーという男は彼女の右脚を。

エピソードという男は彼女の左脚を。

ギロチンカッターという男は彼女の両腕を。

それぞれ——奪ったらしい。

だから彼女は、あんな瀕死の状態に陥《おちい》ったのだ——瀕死どころか、僕の血を吸わなければ、確実にキスショットは死んでしまっていただろう。

不死身でありながら。

死んでしまっていただろう。

それを一番わかっているのは彼女自身だ。

あのとき彼女は——死を覚悟していた。

命からがら、ほうほうの体でその三人からは逃げたものの——逃げるのがやっとだったらしい。

「何で——」

僕は、その説明を受けている最中、思わず口を挟んでしまった。

「何で、腕や脚なんか、奪われたんだ？」

「儂は吸血鬼じゃ。うぬら人間——まあうぬはもう違うが、とにかく人間の言うところの、化物じゃぞ」

キスショットはごく当然のように言った。

「化物は退治《たいじ》されて当たり前じゃ」

「………………」

「その三名は吸血鬼退治を専門としておる者共《ものども》じゃ——儂を殺すことを生業《なりわい》にしておる者共じゃ。吸血鬼退治を専門とする者の存在となれば、うぬも聞いたことくらいはあるのではないか？」

ある——のだろう。

吸血鬼という存在とは、セットで語られる存在である。

よく憶えていないが、それにそもそもよく知らないが——聞いたことくらいはあるはずだ。

「で——退治されたってことか？」

「たわけたことを吐《ぬ》かすな、まだされてはおらん——が、手足を奪われたのは痛い。回復力もほとんど残っておらんし——今のこの状態では、戦いようもない」

「なるほど」

「だから」

自然な流れで言うキスショット。

「うぬがその三名と渡り合って——儂の手足を取り戻してきてくれればよいのじゃ」

「え……？」

啞然《あぜん》となった。

「よ、よいのじゃって……そんな簡単に」

「まあ、今のうぬにはまだ詳しくは言えんのじゃがのう、うぬを人間に戻すためには、儂はフルパワーの状態に戻らねばならんのじゃ。言ってみれば完全体にな。そのためにはあの手足は絶対に必要なものなのじゃ」

「で、でも——僕、戦うとか普通に無理だぜ？」

何を悪いことをしたわけでもないのに、僕はまるで弁解するような口調で言った。

「運動神経は、まあ悪くはないけどよくもねえし、体格だって見ての通りだ。喧嘩《けんか》とか、したことないし……、それに、そうだ、それって最悪、僕が退治されちゃうんじゃないのか？」

僕だって——今のところ、吸血鬼なのだ。

その可能性は大いにある。

だって、相手は吸血鬼退治を専門にしている三人なんだから——そもそも、仮に元人間の僕を見逃してくれたとしても、戦闘の成果であるキスショットの手足を、そう簡単に返してくれるとは思えない。

「たわけ。それはうぬが人間であった頃の話じゃろうが」

キスショットは呆れたように言う。

「今のうぬは我が眷属じゃ——最低レベルにまで弱体化している今現在なら、この儂を殺すことさえ容易《ようい》じゃわ」

「……？　つまり、お前は吸血鬼として弱いほうだって話か？」

「違うわ！」

怒られた。

やっぱ、基本的に怒りっぽい奴なんだ。

「今の話を聞いてどうしてそういう結論になるのじゃ——言っておくが、儂は吸血鬼としては最高ランクじゃぞ。怪異殺しと呼ばれておるわ」

「怪異殺し……」

その凄さがいまひとつ伝わってこないなあ。

そもそも怪異って何だろう。

妖怪みたいなものか？

まあいいけど。

「まあ、弱体化しているお前より、今の僕のほうが強いとしても……、強いとしても、しかしその三人は、フルパワー、完全体の状態のお前から、手足を奪ったんだろ？　だったら——」

「三人がかりじゃったから不覚を取っただけじゃ。侮《あなど》っておった——完全に油断しておった。あの程度の連中、三人まとめて相手にしても問題ないと思ったんじゃがのう」

「へえ……」

「つまり、じゃ」

キスショットは。

威張って——言ったのだった。

「ひとりずつを相手にする限りにおいて、その三人はうぬの敵ではないわ。はっきり言って、楽な仕事じゃ。その程度のことで人間に戻れるのじゃとしたら、安いもんじゃろう」

決して、そんな大雑把《おおざっぱ》な言葉に説得されたわけじゃないけれど。

そんなわけで——僕は、夜の町を歩いていた。

太陽が沈んで、それからしばらくしてからのことである。ようやくあの建物、学習塾跡の廃墟から外に出ることができて——現在地がはっきりと把握できた。

あの学習塾のある座標は、僕の住む田舎町の、更に端っこのほうだった——とは言え、あんなところにあんな建物、あんな潰れた塾があることなんて、僕は全く知らなかったけれど。

大方《おおかた》、駅前に進出してきた大手の塾のあおりを食って潰れてしまったのだろう。

隠れ場所としては最適とも言える場所だけれど、キスショットの奴、よくあんなところを見つけられたな……。

既に家には電話を入れてある。

運よく、電話に出たのは妹だった。上の妹である。兄は春休みを使っての自分探しの旅に出たのだと、そんな風にみんなに伝えてくれと、僕は言った。

上の妹は、納得してくれたようだった。

……しかし、それって、上の妹は、僕のことを、いつ自分探しの旅に出てもおかしくない兄貴だと思っているってことだよな……。

なんか情けない。

そして直後、下の妹からメールが届いた。

中学生の妹は、二人ともまだ携帯電話を持たされていないので、リビングに置かれているパソコンからのメールである。

『お兄ちゃんへ。

時には人は迷うことも必要だけれど、でも、ふと心に余裕ができたときに、ちょっとだけ思い出してみて。チルチルとミチルは、一体青い鳥をどこで見つけたのかな？』

………………。

妹に諭《さと》された……。

こんなメールの受信に携帯電話のバッテリーを消費したのかと思うと素直に腹が立った。

しかし、携帯電話、どっかで充電しないとな……、家に充電器をとりに帰るわけにもいかないし、コンビニで充電器を買うしかないか。あの学習塾跡に電気なんて通ってるわけがないから、乾電池式の奴。

バッテリーがあがる前にことを終わらせられれば、それに越したことはないのだけれど。

「敵じゃねえって……元々、別に僕の敵じゃないんだけどな。お前の敵なんじゃねえかよって話だ」

まあ、でも……楽な仕事、なのかな？

最初は半信半疑だったけれど、どうやら、僕の吸血鬼としての能力は確かなものらしい——どのように試《ため》したかは、詳しく説明すると器物損壊罪に問われるかもしれないので、あえて伏せておくが。

まあ。

元が廃墟なんだから、少しくらいいいじゃん？

みたいな？

「けどなあ——なあんか、見落としてる気がするんだよなあ」

どうも、キスショットの言葉が引っかかる。

それに——話がとんとん拍子で進んでいることも気になっていた。

「で、その三人はどこにいるんだ？」

「わからん」

「わからんって……」

「余計な心配は無用で不要じゃ。適当に外を歩いておれば向こうのほうから見つけてくれるわ——向こうは吸血鬼退治の専門家じゃぞ。吸血鬼を見つけるくらいのことはお手のものじゃわい」

「そうなのか？」

「うむ。ここで大人しくしておる分には問題はないじゃろうが、吸血鬼としての力が活発になる夜、外を出歩けば——奴らは光に群がる羽虫のごとく、うぬに寄ってくるに違いないわ」

「…………」

「今頃、連中は儂を探して、この町を徘徊《はいかい》しておるじゃろうからのう。うまくすれば今晩中にケリがつくわい」

くくく、と。

キスショットは、嫌な感じの笑い声を漏らしていた。

ふうむ。

まあ、こちらから探さなくていいというのは助かる……実際、探せと言われたところで、人脈も何もない僕には、無理に決まっているからな。

しかし——どうも、とんとん拍子が気に入らない。

僕はもうちょっと、色んなことを疑ってかかるべきじゃないのか？　僕が吸血鬼という存在になってしまったことは、もうどうしようもない事実としても——たとえば。

思わず、飛びついてしまったけれど……本当に僕は人間に戻れるのか？

それがキスショットの嘘でないという保証はどこにある？

自分の手足を取り返すために、僕を利用しようとしている——食料にするだけでは飽《あ》き足らず、文字通り手足として利用しようとしている、とか……。

いや、それについては最初から、キスショットはそう言っていた——命令ではなく脅迫だ、と。

力を借りねばならんこともあろう——と。

……でも、ただで僕が協力するとは思えないから、そのために——人間に戻れるという嘘をついた、とか。

撒《ま》き餌《え》として——嘘をついた。

僕が人間に戻りたがることを。

キスショットは——予想していた。

「…………」

いや。

従僕ってことは、いちいちそんなまどろっこしいことしなくとも、あいつは僕に命令することができるんじゃないのか？

……ん。

違う。

今のあいつは、吸血鬼としてのスキルをあらかた失っている状態なんだ——だから、嘘でもつかない限り、僕を従えられないんじゃないか？

それなら、わからなくもない……。

十歳の外見になっている今は、十歳並に見えるけれど。

けれど——元の姿のときのあいつの顔立ちを思い出すと、どうだろう、かなり知的なイメージもあったんだよな。

少なくとも、自己申告を信じる限りにおいて、五百年も生きているのだ。

頭の回転は、鈍《にぶ》いほうではないだろう。

大体。

僕は——肝心なことを聞いていない気がする。

自分が元の人間に戻ることばかりを考えていて、大事なことから目を逸らしている気がする——そもそも、僕は、キスショットがどうして日本の、しかもこんな田舎町にいるのかさえ、訊き忘れているのだ。

妖怪という言葉は確かにおかしいが。

しかし吸血鬼は、いずれ西洋の化物だろう？

その三人にしたって——キスショットが日本に連れてきたようなものじゃないのか？

「……うーん」

いずれにしろ、全て推測だ。

キスショットが何かを企《たくら》んでいたところで、僕は今のところ、あいつを信用するしかない——あいつの言葉に縋《すが》るしかないのである。

イニシアチヴは、完全にあの女に握られているのだ。

まずはあいつの手足を取り戻して——話はそれからだ。

どうまかり間違ったところで、まさかその三人の吸血鬼退治の専門家の話までが嘘ってことはないだろう——と。

キスショットに言われた通り、自分自身を囮《おとり》として、歩道のない道をてくてくとあてもなく歩いていて——三叉路《さんさろ》に差し掛かった、そのときだった。

僕は。

キスショット・アセロラオリオン・ハートアンダーブレードというあの吸血鬼の頭の回転は、五百年も生きている割に、実は鈍いんじゃないのかと、そんな風に思ってしまった。

い、い、い、ひとりずつを相手にする限りにおいて、その三人はうぬの敵ではない——と彼女はのたまったが、そんな前提が、一体どこにあると言うのだ？

そもそも、お前自身が三人がかりで負けたと、そう言っていたじゃないか――！

とんとん拍子どころじゃない――僕も大概《たいがい》、馬鹿である。

けれど――もう遅かった。

いや、一応は間に合ったと言うべきなのか？

その状況の一秒前に――その状況の可能性には、思い至ったわけなのだから。

うまくすれば今晩中にケリがつく――と、キスショットは言っていたが、しかし、下手をしたところで――今晩中にケリがつくのかもしれなかった。

僕の、二度目の死という形で。

「ど――どうすんだよ」

まず、正面右側から。

身の丈二メートルを超えるのではないかという、巨漢の男が――両腕に、それぞれ波打つデザインの刃がきらめく大剣《たいけん》を携《たずさ》えて、こちらに向かって歩いてきていた。筋骨隆々《きんこつりゅうりゅう》と言うのか、服の上からでもそのはち切れんばかりの体格がはっきりしている――穿いているジーンズは僕にとっては寝袋代わりになりそうなものだし、着ているシャツは、切り分ければ僕のシャツが五人分はできるようでさえあった。

伸び放題の髪の毛を抑えるように、前髪をカチューシャでかきあげていた。

筋肉の塊《かたまり》のようなその男は、厳しい表情で、口を真一文字に閉じたまま――波打つ大剣を二本ぶら提《さ》げて、僕を睨みつけている。

聞いていた特徴と一致する。

あの男が――ドラマツルギー。

キスショットから右脚を奪った男。

「う――うう」

そして、正面左側から。

ドラマツルギーに比べてと言うわけではないが、随分と線の細いイメージの男が近付いて来ていた――幼さを残す顔立ちではあったが、しかしこちらに向ける視線の鋭さは洒落《しゃれ》にならない。よく言われる比喩ではあるが、視線で人が殺せるならば、僕は既に殺されてしまっているだろう。それほどに鋭い――三白眼《さんぱくがん》だった。白い学生服、いわゆる白ランを着ていることもあり、見ようによってはやはり幼くも見えるのだが――片手で肩に背負うようにした巨大な十字架《じゅうじか》が、その印象を大いに否定している。工夫も何もない、シルバーアクセサリーのような十字架を、そのまま縮尺五十倍にしたかのような、そんな銀塊《ぎんかい》。男の三倍くらいの大きさはある、重さは三乗を超えかねない、冗談のような巨大さを有する十字架である。その十字架を聖具ではなく武具として使うのだろうことは、容易に想像がついた。

貫《つらぬ》くように僕を見るその男は、むしろ薄笑いを浮かべたまま――その巨大な十字架を肩に載せたまま、こちらへと寄ってくる。

聞いていた特徴と一致する。

あの男が――エピソード。

キスショットから左脚を奪った男。

「ど――どうすれば」

更に、僕の後ろから。

いつの間にか神父風《しんぷふう》のローブを身に纏《まと》った、正面のふたりとは対照的に、見た目だけは大人しそうな男が――ついてきていた。ハリネズミを連想させる髪型をしているが、危うさを滲ませるのはその髪型くらいのもので、雰囲気としてはむしろ穏やかなものである。閉じているのか開けているのかもわかりづらい糸目《いとめ》からは内に秘めた感情はわかりづらいが、しかし少なくとも、正面のふたりとは違い、大剣であれ十字架であれ、彼だけは武器らしい武器を所有していないことは確かだ――が、それこそが、この神父風の男の、最も特筆すべき点であるように思われた。なぜなら――そうでありながらも、彼は他のふたりと較《くら》べて倍の部品を、キスショットから奪っているのだから。

神父風のその男は、警戒心を感じさせない顔つきで――手には何も持たないままで、自然な歩調で僕に近付いてくる。

聞いていた特徴と一致する。

あの男が――ギロチンカッター。

キスショットから右腕と左腕――両腕を奪った男。

「――つうか、どうしようもねえ……！」

吸血鬼退治の専門家。

ドラマツルギー、エピソード、ギロチンカッター。

その三人が――僕を中心に、集結していた。

まるであつらえたような三叉路である。

逃げ道もない――袋の鼠《ねずみ》だった。

「あー？　んんだよ。超ウケる」

と。

最初に口を開いたのは、巨大な十字架を肩に載せた男——エピソードだった。

見た目通りの、乱雑な口調である。

「ハートアンダーブレードじゃねーじゃねーか——誰だこいつは？」

「■■■」

エピソードのその言葉に、間に挟まった僕を無視するかのように、筋骨隆々の男——ドラマツルギーは応えたようだ。厳格な、いかにもいかめしい口調だったが、しかし、その言葉を僕は聞き取ることができなかった。

そんな僕を慮《おもんぱか》ってではないだろうが、

「いけませんよ、ドラマツルギーさん」

と、僕の背後で神父風の男——ギロチンカッターが言った。

穏やかな口振りである。

「現地の仕事は現地の言葉で。基本です」

「…………っ」

後ろを振り向こうと思って——けれど、それはまた、ドラマツルギーやエピソードに背を向けることになってしまうことに気付き、結局僕は、身動きが取れない。

ギロチンカッターは、他のふたり同様に、僕を無視するように——続けた。

「まあしかし、確かにあなたの言う通りでしょう、ドラマツルギーさん。恐らくは、いえ間違いなく、この少年、ハートアンダーブレードさんの眷属なのでしょうね――」

「マジかよ……」

不機嫌そうに――エピソードが呟く。

「あの吸血鬼は眷属を造らないのが主義なんじゃねえのか？」

「昔、一人だけ造ったとも聞いていますがね」

「■■■……、大方、私達に追い詰められ……、やむをえず、手足代わりになる部下を造ったということだろう」

ドラマツルギーが、今度は日本語で言った。

筋肉の塊みたいな体格をしているから、てっきりパワーキャラかと思ったが……、ピンポイントで僕の正体を言い当ててきた。

「ってえことは何かい？」

エピソードが、薄ら笑いを浮かべたままで言った。

巨大な十字架を、肩の上で揺らして。

「存在力を失って、非常に探しにくくなっているハートアンダーブレードの行方は、このガキの身体に訊けばわかるってことかい？」

「そういうことになりますね」

物騒《ぶっそう》なエピソードの言葉を、あっさりと首肯《しゅこう》するギロチンカッター――そしてドラマツルギーも、

「この少年を退治すれば、その褒賞《ほうしょう》はハートアンダーブレードとは別にもらえるのだろうな」

と、皮算用《かわざんよう》のようなことを言った。

あ——甘かった。

仮に元人間の僕を見逃してくれたとしても、だって？

どうしてそんな認識だったんだ。

希望的観測にもほどがある。

こいつら——さっきから、まるで僕のことを相手にしていない。

無視のし通しである。

僕を生物として、認めていないのだ。

存在的に——まるで、相手にしていない。

「ふむ」

と、言ったのはギロチンカッターだった。

「とすると、どうしますか？　エピソードくんの言う通り、この少年からハートアンダーブレードさんの行方を聞き出そうと言うのなら、ちょっとばかり手間をかけなければなりませんが」

「俺に任せろや。言いだしっぺだしなあ」

エピソードが笑いながら言う。

「後遺症が残らない程度に殺してやるよ」

「いや、私がやろう」

ドラマツルギーも言う。

「そういう仕事に一番向いているのがこの私だ。吸血鬼と一番わかりあえるのは、この私だ」

「別に僕がやってもいいんですけれどねえ」

ギロチンカッターも、穏やかながら主張した。

「おふたりだって、お疲れでしょう」

「か――勝手なことを言うなよ！」

僕は。

勇気を振り絞って――そう怒鳴った。

三人の誰に対してでもなく。

誰とも眼を合わせないままに、怒鳴った。

「は、話し合おうとかしろよ、お前ら――なんでいきなり僕を退治する算段を立ててるんだ……僕は人間なんだぞ!?　お前ら、人殺しをする気か――」

「…………」

「…………」

「…………」

一瞬とは言え沈黙が生じたところを見ると、一応。

僕のそんな言葉は、彼らにも伝わったのだろう。

だけれど――それだけだった。

言葉は通じても、意味は通じなかった。

誰も――僕に応じようとしなかった。

「ならばいつも通りのやり方だ」

と、ドラマツルギーは言う。

「オッケ。早い者勝ちってこったな」

と、エピソードが言う。

「いいでしょう。平等なる競争は、互いのスキルアップに繋がりますからね」

ギロチンカッターも言った。

そして――吸血鬼退治の専門家。

三人は、ほとんど同時に――三叉路の中央に位置する僕へと、飛び掛ってきた。飛び掛ってくるその動きが見えるのは、吸血鬼としての視力ゆえだろう。暗闇が見通せるだけでなく、この目は動体視力もずば抜けている――だけど。

見えたからと言って、どうすればいいんだ？

この状況で、一体何ができる？

「う……うわああああああああっ！」

僕がとった行動は――多分、この場合、最も愚かなものだった。即ち、両手で頭を抱えて――背を丸め、その場にしゃがみ込んでしまったのだ。攻撃を放棄《ほうき》し、だからと言って防御とも言えない、現実逃避の姿勢である。

無理だった。

当たり前のことだった。

僕は一体何を勘違いしていたんだ？

それこそ、漫画や映画やゲームの主人公でもない癖《くせ》に――一介《いっかい》の高校生の分際《ぶんざい》で、何、吸血鬼退治の専門家とかと戦おうとしちゃってんだよ。

何それ、学園異能バトル？

勝てるわけないだろうが。

コンクリートの壁を打《ぶ》ち抜けたから何だ？

ジャンプ力があるから、速く動けるから、何だ？

そんな能力が何の役に立つ？

だから、僕は喧嘩ひとつしたことないんだって――喧嘩する相手なんかいなかったんだって！　格闘技の経験なんてまったくないのに！

なんだよ――畜生。

一度は捨てた命なのに。

キスショットに捧げた命なのに。

どうしてこんなに――命が惜《お》しい！

「――――っ！」

…………！

………、…………。

しかし。

いつまで経っても――いつまで待っても、三人の攻撃が、僕の背中に振り下ろされることはなかった。

なんだ――なぶる気か？

それとも、僕のあまりの情けなさに、三人とも呆れ返ってしまったのか？　さすがに萎《な》えてしまって——いや、そんなわけがない。

なぶるも何も、連中は僕のことなんて、まるで眼中に入れてないんだから——僕は。

僕は、膝に埋めていた顔を——そっと、起こした。

すると。

「……はっはー」

と。

そんなお気楽な笑い声が聞こえた。

「こおんな住宅街のど真ん中でさあ……剣振り回して十字架叩きつけて物騒なこと言って、本当、きみ達は元気いいなあ——」

ドラマツルギーの波打つ大剣を二本、右手の人差し指と中指、薬指と小指で、それぞれ白刃《しらは》取《ど》りにし。

エピソードの巨大な十字架を、右足の裏で何ということもなさそうに受け止めて。

ギロチンカッターの俊《しゅん》敏《びん》な動きを、左手を突き出すことで、触れることなく制したのは——誰であろう。

通りすがりのおっさんだった。

一本足で立ったまま、彼は続けた。

「——何かいいことでもあったのかい？」

006

忍野《おしの》メメ。

通りすがりのおっさんは、そう名乗った。

ふざけた名前だ、と思ったが、しかしこちらは命を助けられた身である、面と向かってそんなことが言えるはずもない。

たとえ怪しげな風貌《ふうぼう》であっても。

たとえサイケデリックなアロハ服を着ていようとも。

命を助けられた以上――指摘すべきじゃない。

…………。

しかし、チャラいおっさんだな……。

「えっと……忍野」

さん、と付けるべきかどうか、敬語を使うべきなのかどうか、ちょっと迷ったが――しかし、さすがに命の恩人と言えど、相手の正体がわからない以上、下手に下手に出るのは考え物だった。

敵か味方か。

助けられても、まだ判断はつかないのだ。

下手に下手っていうのも変な表現だが。

しかしそれでも——僕は一応は、礼を言った。

「ありがとう——助かった」

「礼なんていいよ。きみが一人で助かっただけさ、阿良々木くん」

忍野は——とぼけた口調で、そう言った。

あっさりしたものだった。

それを言うなら、あの三人も随分とあっさりしたものだった——最初の攻撃を忍野に邪魔された途端、三人が三人とも、まるで示し合わせたかのごとく、来た道を素早く戻っていったのだ。

あっという間に姿を消した。

捨て台詞のひとつもなかったのである。

キスショットの手足を取り戻すという目的こそ果たせなかったものの——どうやら、命は助かったらしい。

忍野メメ——

このアロハ服の男が、僕の敵……そしてキスショット・アセロラオリオン・ハートアンダーブレードの敵でなければ、だけど。

「それにしても阿良々木暦か——らしい名前だね。いかにも波乱万丈《はらんばんじょう》って感じだ。はっはー、しっかし、あの連中は見境《みさかい》なかったよねえ。並の神経してりゃ、結界《けっかい》も張らずにこんなところでことを起こそうとはしないもんだけど。どうもよっぽどキャリアのある連中らしい」

「…………」

「そう警戒するなよ、阿良々木くん。そんなぎらぎらした眼ェしちゃってさ。元気いいなあ、何かいいことでもあったのかい?」

言いながら、忍野はアロハ服の胸ポケットから煙草《たばこ》を取り出して、口にくわえた——てっきり、続けてライターででも火をつけるのだと思ったけれど、しかしそうはせず、その煙草はただくわえているだけだった。

「まあ、とりあえず帰ろうぜ、阿良々木くん」

「帰ろうって」

「あの学習塾跡の廃墟だよ」

当たり前のようにそう言って、忍野は歩き出した——僕はその背中に「ちょっと待てよ!」と、思わず声をかけた。

「な、なんでそんなこと——知ってんだ?」

「ん? そりゃ知ってるよ——何せ、あの子にあの場所を教えたのは、僕なんだからね」

とんでもないことを、普通に言う男だった。

ええ?

いや、確かに、キスショットがどうしてあんな場所を見つけることができたんだろうとは思っていたけれど……。

こいつが教えたのか?

「まあ、義を見てせざるは勇なきなりってね。あの子——ハートアンダーブレードがきみの身体を引きずって、随分困っていたみたいだからさ——いい場所を教えてあげたんだ」

「お前——キスショットと知り合いなのか？」

「………？」

忍野は、僕の質問に答えるのではなく、僕の言葉そのものに疑問を抱いたように、怪訝そうな眼をした。

「……何だよ？」

「いや——キスショット、って呼ぶんだね」

「ん？　ああ」

「あの三人がそうだったように、普通は彼女のことはハートアンダーブレードって呼ぶもんなんだけれど……阿良々木くんは違うんだなと思って」

「だって……長ったらしいだろ？」

何だよ。

気にするなあ。

「呼ぶもんだって……別に決まってるわけじゃないんだろ？」

「まあ、そうだね。それに眷属にしたっていうなら、それでも不思議じゃないのかな——普通の吸血鬼ならともかく、彼女……ハートアンダーブレードは伝説の吸血鬼だもんな。怪異殺し——鉄血にして熱血にして冷血の吸血鬼——」

「吸血鬼って……知ってるんだな」

まあ、そりゃそうで、今更だけど。

どこからともなく現れて、あの三人の攻撃をあっさり防いでしまったことから見ても、もう明白なのだけれど。

「お前は――何者なんだ？」

「僕かい？　あるときは謎の風来坊、あるときは謎の旅人、あるときは謎の放浪者、あるときは謎の吟遊詩人、あるときは謎の高等遊民」

全部謎だった。

「あるときは女声の最低音域」

「……あるときはアルト？」

「あるときはある、ないときはない」

「ただの開き直りになった……」

なんてね、と。

はぐらかすように肩をすくめ、

「僕はただの、通りすがりのおっさんだよ」

すかした感じに、忍野は言う。

やはりチャラい。

「今日だってそうだし――こないだだって、ハートアンダーブレードが困っているところに通りすがっただけ。安心しなよ。僕は吸血鬼退治の専門家とかじゃないからさ」

「………」

信じて――いいのか？

いや、違う。

信じるしか——ないのか。

「素人《しろうと》じゃあないけどね——僕の専門はもっと広い。手広くやらせてもらっているのさ。まあ、自己紹介はあとでさせてもらうよ。だから、とりあえずあそこに戻ろうよ、阿良々木くん」

結局——忍野のその言葉に従う形になった。

僕は忍野と連れ立って、学習塾跡へと戻ることにした——厳密な可能性を言えば、やはり忍野がキスショットを狙う吸血鬼退治の専門家という展開はありえただろう。

けれど、少なくとも忍野が、キスショットの潜むあの学習塾跡のことを知っていたのは確かなのだ——ならばあんな町中などではなく、直接そこに向かえばいい。

あの三人とは別口の吸血鬼退治の専門家だとして。

今なら——あっさり、退治できるだろう。

弱体化したキスショット・アセロラオリオン・ハートアンダーブレードならば——だから。

逆説的に、忍野は単なる敵じゃない。

単なる味方とも、やはり言えそうもないが。

「おお！　帰ったか！」

忍野と益体もない話をしながら（昔のアニメの話題とか、本当に益体もない話題だった。このときの会話から、僕は忍野が敵であれ味方であれ、さん付けにする必要はないと判断した）一時間ほど歩いて、学習塾跡、その二階に帰り着くと、キスショットは喜色満面、むしろ待ちかねたといった感じの表情を、僕に向けた。

うわあ。

この女、自分の作戦ミスにまだ気付いてない……。

言い出しづらっ。

「ん……？　後ろの奴は……見覚えがあるな？」

「酷いなあ。その程度の認識かよ」

忍野は苦笑する。

「この秘密基地を教えてやったのは僕じゃないか。ハートアンダーブレード――怪異殺しちゃん」

「ああ……そうか。あのときの」

キスショットは頷いた。

ふむ。

どうやら、嘘ではなかったらしい――本当に忍野は、あの晩、キスショットと会っていたのだ。じゃあここが元は学習塾跡だということも、そもそも忍野から聞いたのかもしれないな。

「それで？」

と。

キスショットは、忍野に対してはまるで興味を持っていないかのようにそれだけで話を打ち切って
――僕に話を振ってきた。

だから、そんな期待を込めた眼で僕を見るな。

お前のせいにしにくい。

「えっと……落ち着いて聞いてくれよ？」

腹芸《はらげい》は苦手だし、遠回しな言い方ができるほうでもない。高校生になってから人付き合いを避けて

きた僕は、会話運びのスキルが異様に低いのである。

とにかく――ドラマツルギー、エピソード、ギロチンカッター、三人を同時に相手にする羽目《はめ》になったこと。

だから手足の回収には失敗したこと。

そして忍野に窮地《きゅうち》を救われたこと。

それを淡々《たんたん》と説明した。

ちなみに忍野はその間、学習机を集めて、何をしているのかと思えば、どうやらベッドを作っているらしかった。

なんだ？

寝る気なのか？

なんだよ、その自由奔放《ほんぽう》さ……。

「ふむう」

全て聞き終えて――しかし、キスショットは、さほど落胆した様子も見せなかった。

そうなんだよな。

どうも十歳の姿をしているから誤解してしまうけれど、基本的にこいつは、僕よりもずっと大人なんだよな。

無闇やたらに癇癪《かんしゃく》を起こしたりはしないか。

頭の回転は鈍いのかもしれないけれど。

「参《まい》ったのう……あの三人、未《いま》だつるんでおるのか。儂をここまで追い詰めたのだ、あとはバラけて、自由競争をしておるものとばかり思っておったんじゃがのう」

「一応、考えてはいたんだな」

「徹底的に儂を潰すつもりか——あの三人。ねちっこいにも程があるわい。大体、これほどダメージを与えれば、もう十分じゃろうに」

「褒賞がどうとか言ってたけど」

「む。ああ、そうか……現代はそうじゃったの。なるほど。世知辛《せちがら》いことよな」

キスショットは失笑するようにした。

何か、思うところがあるようだ。

「どうもボケていていかん。時差ボケかのう」

「そんな旅行者みたいな……」

ん。

ああ、そうだ——折角《せっかく》だから、この機会に訊いておこうか。自分のことばかりにかまけていて、訊き忘れていたことだ。

「キスショット、お前そもそも、どうして日本にいるんだ？　それも、こんな田舎町にさ」

「ん？　観光じゃ」

「…………」

「富士山とか金閣寺とか、見たくての」

あっさり言うけどさあ。

それはさすがに嘘だろ……そんな理由で、町中で凶器振り回すようなあんな連中を引き連れて来られても挨拶《あいさつ》に困る。

しかもこの町には富士山も金閣寺もない。

けど、そこまで正面から嘘をつかれたら、逆に追及し難《にく》いな。

「まさかお前、日本征服とか企んでるんじゃねえだろうな」

一応、そう釘を刺《さ》しておいてから、僕は、

「まあいいや」

と言った。

「とにかく——お前のフルパワーモードでも、三人がかりじゃやられちまったんだろ？　だったら、お前の眷属であるところの僕が、あの三人に勝てるわけがないだろう」

「……じゃから、一人ずつなら」

「つるんでるんじゃ、それも無理だろ。お前は大人しくしてりゃ大丈夫だって言ってたけど、ここだって、いつ突き止められるか——」

「それについては問題ないよ」

と。

いきなり、忍野が口を挟んできた。

見れば、完成した簡易ベッドの上で寝転んでいる。

自由過ぎる。

「ここには、きみ達が眠ってる間に、こっそりと結界を張っておいてあげたからさ」

「……結界？」

さっきも――そんなことを言ってたな。

しかし、結界って何だ？

「……バリアーみたいなもんか？」

「まあ、そんなようなもんだ」

明らかに違うけれど、説明が面倒臭いから肯定したことが如実にわかる、そんな忍野の口調だった。

「洒落にならないくらい土地勘がある奴ならともかく、異邦人である連中には、ここは突き止められっこないよ――」

「……お前」

僕は――警戒心を露《あらわ》にして言った。

「どういうつもりなんだ？」

「どういうつもりって？」

へらへら笑いながら応える忍野。

とにかくチャラい。

こいつは一体、何歳なのだろう？

三十は確実に過ぎてそうなんだけど……人間、三十年も生きて、こんな風にしかなれないなんてことがあるのか？

人間、誰でも三十を過ぎたら立派な大人になれるはずでは？

「どうして――キスショットを……僕らを助けるんだ？　敵じゃないことは、わかってきたけれど――僕にはお前が味方だとは、思えないのに」

「酷いことを言うなあ——全く」

ずっとくわえ続けていた煙草を、ここでようやく、忍野は口から外した。

ポケットに戻す。

「しかし、さっきも言ったけどさあ——僕は別にきみ達を助けているつもりはないよ。助ける理由も必要もないだろ。敵も味方もない。助かるのだとしたら、きみ達が勝手に助かっているだけだよ」

「……わからねえよ。言ってること」

「僕はね、バランスを取っているんだよ」

ようやく——忍野はそれらしいことを言った。

「言うなら、それが僕の仕事なのさ」

「…………」

「こちらとあちらの橋渡し」

とは言え——と、忍野は続ける。

「さすがに吸血鬼ってのは、いささか厄介《やっかい》かもねえ——あちらの存在としても、ちょっと強大過ぎる。ましてで怪異殺しと来てるんだもんな。さっきからの阿良々木くんの口振りだとさあ、まるであの三人が三人がかりでその子を襲ったことを卑怯《ひきょう》みたいに言ってるけれど、そんなことは全然ないよ。その子——そのハートアンダーブレードは、それに値《あたい》するだけの存在さ」

「そう褒《ほ》められると照れるのう」

キスショットは言いながら、胸を張る。

張っても無駄な胸を張る。

微妙に褒められていない気もするが、まあいい。

今の問題は忍野の正体だ。

「自己紹介――しろよ。後でするって言ったろ」

「忍野メメ。住所不定の自由人さ」

そう言った。

「まあ、妖怪変化のオーソリティだと思ってくれりゃいい――はっはー。あの三人とは違って、妖怪退治ってのは、あんまり得意じゃないけどね」

「得意じゃないって」

「もう少しありていに言うと、好きじゃないんだよね」

「でも――専門じゃないのかよ」

「専門は、だからバランスを取ること。中立の立ち位置で、ネゴシエーションすること。まあ強《し》いて言うなら交渉人だよ」

交渉？

こちらとあちらの――橋渡し？

こちらとはどこで――あちらとはどこだ？

こちらは人間で、あちらは化物か？

しかし――ならば今の僕は、どちら側だ？

「化物。いいね。僕は怪異と呼んでいるが」

「怪異――」

「そしてその子は怪異殺しと呼ばれている——どういうことか、わかるだろ？　怪異からエナジードレインできる、珍しいタイプの吸血鬼だ。まあ、だからこそ有名な子なんだよね——」

「好きで有名になったわけではないわい」

今度は、キスショットは拗《す》ねたみたいに言った。

十歳くらいっていうのは結構難しい年頃だよな、と思ったところで、だからこいつは見た目通りの年齢じゃないんだって、と思い直す。

人は外見によらないと言っても、さすがにこれは、慣れるのには時間がかかるよな……そういう意味でも、早いところフルパワーモードに戻って欲しいところだ。

「知ったようなことを言うなよ——小僧」

忍野を小僧呼ばわりするキスショット。

本当に五百歳なら、決して間違っていないが。

むしろ忍野がキスショットのことを『あの子』『その子』などと言っていることが、どこまでも不《ふ》遜《そん》なのである。

しかし忍野はまるでどこ吹く風で、その代わり小僧呼ばわりも気にせず、

「その通りだね、ハートアンダーブレード」

と言うのだった。

「噂で判断しちゃあいけないね——相手が人であれ、人でないものであれ。けどまあ、さっきのきみ達の話し合いをなんとなく聞かせてもらっていたけれど、結構大変な事態になっちゃってるみたいじゃない。まさかこんなややこしいことが起こるとはね」

「ややこしくなどない。至極簡単じゃ」

「長命の吸血鬼のスパンで見れば、そうなんだろうけどねえ——僕ら人間としては困ったもんだよ。ねえ、阿良々木くん？」

「え」

うわ。

こいつ——事情を把握した上で。

当たり前のように——僕を人間扱いしやがった。

こちら側だと——そう言った。

「…………」

「ん？　どうしたんだい、反応が悪いね——阿良々木くん、きみは人間に戻りたいんだろう？　違ったっけ？」

「いや、そうだけど——」

「人間であろうという者は、人間だよ」

基本的にはね。

忍野はそう言って——今度はキスショットを見た。

流し目である。

「それに——僕は気に入ったよ、ハートアンダーブレード。眷属とした阿良々木くんを、ちゃんと人間に戻してあげようという、きみの心意気がね」

「ふん」

しかし――今回は、明らかに褒められたっぽいのに、キスショットはむしろ、不機嫌そうに応えたのだった。

「交渉人だかなんだか知らぬが――余計なことを言うでないぞ、小僧。儂は昔からでしゃばりが嫌いでのう」

「でしゃばり？　それは僕からはもっとも縁遠い言葉だよ。むしろ引っ込み思案な部類でね。まあいいさ。でしゃばるつもりはないけれど――」

忍野メメは――寝転んだままで言う。

説得力の欠片《かけら》もない姿勢で、言う。

「――何なら、僕が間に立ってあげてもいいよ」

「あ――間に立つって」

こちらとあちらの――間？

「あの――三人との間？」

「他にないだろ」

頷く忍野。

「本当はさ――この学習塾跡を紹介してあげ、そして結界を張ってあげただけでも十分かなって思うけれど、まあこれも何かの縁だろう」

「た――助けて、くれるってことか？」

「助けない。力を貸すだけ」

忍野は言った。

「今のままじゃ、やっぱりちょっとバランスが悪いような気もするからね——これじゃあいじめみたいなもんだ。さっきも言ったけど、僕は連中がやるような『退治』ってのは、あんまり好きじゃないし——」

「じゃあ、お前は——僕らの味方なんだな？」

「違うって。味方でもないし、敵でもない」

中立だよ、と忍野。

「間に立つ——って言ったろ？　つまり、中に立つってことだ。そこから先はきみ達次第だね。実際に動くのは僕じゃない。渦中の者は、あくまでも自らの手で火中の栗《くり》を拾う必要があるのさ——僕は原因にも結果にも関与しない。精々《せいぜい》、経緯を調整するだけさ」

「…………」

僕はキスショットを見たが——キスショットも、そんな忍野の態度に困惑している風だった。

何なんだ、こいつは。

飄々《ひょうひょう》と——さも当たり前のように。

仕切ろうと——する？

「ああ、でも勿論、僕も仕事だからタダってわけにはいかないよ。何せ旅から旅の放浪者だからね、路銀《ろぎん》は大切なのさ。そうだな——二百万円くらいでどう？」

「に、にひゃく⁉」

驚いて声をあげた僕に、忍野は冷静だった。

「あるとき払いの催促《さいそく》なしだ。それくらいは要求しないと——それはそれでバランスが取れないものでね」

「……で、でも」

信じるしか——ないとは言え。

本当にこいつを信じていいのか？

こんな——通りすがりのおっさんを？

この学習塾跡をキスショットに教えてくれたことといい、僕をあの三人から助けてくれたことといい——結界のことはさておくとしても、それでも十分に信じるに足るだけのことはやっているのかもしれないけれど。

しかしどうにも——胡散《うさん》臭い。

「……具体的なプランを聞こうかの」

キスショットは——それこそ十七年と少ししか生きていない小僧である僕とは違い、そんな忍野と渡り合っていた。

そんな風に——切り込む。

「交渉と言っても、容易ではあるまい——あの三人を説得することなどできぬぞ。中立という以上は、貴様が儂の手足を取り返してくれるというわけではないのじゃろう？」

「さすがにそこまではね——でしゃばり過ぎだよ。プランも、まだあんまり考えてない」

拍子抜けするようなことを言う忍野。

しかし、それはとんとん拍子に進む話よりも、むしろ頼もしい感じでもあった。

余裕を感じるのだ。

「僕にできることは、頭を下げてお願いするだけさ。誠意を込めてね——お願いできないのなら危険思想に手を出すしかないけれど、幸い、言葉が通じるのならゲームができる」

「ゲーム……じゃと？」

「ただ、まずはあの三人をバラかすのが先だろうね。ひとりひとりを相手にすれば問題ない——ってのが、ハートアンダーブレード、きみの読みなんだろう？なら、それを実現させようじゃないか」

当然、と忍野は言った。

「きみ達にはある程度の……相応のリスクを冒《おか》してもらうことになるけれど——そこはどうか呑み込んでおいてくれ」

「いや、それは端《はな》からそのつもりじゃ。覚悟は決めておる——儂は勿論、従僕もの」

勝手に覚悟を決められていた。

僕の覚悟なのに……。

「しかしのう、小僧よ、あの三人とどうやって交渉するのじゃ？」

「だから、頭を下げてお願いするんだよ——まあ、話せばわかりそうな連中だったしね」

忍野は冗談みたいなことを言った。

問答無用もいいところだった、あの三人を指して——こともあろうに話せばわかる、だと？

どれだけ平和主義なんだ。

「詳しくは企業秘密だけど……フィールドは僕が整えてあげよう。そして阿良々木くんが、彼らからハートアンダーブレードの手足を取り戻す。無事に両腕両脚を取り戻せば——ハートアンダーブレードはパワーを回復できて、そうすれば阿良々木くんは無事に人間に戻れるというわけだ」

「……取り戻す、か」

やっぱり、難しいところを僕が担当することになるな。

ひとりひとりを相手にすれば——と言っても、あの三人。

ドラマツルギー、エピソード、ギロチンカッター。

波打つ大剣の二刀流、巨大な十字架、得体の知れない男。

正直、勝てる気は全くしないんだよな……。

自分のためなのだから、やらなくてはならないのだろうが、さすがに今晩のように、無為無策《むいむさく》では挑《いど》めない。

と言うか、今日はいくらなんでも考えなし過ぎた。

冷静なつもりでいて、焦《あせ》っていたのだろう。

僕も——そしてやはり、キスショットも。

だから。

改めて戦うとなれば——何らかの対策が必要だ。

「おい、従僕」

キスショットが——僕に言った。

「……何だよ、キスショット」

「儂は人間の貨幣は用意できん——二百万円という借金がどの程度のものなのかもよくわからんが、その金額をうぬは背負うことができるか」

「…………」

「心配するな。この小僧のスキルは本物じゃ——ここを教えられたとか、うぬが救われたとか、そういうことを度外視してもな。いかに弱体化しても、それくらいのことは今の儂でもわかる」

「でも——敵でも味方でもない、中立だぜ?」

「味方など最初から期待しておらんし、今の儂の居場所を把握しておるこやつが敵ならもう終わりじゃ。考えても仕方ない……ならば中立と言うのなら、望むべくもなかろう」

「……ああ」

そういう考え方もあるか。

割り切っていると言うか、シビアだ。

更に、さすがにそこまで露骨なことは言わないにしても、忍野の交渉が失敗したところで、マイナスになるわけじゃないからな。

冷たいのは眼だけではないということか。

だから——問題が残るとすればひとつだけだ。

通りすがりのおっさん。

通りすがり。

しかし——忍野があそこを通りかかったのは、本当に偶然だったのか、ということである。

キスショットが行く当てがなくて困っているところに立ち会い、僕が襲われているところに立ち会い——やっぱり、それは幾らなんでも偶然が過ぎないか?

そこに意図があったとして——だからどうなるということでもないし、忍野に何か得があるとも思えないが——けれど、いくらなんでも通りすがり過ぎだという気もする。

けれど——そんなものかもしれない。

起きてしまった偶然だから、後から観測してそう思うだけかもしれない——そんなことを言い出したら、終業式の終わった午後、学校のそばをうろうろしていたとき、校門から出てきた羽川とすれ違ったことさえも、ただの偶然じゃないようにも思えてくる。

考えてみればあそこで羽川とすれ違わなかったら、僕はその日の夜、家を抜け出して書店に行くこともなく、即ちキスショットと遭遇することもなかったのだから——考え過ぎか。

ラッキー、くらいにとらえておいていいのかもしれない。

今のところは。

……こんなチャラい男に会ってしまったことを、あんまりラッキーと表現したくない自分は確実にいるのだけれど……。

命の恩人に対し、こういうことだけは絶対言いたくないんだけれど、正直な話、一番苦手なタイプの人間なんだよな。

しかし。

それでも僕は意を決して、言った。

「そんな貯金はねえけど……あるとき払いの催促なし、ついでに保証人も担保《たんぽ》もいらないって言うんだったら……僕が背負うよ」

仕方ない。

この歳《とし》で借金持ちとは悲しい限りだが——背に腹は替えられないのだ。

「じゃ、決っまり〜。はっはー。まいどあり〜なんつって」

忍野は的外れなくらい気楽そうな調子で言った。

「僕も今日から、ここで寝泊りすることにするから。よろしくね。というか、元々僕は、この町に来て以来、この場所には目をつけていたんだよね。義を見てせざるは勇なきなりと、ハートアンダーブレードに譲《ゆず》ったけれど、やっぱこの町にここ以上の廃墟はなかったや。とりあえず、どうする？　明日からの前途に対して気合を入れるために、円陣でも組んでみよっか？」

寝転がったまま、最高に気合のない姿勢でそんなことを言う忍野だったが——勿論、僕もキスショットも、そんな言葉に乗っかったりはしなかった。

時刻はまたも、いつの間にか零時を過ぎていて。

日付は、三月二十九日へと変わっていた。

明日と言えば——既に今日は明日なのである。

007

ドラマツルギー。

二メートルを越える巨漢の男。

両手に波打つ大剣を持つ、二刀流。

かの大剣はフランベルジェという種類らしい。

筋骨隆々——筋肉の塊のような男。

前髪をかきあげるカチューシャが印象深い。

キスショットから右脚を奪った、吸血鬼狩りの専門家——である。

紆余曲折《うよきょくせつ》あって——まあ、どんな紆余曲折があったのか知っているのは忍野だけであって、実のところ僕はどうしてそうなったのかはわからないのだけれど、とにかく彼が、最初の相手となった。

「はあ……」

ため息をつきながら肩を落として、気持ち背中を丸めたまま、僕は今日も夜の町を歩いていた。

日付は三月三十一日。

三月最後の日だった。

変に時間をかけると、十二時を回ってエイプリルフールになってしまうからな……気をつけないと。

いや、僕ももう高校三年生になろうかという人間だ、別にエイプリルフールに対する特別な思い入れなんてないけれど、でもまあ、こういうのは気分の問題だからな。

エイプリルフール自体に思い入れはないが、僕はイベントめいた日は苦手なのだ。

「ドラマツルギーは吸血鬼じゃ」

ついさっき。

出掛ける前のぎりぎりで、二階のあの教室で改めて、キスショットは僕にドラマツルギーに関する説明をしてくれた。

というか、その情報は初めて聞いた。

「きゅ……吸血鬼？」

だから当然、僕は驚いた。

「あいつ——吸血鬼なのか？」

「……見ればわかるじゃろう。それともあんな体格の人間がおるのか？　儂は五百年生きておるが、そんな人間、寡聞《かぶん》にして知らんぞ」

「…………」

いや、まあ。

確かに、あれはもう、単に背が高いとか身体を鍛えているとか、とてもそういうレベルじゃないよなあ。

けれど、そんな馬鹿を見るような眼で見なくてもいいじゃないかと思った。

「けど、どうして吸血鬼が吸血鬼退治を専門にしているんだよ。わけわからねえぞ」

「同属殺しの吸血鬼など、さほど珍しくもなかろうよ。眼には眼、歯には歯、吸血鬼には吸血鬼——じゃ」

「でも——そんなの、裏切り者じゃねえかよ」

「儂らにそのような概念はないの」

実際にそのドラマツルギーに右脚を奪われておきながら、キスショットはまるで恨《うら》みつらみをにじませない口調で、そう言った。

「それともうぬら人間は殺し合ったりはせんのか？」

「………………」

「言っておくが、儂の知る限り、同属を殺さぬ動物など一種類たりとも存在せんぞ。いや、植物でさえ、同じ木の中で栄養の取り合いじゃ」

まあ吸血鬼は厳密には生物ではないがのう、とキスショットは付け加えた。

細かい注釈だった。

「植物でさえ——な。まあ、わけはわかったよ……けど、やっぱそういうことは言っておいてくれないとさ」

「ふうむ。まあその通りじゃな。弱体化し、この形になったため、思考力や記憶力のほうもやや落ちておるようじゃのう——」

「で、どうすればいい？」

「まあ、どうすることもない。精々、吸血鬼の特性を把握しておけばよかろう。それについてはもう教えてやったじゃろう？」

アドバイス。

とは、とても言えないような、適当な物言いだった。

「まあそうじゃな、ドラマツルギーは立場的にそんな戦法はとらんと思うが、一応、奴に血を吸われんようには気をつけることじゃな。吸血鬼が吸血鬼に血を吸われると、存在そのものを絞りつくされてしまうからのう」

それだけだった。

……どうも、僕の眼を覚ましてからのキスショットの反応を聞いていると、どうだろう、なんだか彼女は僕のことを妙に高く評価しているところがあるんだよな。

どうせ勝てる、みたいな。

手足くらいさっさと集めて来い、みたいな。

とろとろするなたわけ、みたいな。

失敗しても大して僕を責めないのは、僕を高く買っているからこそなのかもしれない——しかし、高く買ってくれるのはありがたいが、如何《いかん》せん買い被《かぶ》り過ぎという気もする。

まあ、土台、あいつにとって僕は眷属であり従僕だからな——自らを最強やら伝説やらと謳《うた》うのと同じ感じで、僕のことも評価しているんだろう。

だけどなあ。

「…………」

僕は足を止めつつ進めつつ、ゆっくりと歩きながら——本を読んでいた。

タイトルは『ゼロから始める合気道！』。

格闘指南の書である。

「うーむ……」

学習塾跡を出て、まず僕は、この町唯一の大型書店へと向かったのだった。キスショットと街灯の下で出会う前に買い物に行った、あの本屋さんである。二回目なのだ、そして今回からが本番とも言えるのだ、キスショットからはもっと建設的な助言をいただけるものだと期待していたのだが、それが望めないとなると、自力で何とかするしかなかった。

というわけでこの本だ。

ちなみに格闘技の本一冊だけ買うのは恥ずかしかったので、一緒に野球の教本とクラシック音楽のおすすめリストみたいな本を買った。

いや、しかし。

エロ本は単体で買えても、こういう本を単体で買うときの気恥ずかしさはいまだ克服《こくふく》できないのは何故なんだろう……。

そんなことを思いながら読み進め——そして、とりあえずはざっと、読み終えることができた。

ふむ。

夜の帳《とばり》の中、暗くても見える眼というのは便利だけれど……、やっぱ、なんだか付け焼刃感は半端じゃないな。

全然ぴんと来ないや。

そう言えば、上の妹が格闘技をやっていたことを思い出す。

空手だっけ。

そうだ、僕は喧嘩の経験は皆無《かいむ》だけれど、妹との取っ組み合いをカウントしていいのなら、結構な場数を踏んでいることになるな……。

あいつはかなり加減を知らないし。

と、そこまで考えて苦笑する——これから、恐るべきことに吸血鬼、それも吸血鬼殺しの吸血鬼と決闘しなくちゃならないというのに、それに対して、付け焼刃の知識だったり、妹との喧嘩だったりを参考にしようと思っている自分が、おかしくてたまらなくなったのだ。

ったく。

シリアスになりきれないなあ、僕は。

基本的に生き方がちゃらんぽらんなんだよな。

僕は一体、どこら辺で真面目に人生やるの、やめちゃったんだろう——と、そこで。

「ひょっとして、阿良々木くん?」

と。

そんな風に後ろから声を掛けられた。

振り向けば——そこにいたのは羽川翼だった。

春休みだというのに制服姿である。

眼鏡《めがね》も三つ編みも、学校のときと変わらない。

「あ——は、羽川」

こ、こいつ——何でこんなところにいるんだ?

特に何があるという場所でもない。

ただ単に、その大型書店から、忍野が定めた『決戦場所』に行くための、最短距離のルートというだけのことだ。

前に三人に襲われた三叉路同様、ただの住宅街である。

ええ？

羽川の家、この辺なのか？

それとも、まさか僕が心の中で思った『真面目』というチャンスワードを拾いに来たのか——こいつ、そんなアグレッシヴな奴なのか？

いや、そんなわけないけど。

自然——僕は、羽川を見つめる形になってしまった。

すると羽川は、

「んん？」

と首を傾げて。

それから、ぱっと両手で、スカートの前を押さえた。

「駄目だよー。今日は、見せたげない」

「…………」

この女……。

すげえ台詞を天然で言うな……。

萌《も》えるぞこの野郎！

「ななな、何の何の何のことを言ってい言っているんだか全然全然全然わからわからわからないないないないないなないな」

さりげなく言ったつもりだったが、ラップになってしまった。

「残念ながら、全く心当たりがないんだけれど」

声が裏返っていた。

心当たりしかない人間の態度である。

「んん？　あれ、忘れちゃってる？」

羽川は唇を尖《とが》らせ、不思議そうに言う。

忘れるも何も――

僕は、羽川のほうこそ、あの日僕とすれ違ったことなんて、すぐに忘れてしまっているだろうと思っていたけれど。

「私のパンツ、見た癖に」

「…………」

「しかもじぃーっと見た癖に」

憶えられていた。

しかも嫌になるほど憶えられていた。

「パンツ？　ああ、この国で使用されているという例の下半身用防寒衣類のことか？」

「違う文化圏の人の振りをしないで」

「……い、いや！　誤解だ誤解なんだ！　僕はスカートの裏地しか見ていない！　スカートの裏地にのみ注目していたんだ！」

「それはそれで変態だよね」

笑われた。

笑われてしまった……。

いや……。

それはともかく。

「羽川……何してんだ、こんなところで」

「んん？　散歩？　かな？」

「って……、こんな時間に——」

現在時刻は夜の九時。

際どいところではあるが、しかし僕のような奴ならともかく、羽川みたいな真面目な学生の出歩く時間ではない。

と、思うのだが。

「お互い様じゃない。だったら阿良々木くんこそ、どうしてこんな時間にひとりでGメン'75みたいに歩いてるの？」

「ひとりでGメン'75みたいに歩くのは無理だ」

「んん？　何読んでるの、阿良々木くん？　野球の本？」

「えっと」

とりあえず、本を仕舞う。

吸血鬼になったことを、振る舞いから見抜かれるとは思わないが——何せ吸血鬼ゆえに鏡に姿が映《うつ》らないものだから（そういうものらしい）、今の自分がどうなっているのか、実際、正確なところはわからない。

しかし隠すべきところは隠さなければ。

まずは、八重歯。

大口開けて喋らなきゃ大丈夫……なはず。

あとは——首筋の傷か？

キスショットに咬まれた傷——

これは見つかったところで、ごまかしがきく。

外見以外の変化と言えば、今の僕は吸血鬼ゆえに影がないけれど——街灯の近くを歩かなければ、それも気付かれないだろう。

それよりも、今は服の匂いのほうが気になった。

それも吸血鬼ゆえ、体臭《たいしゅう》やらは全く気にしなくていいが、しかしあの学習塾跡には着替えもなければ風呂《ふろ》もないからな。

いい加減、着替えはどこかで買うか……。

気分的に風呂も浴びたい。

けど、財布に入っていた貴重なお金は、基本的に軍資金に当てたいんだよなあ……携帯電話の充電器、結構高かったし、さっき本を買ったせいで、もう余裕はないと言っていい。どっかでいっぺん、家に帰るしかないのか？

「何よ。見せられないような本？　あ、ひょっとしてエッチな本とか？」

「馬鹿なことを。僕はそんな下劣《げれつ》な書物は触ったことさえない。魂《たましい》が穢《けが》れるといけないからな」

嘘もはなはだしかった。

けれど羽川はそれ以上突っ込んで来なかった――いい奴だ。

「ま、それじゃ、そういうわけで」

何が『それじゃ』でどう『そういうわけ』なのか、自分でも言っていて全くわからなかったが、とにかく、僕は早々に会話を切り上げて、羽川と別れようとした――本を読むのに思いのほか時間をとってしまったので、先を急がなくてはならないということもあるにはあったが。

もっと明確な不安もあった。

巻き込んでしまうのではないか――と。

だって僕は吸血鬼で。

これから会う相手も吸血鬼。

そんなところに――一般人である羽川の入り込む余地なんて、ないのだから。

いくら優等生でありいくら委員長であっても。

羽川翼は一般人だ。

「んん？　待ってよ。阿良々木くんって本当に歩くの速いなあ。折角会えたんだから、阿良々木くん、もうちょっとおしゃべりしようよ」

颯爽《さっそう》と背を向けて歩き出したつもりだったのだが、羽川は追ってきた。

あの日と同じように。

「おしゃべりって……何を喋るんだよ」

「んん？　そうだね——じゃあ、阿良々木くん。今日、どんな勉強をしたの？」

「………………」

そんな世間話聞いたこともねえ。

してねえよ。

春休みに自主的に勉強したりしないって言ったじゃん。

そうでなくとも、吸血鬼になって以来、完全に昼夜逆転しちゃって、僕の感覚では『今日』は、さっき始まったところなのだ。

「私は数学を重点的に攻めてみたの」

「す、数学ね……」

高校入学して落ちこぼれて以来、ほとんどすべての教科で赤点を経験したことがあるこの僕のことではあるが、数学だけは例外だ。

数学の試験で取れる成績のお陰で、一応のところ、私立進学校における僕の高校生活は命脈を保っていると言っていい。数学ができるイコール頭がいいというありがたい勘違いをしてくれる人は、職員室の中にも割といるのだ。

ただし、だからと言って、ここで羽川と数学について議論を戦わせることができるかと言えば、そんなことは全くない。

皆無だ。

だって、噂が本当なら、羽川は九九を五百の段まで憶えているらしいのだ。

五百って。

つまり、四百五十六かける三百二十一みたいな途方もない計算を、考えずに答が出せるということなのだ。

いやまあ、算盤《そろばん》やってる奴とかならもっとすごいことができるらしいのだが——結局、どんなに難易度があがったところで、数学ってのは、掛け算と割り算が全てみたいなところがあるからな。

掛け算割り算の手間が省《はぶ》けると、一問あたりにかかる時間が圧倒的に少なくなる。

僕は、数学は暗記科目じゃないからこそ得意としているのだが、羽川はその数学さえも暗記科目としてとらえているのである。

吸血鬼よりよっぽど化物かもしれない。

「ざ、残念ながら僕は今日はスペイン語の勉強しかしてないんだ」

「スペイン語？　……へええ」

羽川は驚きの表情を浮かべた。

驚いたってことは信じたのか。

まさか信じるとは思わなかった。

「残念ながら、私、スペイン語はあんまり知らないなあ」

「そ、そりゃあ本当に残念だ」

「うん。日常会話ができるくらい」

「…………」

日常会話ができるんだ……。

「スパシーボ！」

思わず僕は叫んだ。

「……スパシーボはロシア語だよ」

羽川が突っ込みをくれた。

「あと、スパシーボに『素晴《すば》らしい』的な意味はないから」

「…………」

予定外の突っ込みが被弾した。

て言うか、羽川、よく僕が『素晴らしい』って意味でそのロシア語を使ったってわかったな……。

「駄目だよ、言葉の意味はちゃんと憶えないと」

「う、うん……お前は何でも知ってるな」

「何でもは知らないわよ。知ってることだけ」

「ふうん」

含蓄《がんちく》のある言葉を当たり前のように言うな。

さすが委員長の中の委員長。

……冷静に考えてみたら、この春休みの間は二年生でも三年生でもないんだから、羽川は別に『委員長』ではないんだよな……まあいいか。

委員長って感じなんだよ。

「とにかく、何を勉強したかなんてことはいいじゃないか。人間、一生勉強なんだから」

「んん？　いいこと言うじゃない、阿良々木くん」

「だからもっと建設的なこと、そう、社会をよくする方法なんかを考えよう」

「そうね」

羽川は僕のその場しのぎを真《ま》に受けた。

「いじめってどうすればなくなると思う?」

「…………」

知るか!

軽く話すには重過ぎるわ!

打ち合わせもなしになんだよその厳しい振り!

「重いからって逃げちゃ駄目だよ。重《じゅう》の道も一歩からって言うでしょ?」

「いや、それを言うなら千里の——」

あ。

千里って、重だ。

……うまいこと言うな、こいつ。

普通、アドリブでそんなの思いつくか?

「…………、とりあえず、学校中に監視カメラを設置すれば、表面上はなくなるんじゃねえの?」

原因はなくならないが結果は潰せるはずだ。

「うーん。アイディアとしてはいいけれど、プライバシーの問題はどうしても残るよね。更衣室はどうするの?」

「むう」

痛い点を突いてくる。

いじめってそういう場所でも行なわれるしな。

いや、むしろそういう密室こそが危ない。

「……よし、わかった。女子更衣室の映像は、発案者である僕が責任を持ってチェックする」

「何が『よし』なのかわからない」

真顔で首を振る羽川先生。

失言にも程があった。

「あと、別に私は、更衣室を女子用に限定してないから」

「しまった！」

取り乱す僕。

ジト目の羽川。

「阿良々木くんって、そういうの見たいんだ」

「いや待てわかった！　男子更衣室の映像はお前にチェックさせてやるから、今の発言はなかったことにしてくれ！」

「見たくないし！」

……って。

そうじゃなくって。

早く羽川と別れないと——まさかドラマツルギーとの約束をすっぽかすわけにはいかないんだから。

それに、やっぱり巻き込めない。

「羽川……そろそろ帰ったらどうだ？　僕も、もう帰るところだし」

「んん？　まあ、言われなくともそろそろ帰るつもりだけど」

「羽川の家って、この辺なのか？」

「全然違うよ。散歩してたら、こんなとこまで来ちゃったって感じかな」

「……夜とか、出歩くなよ」

僕は言った。

「吸血鬼に遭遇しちゃうかもしれないだろ？」

自虐的な、自分に対する皮肉のつもりだった。

けれど、これが思いのほか傷ついた。

自分の台詞に自分で傷つくとは思わなかった――が。

更に、そこに。

「いや、実はそれ、ちょっと期待してたりして」

羽川が、そんな僕に――そう言った。

むしろ、やや茶目っ気を交えた風に。

「まあ、ただの噂だとは思うけれど――ひょっとしたら、吸血鬼に会えるかなって」

「……何で？」

僕は思わず、訊いてしまった。

「吸血鬼になんて、どうして会いたいんだ？」

「いや、特に考えてないけど――そういう非日常に期待しちゃう年頃なんだよね。吸血鬼と会って、ちょっとおしゃべりしてみたいかなって――」

「ざけんなよ！」

そして思わず。

そんな風に、怒鳴ってしまった。

あ、と思う。

失敗してしまった。

「え……、あれ？」

羽川が、戸惑ったような、曖昧な笑みを浮かべ——慌てたように、

「ご、ごめん」

と、言ってきた。

「な、何か気に障《さわ》ること言っちゃったみたいだね」

「………………」

そんなことはない——と言うのは簡単だった。

簡単だったと思う。

けれど——僕はそうは言わなかった。

正直、驚いていた——戸惑っているのは、羽川よりもむしろ僕のほうだった。

現状を受け入れているつもりはあった。

むしろクールに、物事に対処してきたつもりだった。

吸血鬼になったこと。

これからキスショットの手足を集めなければならないこと。

そうすれば人間に戻れること。

きっちり理解して、きっちり受け入れた。

そのつもりだった。

瀕死のキスショットを助けたことを、僕は少しも後悔していない――この状況になっても、そう言えるだけの自信がある。

それなのに。

羽川の言葉ひとつで――こんなに動揺してしまうなんて。

肉親以外の人間に怒鳴りつけたのなんて、いつ以来だよ？

あーあ……。

やっぱり、人間強度は地に落ちたままだ。

どころか――今や僕は人間でさえない。

けれど――いや、だから。

だからこそ。

「……いや」

僕は首を振った。

謝り返そうとした、その言葉を呑み込んで。

そして、

「お前が、気に障る」

と、続けた。

「え？」

「むかつくんだよ、お前——鼻につく」

言っている意味がわからないというように、曖昧な笑みを浮かべたままの羽川に、僕は思いつく限りの、辛辣《しんらつ》な言葉を投げつけた。

子猫を虐待《ぎゃくたい》しているような気分だった。

つまり最悪の気分だ。

けれど、僕は言わなくてはならない。

「僕は好きでひとりでいるんだから——つきまとうなよ」

「て、あ、阿良々木くん、いきなり何を言い出すの？　さっきまで、私と楽しくおしゃべりしてたじゃない」

「楽しくなんかなかった」

感情を殺して、僕は言う。

「楽しい振りをしていただけだ」

「そんな——」

「お前の財産が目当てだったんだ」

「わ、私の家、そんなお金持ちじゃないよ!?」

しまった。

面白いことを言ってしまった。

僕は取り直す。

「……内申書のための点数稼ぎか何か知らないけど、僕みたいな落ちこぼれに優等生さまがいちいち構ってんじゃねえよ。お前は優越感いっぱいで気持ちいいのかもしれないけれど、同情されるこっちはたまったもんじゃない」

「…………」

羽川の顔から表情が消える。

それにひるんではならない。

僕は続けなければならない。

ポケットから携帯電話を取り出して——それを羽川に突きつけるようにして、

「勝手に人の携帯いじってんじゃねえよ」

と。

彼女に見せつけながら、アドレス帳から羽川翼の名前、番号、メールアドレスを消去した。

「……だから、どっか消えてくれ」

すっ、と。

僕の言葉を聞いて——羽川は、眼を閉じた。

泣くかもしれない、と思った。

女子を泣かすなんて、小学校のとき以来だ。

そう思った。

しかし彼女は泣くのではなく——眼を開いて、力なくではあったが、しかし、笑ってみせた。

この期《ご》に及んで。

「わかった」

そう言った。

「ごめんね。そんなこと、言わせちゃって」

羽川は——そして僕に背を向けて、駆け足で、その場から離れていった。

ごめんね……？

あいつ、最後に謝ったのか？

あそこまで言われて？

正直、言っている僕のほうでさえ気分がどす黒くなったくらいだというのに——なんであんな風に笑えるんだ？

……わかり切っている。

あいつが、僕とは違うからだ。

本当に——いい奴だからだ。

これから、約束の場所に行くのに羽川と早く別れなければならないということもあった——一般人の羽川を巻き込んではいけないという、そういう考えも勿論あった。

だけど。

それよりも何よりも——僕は羽川で憂《う》さを晴らしてしまったのかもしれない。色んな大義名分を利用して——八つ当たりをしたのかもしれない。

吸血鬼に会いたいと。

無邪気にそんなことを言う彼女に——八つ当たりをした。

羽川に悪意がないことは明白だったのに。

本当は僕は後悔してるんじゃないのか？

キスショットを助けたことを。

そして本当は嫌なんじゃないのか？

キスショットの手足を取り返すことが。

そのために、危険に身を晒すことが。

更にもうひとつ——本当に怖いことがある。

僕は。

僕は本当に——人間に戻りたいのだろうか？

太陽の下に出たら生き地獄を味わう。

その他にも数々の制約がある。

けれど——そういったあれこれに眼を瞑《つむ》って、吸血鬼という人間にとって上位の存在になることに、本当に何の憧憬《どうけい》も抱いていないと言えるか？

結局。

僕はナーバスになっているんだろう。

だから、よかった。

ここで、羽川とただ別れるのではなく。

縁が切れて——よかった。

いや、そもそも、きっと彼女とは、まだ僕は出会ってさえいなかったのだ——今回もまた、たまたますれ違った程度のことだ。

だから。

だから彼女と縁ができるその前に、別れられたことは、運がよかったのだろう。

ラッキーだったのだろう。

「……いいさ」

僕は呟く。

取り出したままだった携帯電話を、ポケットに戻して。

「これで少しは——人間強度が上がっただろう」

僕は強くなった——だから。

だからきっと——ドラマツルギーとの決闘も、キスショットの右脚を取り返すという課題も、問題なく遂行《すいこう》できるはずだった。

今の僕にはそれが一番大事。

心が痛いことなど問題ない。

心が痛いことなど問題外だ。

僕は一歩を踏み出す。

予想外に時間は食ってしまったが、しかしそれでもまだ遅刻の心配はないだろう——そもそも『目的地』は、寄った書店からそう遠くない場所にあるのだった。

忍野に指定された、ドラマツルギーとの決闘場所——それは僕がよく知る場所だった。

つまり、私立直江津高校のグラウンドである。

008

吸血鬼退治は、時間と場所を選ばない。

いつであれどこであれどういう場合であれ、吸血鬼を探し出し、そして退治するというのが彼らの流儀だ——しかしそんな迷惑極まりない、極めて即物的にして物騒な主義を、現代日本のこんな田舎町で貫かれたらたまったものではない。

こちらとあちらの橋渡し——

さすがにそう嘯《うそぶ》くだけのことはあり、忍野は、人気《ひとけ》のない、そこで暴れても誰の眼にもつかない決戦場所をセレクトしたのだった。

学校のグラウンドというのは、言われてみればなかなか悪くない選択かもしれなかった。

夜の学校というのは、ある意味盲点だ。

昼間はあれほど騒がしい場所が、夜になれば変貌する——そして誰も注視はしない。まさしく吸血鬼退治のためのフィールドとも言えた。

勿論、校舎の中には這入《はい》れない。

職員室やら校長室やら、そういった盗難被害に遭いかねない部屋を擁《よう》する校舎には、さすがに警備会社のプロテクトがかかっているからだ。

ただ——閉じられている校門を乗り越えさえすれば、グラウンドに入ることくらいはできる。

だから。

短時間なら——目撃者もまず出まい。

いい決戦場所だった。

「……でも、なんで直江津高校なんだ？」

「きみの通ってる高校だからさ」

僕からの問いに、忍野はそう答えた。

「いや、だからなんで僕の通っている高校のグラウンドを選んだって訊いてんだよ——まああの学校、人家《じんか》からは離れたところにあるから、戦いの場としてはそれなりに相応しいかもしれないけれど、でもなんていうか、僕的にやりづらいだろうが」

「やりづらい？　違うよ、やりやすいんだよ」

忍野は指を振って、そう言うのだった。

「きみ的にやりやすいんだ、阿良々木くん。吸血鬼退治の専門家を相手に、昨日今日吸血鬼になったばかりの、なりたてのきみが戦うんだぜ——地の利くらいはあったほうがいいだろう？」

「血のり？　いや、そんなギミックは使い方がわからないな。絵の具でも使うのか？」

「地の利だよ」

そうでないと公平でないから。

サービスだよ——と。

そんな風に忍野は言った。

まあ、言ってることはわかるけれど——でも、やっぱり、自分の通っている高校で、こんな非日常を演じるなんて、ぞっとしないよな……。

まあいいや。

改めて——まさしく学園異能バトルと行きますか。

「……お待たせ」

なんとなく間の抜けた挨拶になってしまった。

しかし、向こうが先に来ていたのだから、たとえ遅刻したわけでなくとも、こちらとしてはそう言うしかない。

グラウンドの中央に——筋骨隆々の男が、胡坐《あぐら》をかいていた。

口を結《むす》んで眼を閉じて、まるで座禅でも組んでいるかのようだった。

僕の声に反応し、彼——ドラマツルギーは、

「■■■■」

と、言った。

いや、なんと言ったかわからないが。

すると、

「……ああ、現地の言葉で——だな」

と言って、そして彼は立ち上がる。

本当にでかいな……気をつけないと、月で頭を打つんじゃないだろうか。

ん……？

フランベルジェ、波打つ大剣を持っていない？

二本どころか、一本も？

おや？

「勘違いするな――同胞よ」

僕が、相手が手ぶらであるのをいぶかしむ暇こそあれ、ドラマツルギーは、極めて流暢《りゅうちょう》な日本語で話し出した。

「私は、お前を退治しに来たわけではない」

「…………」

何を言い出す気だ？

思わず、身構えてしまう。

門の外に袋ごと置いてきた、『ゼロから始める合気道！』のインデックスを頭の中で再生する。実戦で使用できそうな技は……えーっと。

考えていると、ドラマツルギーは同じ意味の言葉を繰り返した。

「あの男――あの軽薄そうな男の言《げん》に私が従って来たのは、決してお前を退治したいがためではないのだ」

「退治しに来たんじゃなけりゃ――なんだよ」

軽薄そうな男。

それは間違いなく忍野のことだろうが――しかし、やっぱりあいつ、向こう側の存在から見てもチャラく見えるんだ……。

「勧誘しようと思っている」

ドラマツルギーは、直截的《ちょくせつてき》に言った。

順序を踏まず、いきなり本題に入る。

「お前に訊く。私と同じように——吸血鬼狩りに身を窶《やつ》すつもりはないか」

「……意味、わかんねえよ」

予想外の展開に、僕は虚勢を張って応える。

「この前は、僕のことを問答無用で斬りつけといて——今度は何を言ってるんだ」

「あのときは、エピソードとギロチンカッターがいたからな。あのふたりの前で、このような誘いをかけるわけにはいかない。しかし、鉄血にして熱血にして冷血の吸血鬼、ハートアンダーブレードの眷属という稀有《けう》な存在は——殺すに惜しい」

「僕がお前の仲間になれば」

僕は質問する。

「キスショットの右脚を返してもらえるって、そういう取引か?」

「……あの女をキスショット呼ばわりとは大した度胸だが、その推測は違う。ハートアンダーブレードを殺すのが、お前の最初の仕事になるだろう」

「……じゃあ決裂だ」

話にならない。

大体、僕は人間に戻るのだ——同属殺しの吸血鬼になど、なれるわけがない。

相手を見てものを言えってんだ。

「そうか。惜しいな。実に惜しい。今のところ、私には五十三名の同胞がいるが——どうやら主人からの支配力が薄いらしいお前なら、その仲間になるのに相応しいと思っていたのに」

支配力が薄い？

やっぱりそうなのか？

キスショットは僕を——従僕にできていない？

「五十三名とは、また随分と多いな。そんなにも同属殺しの吸血鬼がいるのかよ——キスショットの言うことも頷けるぜ。じゃあ、僕がお前の言うことをきいていれば、僕は五十四番目の仲間になれてたってか」

「違うな。お前ならすぐにナンバーワンになれた」

ドラマツルギーは表情を変えずに言った。

「ちなみに私は現在のナンバーワンだ」

「……ふうん」

只者《ただもの》じゃないとは思っていたけれどな。

僕は大して驚きもしない。

そんな吸血鬼が退治しようと意気込んでいるのだから——キスショットは、本当にすごい存在なのだろう。

鉄血にして熱血にして冷血の吸血鬼。

怪異殺し。

なるほど。

「逆説的に、僕を仲間にしようとしたのも頷けるが――次からはもっとうまく誘うんだな。そんなことじゃあ、女は口説《くど》けないぜ」

忍野を見習って、というわけではないが、チャラい台詞を言ってみた。

格好つけなければいけない場面だと思ったのだ。

「そうか」

ドラマツルギーの反応は頷くだけだった。

外したも同然だった。

外したっつーか、恥ずい。

……しかし、チャンスだ。

多分、僕にそういう勧誘をかけるために、ドラマツルギーはあの波打つ大剣を、どこかに置いてきたのだろう。

いくら身体が不死身であることはわかっていても、やはり本能的に刃物は怖《こわ》いからな――この展開ははっきり言って助かる。

恐らくはキスショットの右脚を切り落とした――

ドラマツルギーの大剣。

切り落とされた四肢の内で、唯一、なめらかで――はっきりとした傷口だった、右脚。

刃が波打っていたあの刀で、そんな風に斬るのは逆に難しそうだが――しかし、ドラマツルギーがその剣自体を持ってきていないというのなら、僕はそれを好機と見るべきだった。

風は僕を向いて吹いている――かもしれない。

「それでは始めるとしよう——哀れなる少年よ。ハートアンダーブレードの眷属よ。あまり時間をかけるわけにもいかないのだろう？」

「いや、その前に条件を確認させてくれ」

ぐるぐると腕を回し始めたドラマツルギーに、僕はそう言った。

「相互の認識に齟齬《そご》があると困る」

「いいだろう。確認しろ」

「僕が勝ったら——お前はキスショットの右脚を返してくれる、でいいんだよな？」

「私が勝てば、お前がキスショットの居場所を教えてくれるのならばな」

「それでいい」

「こちらも、それでいい」

では始めよう。

ぐるぐると回していた腕を——そう言って。

ドラマツルギーは、僕に向けて打ち込んできた。

その巨大な体軀《たいく》からは予想できないくらいの速度だった——身体全体で打ち出す、プロボクサーのような拳《こぶし》だった。

見える。

吸血鬼の眼で、見える。

けれど——見えても対応はできない。

「うっ……わ」

次の瞬間——僕の左腕はぶっ飛んでいた。

折れたのでも千切れたのでもない。

ドラマツルギーの拳の衝撃で、爆散《ばくさん》したのだ。

「ひ……いいいいいいいいいいっ!?」

痛いとか、そういう問題じゃない。

一気に恐怖が身体を支配した。

だって身体が——五分の一、なくなったんだぞ!?

僕は——反射的に。

反射的に、そして本能的に——

ドラマツルギーから逃げ出した。

しかし、その二歩目から足がもつれてその場に倒れそうになる——それは、結果としてはそのほうがよかったのだろう。さっきまで僕の頭があった位置を、巨大な拳がものすごいスピードで通過していったのだから。

左手を地面について、何とか転倒を回避する。

しかし思考がまとまらない——左手?

爆散したはずの左腕が——ある?

あれ?

「……………っ!」

吸血鬼の——再生能力!

しかしマジかよ、こんな一瞬で？

左腕と一緒に吹っ飛んだ服までは再生しないが——むき出しになった分だけ、逆に吸血鬼の肉体の治癒力《ちゆりょく》がはっきりわかるようだった。

腕力やらのほうは確認済みだが、さすがに治癒力を確認してはいなかったから——僕のこのときの驚きは半端ではなかった。しかし、考えてみれば、最初の最初、太陽の下に姿を晒したときの生き地獄を思えば——この回復力は、不思議ではない。

「どうした！　逃げ回るだけか！　ハートアンダーブレードの眷属よ！」

「……変な呼び方、するなっての！」

左腕の再生を見て、頭が冷えた。

恐怖もどこかに消えていった——そうだ。

そうなのだ。

敵は化物だが——今は僕も化物なのだ。

何を怖れることがある？

「おおおおっ！」

後方にバク宙を決めながら——僕は咆哮《ほうこう》する。

やはり、運動能力も上がっている。

バク宙なんて、おおよそトランポリンを利用しなければ、あるいはCGくらいでしかできないことだと思っていたのに——そして。

僕は構えて、初めて、ドラマツルギーと正対した。

「ほう。覚悟は決まったようだな」

「お陰さまでな——だから服の弁償《べんしょう》は勘弁してやる」

言いながら、僕は考える。

ドラマツルギー。

吸血鬼殺しの吸血鬼。

キスショットは、吸血鬼の特性を把握しておけばよかろうとか言ってたけれど——吸血鬼の特性とは、確か——

太陽に弱い。十字架が苦手。銀の弾丸が苦手。聖水が苦手。大蒜が苦手。毒が苦手。心臓に杭《くい》を打ち込まれると死ぬ。この辺りが弱点か？　あと、特性と言うと……まあ基本中の基本だが、血を吸うこと、それにまつわるエナジードレイン。影ができないこと、鏡に映らないこと。

確かにドラマツルギーは——月に照らされている今も、影がない。

僕と同様に。

八重歯——と言うか、牙。

これは口を一文字に閉じていることの多いドラマツルギー相手には、観察できないが。

それから——不死身？

半永久的な回復力？

暗闇でもよく見える眼？

あとは身体を霧《きり》やら闇やらに変えられるとかの変身能力とか、吸血鬼の血には治癒能力があるってのもあったっけ——しかし、こんなことを考えても、ひょっとして意味がないのではないかと、僕は今更、そんなことを思った。

キスショットのアドバイスを茶《ちゃ》にするつもりはないけれど――お互い吸血鬼同士なのだから、利点も弱点も、全部が全部、綺麗に相殺《そうさい》されてしまうような気がする。

こちらが不死身なら向こうも不死身なのだ。

ならば――経験と地力がものを言うのか。

経験は、どう考えても向こうに一日《いちじつ》の長《ちょう》があるだろう――と言うか、一日どころの話じゃない。

こちらは合気道の指南書を、ついさっき読んだところなのに――

「ままよっ！」

キスショットの影響なのか、生きている内はまず口にしないだろうと思っていた古風な言葉を叫びながら――僕はドラマツルギーに特攻した。

「少しは策を弄《ろう》してくるかと思ったが――しかしそういう愚直《ぐちょく》さは、私は嫌いではないぞ」

言いながら――正にその愚直な攻撃を、ドラマツルギーは、僕に向かって繰り出してきた。

愚直。

それは単調と言ってもよかっただろう。

いくら巨大な拳で、いくらものすごいスピードであっても――三回目となれば、さすがに慣れる。

いや、これが人間だった頃なら別なのだろうが、吸血鬼の眼を持つ今なら――三回で十分だ。

前向きに。

僕はその拳を前向きにかわして――そして遅れてやってきた、丸太みたいな――というのを通り越して、土管みたいな腕を取った。

相手の拳の勢いを利用して。

そのまま——関節技に流れ込む。

ゼロから始める合気道！

「①相手の腕を取って——②前方へ引き寄せて——③思い切り叩きつける！」

いざ口にしてみれば素人への技の説明としてはいささか雑過ぎるとも思える文言《もんごん》ではあったが、しかし、これがうまくいった。

二メートルを越える巨漢が、受身も取れずに正面から、大して整備もされていないグラウンドへと、勢いよく倒れたのだった。

いや——僕が倒したのだ。

そしてそのまま、ドラマツルギーの背中を膝で押さえて——彼の関節を完全に極《き》める。

「ど——どうだ！」

「……小賢《こざか》しい」

ドラマツルギーは、地面に顔を埋めたままで、そんなことを言う。

「愚直のほうが、よっぽどマシだ——どうやらお前は、人間だった頃の常識が抜けていないようだな。まあ、無理からぬことだが——私も元は人間だったからわかるよ」

「……ああ？　わけわからないこと言ってないで、さっさと降参しろよ！　でないとこの腕、このまま折っちまうぞ——！」

あれ、なんだこれ。

ものすごく、これから逆転される奴の台詞っぽいんだけれど。

前振りっぽいけれど。

……人間だった頃の常識？

常識って——考え方？

「あっ……」

そうだ——そうだった。

関節技なんて……、かけたから何なんだ？

何になる？

折っちまうぞ——だって？

そんなもの、たとえ折ったって——相手は吸血鬼なんだから、すぐに回復してしまうじゃないか。

「し、しま——」

だが。

ドラマツルギーが言っているのは、そういうことでさえなかった——気付いたところで対処できていたとは思えないが、しかし、僕が彼の言葉の真意を悟ったのは、土管のような彼の腕に回していた僕の両手が、ざくりと切断されたあとのことだった。

切断された？

いや、違う——僕が自ら、切断したようなものだ。

波打つ大剣と化した、彼の手を握ることによって。

「いっ……くううっ！」

今度は、はっきりと痛い——リアルな痛みだ。

身を切られるように痛い。

これからはそんな比喩を、実感を持って使えそうだった。

僕は思わず後ろに跳んで、ドラマツルギーの身体から距離を取ってしまった――切り落とされた僕の両手首は、地面に落ちる前に消滅した。

見れば、もう僕の手首から先は、存在していた。

存在し直していた。

この肉体再生……新しく手首が生えたとか、蜥蜴《とかげ》の尻尾《しっぽ》みたいな、そんな感じじゃない――ただ単に、『戻った』という感じだ。

そして、切られたほうは消滅するのか……。

消滅ではなく、それも『蒸発』するかのように。

便利と言えば便利なシステムだな。

まさか学校のグラウンドに手首を残していくわけにはいかない――と。

ドラマツルギーは、ゆっくりと余裕をもって、むしろ緩慢《かんまん》とさえ言えるような動作で――起き上がっていた。

時間がかかったのは仕方あるまい。

何せ――今、彼の両手は波打つ大剣と化しているのだから。

「…………」

変身能力！

吸血鬼の――変身能力！

こいつ――身体の一部を武器に変えているのか！

あの日もそうだったんだ！

いくら夜でも、いや夜であったからこそそれは吸血鬼の眼で見えていたはずなのに――それこそ、人間だったときの常識が抜けなくて、そんなことはありえないと、常識で判断してしまっていただけだったんだ！

勧誘のために波打つ大剣は置いてきたのだろうなどと、牧歌的《ぼっかてき》な妄想だった。

二本の大剣はもとより――ドラマツルギーとひとつだったのだ。

「……どうした？　もうおしまいか？」

ドラマツルギーは言う。

優位な立場に立っても、まるで厳しい表情を崩さない――むしろ刃をむいて、いよいよ真剣味が増したようでさえあった。

経験が――違い過ぎる。

そもそも、差があり過ぎる。

同じ吸血鬼でも――僕にはあんな真似は無理だ。

あの大きさ、あの長さの剣……実際にこうして相対《あいたい》してみれば、近寄ることさえできないじゃないか。ただでさえあの巨体、リーチは僕の倍も三倍もありそうだというのに――

「もうおしまいかと訊いたぞ。答えないのか。今のは――この国の『柔道』だろう？」

合気道だ。

と言えるほど、精通《せいつう》しているわけじゃない。

大体、あんなのマグレだ——同じことをもう一度やれと言われても無理なのに、更にバリエーションを要求されても挨拶に困る……！

畜生、大体僕、なんで素手《すで》で来たんだ？

まさか身体の一部だとは思わなかったけれど、そうでなくとも相手が大剣を使うことはわかってるんだから、こっちもこっちでしっかりと武装してくりゃいいじゃないか！

せめて大砲でも持ってきていれば……って、せめても何も、そんなコネはないけどさ！

「……ん？」

いや……待てよ？

手は——なくもないか？

そういうことなら——

「…………」

「そうか。諦めたのか——いいだろう、では、こちらから行くぞ。お前の不死力が尽きるまで——あるいは死にたいと泣き叫ぶまで、お前の身体を切り刻んでやろう」

ドラマツルギーが動き——僕も動いた。

ただし、僕は後ろに動いたのだった。

退転《たいてん》——つまりはドラマツルギーと反対の方向へ走ったのだ。

「！　逃げるか！」

ドラマツルギーが怒鳴る。

しかし僕のこの行為は逃亡でもなければ敗走でもない。

あくまでも——退転である。

逆転のための、退転だ。

まだ、はっきりとアイディアがまとまり切っているわけではないが——これこそ『ままよ』だ。迷っている暇はない——いささか不恰好《ぶかっこう》だが、これくらいしか手はない!

さすがに、純粋な脚力では、僕のほうがドラマツルギーよりも上だった。おおよそで計算しても、ドラマツルギーの体重は二百キロを超えるだろう——両腕が波打つ大剣と化した今は、三百キロ近いかもしれない。

拳がどれだけ速かろうと。

身体全体を速く動かせるわけじゃない。

あくまであれは体重移動の妙なのだ。

勿論人間よりは速く走れるだろうが、純粋体重五十五キロの僕が、ドラマツルギーに脚力で負けるはずもない——このアドバンテージを最大限に生かす!

とは言え、やはり逃げるのではない。

闇雲に逃げているのではない。

目的地ははっきりとしていた——『地の利』である。

あんまり真面目に通っていなかったとは言え、僕は二年間、この学校で過ごしていたのだ——体育倉庫の位置くらいは心得ていた。

追ってくるドラマツルギーをかなり引き離したところで、僕は体育倉庫に辿り着き——横開きの鉄扉《てっぴ》を蹴《け》り抜いた。鍵はかかっているに決まっているし、そうでなくともいちいちちまちまと閂《かんぬき》を抜いている暇はない。

そして——思惑《おもわく》はビンゴ。

そうだ。

うちの学校は、体育で野球の授業があるんだよな——！

ケージに入った沢山のボールを一個、僕はつかんだ。

そして思い出す。

合気道指導教本と一緒に買った、野球の教本の内容を——！

合気道の指南書を読み終えてから、時間が余ったからという理由でついでに読んでおいてよかった——指運《ゆびうん》でクラシックのほうを読んでたら大変なことになってたぜ！

「①振りかぶって——②下半身の力を上半身に乗せて——③腕を振り抜く！」

とは言え、やはり、素人には雑過ぎる内容だった。

僕に参考書を選ぶ才能はないようだ。

けれど——それでもボールは一直線に、ドラマツルギーへと飛んだ。

野球少年だった過去を持たない僕は、勿論こんな風にボールを投げたのは初めてだったが（残念ながら、野球は体育において、選択授業だ。僕はサッカーを選択していた）、先ほどの合気道の技も含めてビギナーズラックって奴なのだろう——ドラマツルギーの肺臓の部分に、その硬球は命中した。

「ぐっ……」

まるで重機関車の如く突進してきていたドラマツルギーの動きが止まり——彼はその場にしゃがみ込んでしまった。

ボールは転々と転がる——やっぱり吸血鬼と言えど、五臓六腑《ごぞうろっぷ》は五臓六腑として働いているようだ、呼吸が苦しそうである。考えてみれば、心臓に杭を刺したら死ぬんだもんな——なら肺も肺で機能していて当然だ。

ならば感覚器官への攻撃も有効だろう。

不死身とは言え、手立てはあるのだ。

よし、この調子で——と、僕は次のボールを手に取る。

ケージ一杯分、ボールは腐るほどある。

しかし、僕のコントロールも腐っていた。

ビギナーズラックはどうやら出尽くしたらしく、それから五球連続で投げたが、蹲《うずくま》っているドラマツルギーにはかすりもしない。

ただただ、彼の付近の地面をえぐるばかりである。

かなり深くえぐっているようで、あとでそれこそ野球部が使っているローラーか何かであのあたりの地面を均《なら》さないといけないような有様だが、しかしそんな威力を持つボールも、当たらなければ意味がない。

あんなでかいマトなのに……！

これじゃあメジャーのマウンドには登れない！

エベレストに登るほうが簡単そうだった。

「……小賢しさと愚直さを、併《あわ》せ持った男のようだな」

している内に——ドラマツルギーは、立ち上がった。

そしてまた──こちらに駆けてくる。

「だがそれも──一度限りの技だ！」

「………………っ！」

僕とドラマツルギーとの現在の距離は、二十五メートルくらい──か？　あいつの足なら……、三秒もあれば詰めてくる！

こうなると、体育倉庫の中に、半ば這入ってしまっていることはマイナスだった……逃げようにも逃げ場所がない！

苦し紛《まぎ》れに。

もう諦め半分で、僕は最後の一球になるだろうボールを投げた──

「ふん！　そんな柔らかいボールなど、たとえ食らったところで、最初から来るとわかってさえいれば──一球や二球で動きは止まらん！」

そんなことを言いながら特攻してくるドラマツルギーの顔面に──そのボールは炸裂《さくれつ》した。

そしてそのボールはドラマツルギーの動きを止めた。

彼の前言が間違っていたわけではない。

撤回する必要はない。

最後の一球。

僕が投げたそのボールは──柔らかい硬球ではなかったからだ。

堅い硬球だった。

というか、砲丸だった。

砲丸投げに使う鉄球である。

誰だよ、野球ボール用のカゴに砲丸なんて混ぜた奴。

さすがに、これにはダメージがあったようで――ドラマツルギーは口元を二本の波打つ大剣で押さえて、うめいていた。

「…………」

……回復が、遅い？

砲丸だったからか？

吸血鬼の負傷というのは、僕の左腕や両手首のように、一瞬で回復するものじゃないのか？

いや、そもそも砲丸は何故命中した――思い起こせば、確かにあの一投は、自分でも安定して投げられたようにも思えるが――いや、でも、普通は砲丸をあんな風には投げられないだろう？

どうして――いや、わかった、重さか！

鉄扉を蹴り抜けたところで気付いてもよかった。

吸血鬼化して――僕の腕力は増しているのだ。

そんな僕に、野球で使うような硬球は柔らか過ぎて――そして軽過ぎるのだろう。だから、一投目のビギナーズラックを除けば、ああもコントロールが乱れていたのだ。

砲丸くらいでちょうどいい――いや。

砲丸でも、まだ軽かったくらいだ。

なら――

「お――お前！」

ドラマツルギーが顔を起こす前に。

僕は、体育倉庫の奥から——地面均し用の、コンクリートのローラーを引っ張り出すことに成功していた。

野球部が使っているローラー——である。

それを片手でつかんで持ち上げて——僕は、大きく振りかぶっていた。

「マトがでかくても当たらないなら——ボールのほうをでかくすりゃいいんだよな！」

そして、下半身の力を上半身に乗せて——

腕を振り抜く！

「…………っ！」

振り抜く——その寸前だった。

ドラマツルギーが、まだ何を食らったわけでもないのにその場にぺたりとしゃがみ込んで——両手の波打つ大剣を天に向けてしまったのを見て、僕は腕を振り抜くのをぎりぎりのぎりぎりで中止して、手にしていたそのローラーを、そのまま地面へと叩きつけたのだ。

グラウンドがものすごい凹《へこ》み方をした。

危うく自分で自分の爪先を潰してしまうところだった……。

「何の——真似だ？　ドラマツルギー」

「見ての通り。降参だ」

厳しい表情を崩さず——今まで通りの口調で、ドラマツルギーはそう言った。

「お前の力でそんなものをぶつけられては、たまったものではない——再生まで二日はかかる」

「え……？」

「勘違いしているようだが——一瞬で破損が回復するほどの吸血鬼は、それほどいないぞ。まあ、中でも私は、回復力は弱い部類の吸血鬼なのだがな——しかし、それでもお前は例外の部類だ。何せ、あのハートアンダーブレードの眷属なのだから」

そ……そうなのか？

僕はそれでも、ドラマツルギーの言葉を鵜呑《うの》みにはできず、警戒を解かなかった。咄嗟に地面に打ち付けたローラーに、そっと手を伸ばす。

「言ったろう？　お前がナンバーワンだと」

「………………」

「地力で負けてはいても今のところは経験において私に勝つ余地があると思っていたが——どうやら無理のようだ。私ではお前を狩ることはできん」

「いや——だって」

経験では負けていても——地力では僕が勝っていたというのか。

そんな自覚はないし——今でもそんな感覚はないのだけれど。

「それとも、こう言えば満足か？　二度と手は出さん、命だけは助けてくれ——と」

ドラマツルギーは、にこりともせずにそんなことを言った。砲丸を食らったダメージは、見た目回復しているようだが——まだまだ、戦えそうにも見えるが。

ここで退《ひ》くのが——むしろプロか。

プロフェッショナル。

お互いが、無事である内に——

「……キスショットの右脚。返してくれるんだろうな」

「ああ」

ドラマツルギーは頷き、そして。

両手の波打つ大剣を——変形させ、元に戻した。

「今はある場所に隠して保管してあるが——すぐにでも、あの軽薄な男に渡しておく。それでいいんだろう?」

「……ああ」

「では、示談《じだん》成立だ」

そう言うと——唐突に、彼の姿がかすみ始めた。

眼の錯覚かと思ったが、そうではなかった。

吸血鬼の眼に、見間違いはあっても錯覚はない。

彼の身体が、夜の闇に——溶けていくのだ。

変身能力。

身体を霧に変化させる——そしてそのまま。

ドラマツルギーはいなくなった——しかし、完全にその姿が消えてのち——彼の声だけが、グラウンドに響いた。

「ハートアンダーブレードの眷属よ」

「……なんだ」

闇に対して、僕は応える。

「もう一度誘おう。私達の仲間になってはくれまいか」

「無理だ」

僕はきっぱりと言った。

何度訊かれても、答は変わらない。

「そんなことに、何の魅力も感じない」

「…………」

「学園異能バトルは――今回だけで十分だ」

僕の台詞に、返しはなかった。

もう――完全に闇に溶け切ったらしい。

あいつは約束を守ってくれるだろうか？

少し不安が過ぎったが、しかし、まあ大丈夫だろうと、そんな風に思い直した。その約束を成立させるために――忍野が動いてくれたのだから。

でも、そういうのを差し引いても、あのドラマツルギーという吸血鬼は、きっと約束を守ってくれるような気もする。

愚直で単純。

同じ元人間の吸血鬼――だったか。

ならば、もう少し、詳しい話を聞いてみたかったな――と、そんなことを思わなくもないけれど、それこそ益体がない。

僕達は相容《あいい》れないのだ。

向こうは僕とキスショットを退治しようとするし――こちらは三人から奪い返したい手足がある。

なのだから。

「……とりあえず、右脚ゲット」

これで、四分の一。

時間にすれば、ほんの数分のことだった。けれど一生を五回くらい生きた気分だった――いくら不死身の身体でも、これはきつい。

きついけれど――あと四分の三、だった。

さてと、後片付けをして帰るか……。

それも回復能力なのだろう、肉体的には全く疲れを感じないが、精神的には非常に疲れた。ボールを片《かた》して、地面を均して……体育倉庫の鉄扉はどうしよう？

蹴り抜いちゃったけど。

……まあ、これくらいは仕方ないか。

無理矢理元に戻しておこう。

「えっと……じゃあ、まずは散らかしたボールを片付けないと、か？」

と。

顔を起こしたときだった。

最早繰り返すまでもなく、吸血鬼の視力である――体育倉庫からずっと離れた、グラウンドを挟んで向こう側になる校舎の陰に誰かがいることに、僕は気付いた。

誰かって——誰だ?

ドラマツルギーじゃない……まさか、残りのふたりのうちのどちらかか?

エピソードか、ギロチンカッターか?

いや、まさか……、残りのふたりを相手にするのは、後日ということになっていたはずだ。じゃあ……、ひょっとして、忍野?

中立だとかなんとか言いながら、実は陰ながら見守っていてくれたのか——さながら少年漫画における主人公の師匠《ししょう》のように!

お前の弟子《でし》になった憶えはないぞ!

ああ、でも軽く嬉しい——と。

そんな勘違いさえしてしまったが、しかし、その誰かは忍野でもなかった。校舎の陰がもう少し見えるように、角度を変えながら十歩ほど寄っていってみたら、僕の眼は、果たしてその姿をとらえることができた。

無言でこちらを見つめる瞳。

それは、羽川翼だった。

「………………え?」

ええ?

なんで——あいつが、ここにいるんだ?

まさか、ついてきたのか?

跡をつけられていたのか?

あんなに辛辣に追い払ったのに……。

僕が混乱して、咄嗟にどうすることもできず、ただただ置物のように突っ立っていると――僕に見つかったことを、この距離でも察したようで、羽川のほうからこちらへと歩いてきた。

ずんずんずん、と。

そんな足音さえ聞こえてくるようだった。

うわあ……。

ドラマツルギーの三倍は怖い。

なんで女子ってこんなに怖いんだろう……いや、これは相手が羽川だからこそ、なのか？

優等生――委員長の中の委員長、羽川翼。

「今の、何？」

いきなり切り込んできた。

羽川が僕の間近に迫ってくるまでに考えて出した、僕の結論『とぼける』を、まるで許してくれそうもない、そんな口調だった。

見られてた……。

全部……見てたんだろうなあ。

ていうか、勿論、最後の一分を見られただけでもアウトだけれど……僕がローラーを片手で持ち上げちゃってるんだから。

「あれから、阿良々木くんを探してさ。いったんは見失ったんだけど、校門の前に、こんな袋が落ちてて」

羽川は言いながら、右手に提げていた僕がまさしく校門の前に置いてきた、合気道の指南書、野球の教本、そしてクラシックのおすすめ本の入った袋を示した。

「じゃあ学校の中にいるのかなって。校門を乗り越えちゃったりしたんだけれど」

「………」

優等生の癖に、アグレッシヴ過ぎる。

しかし——本を門の外に置いてきたのは、失敗だった。まさかたったそれだけのことから、こんな状況になるなんて、とても予想のしようもなかったけれど——

「ねえ、阿良々木くん——遠くからだったからよくわからなかったけれど……なんだか、伝奇小説みたいなことしてなかった？」

「……関係ないだろ」

そう言うのが精一杯だった。

畜生。

キスショットの右脚を取り返して、これでようやくひと段落ついたかと、つかの間の休息を得た気分だったのに——僕はまた。

僕はまた、羽川を傷つけなければならないのか。

「つーか、何で僕のことつけてんだよ。わけわかんねえよ。つきまとうなって言ってんだろ——友達面《づら》でお節介《せっかい》焼くな」

「……阿良々木くんは、そういうことを言う人じゃないよね」

羽川の眼が——本当に怖かった。

キスショットのような冷たい眼ではない——強いて言うなら、探る眼。

射抜《いぬ》いて、見通すような——そんな眼だ。

自分の薄っぺらさを、嫌でも自覚させられるような——そんな眼。

「私がそういうことを言わせちゃってるっていうのは悪いと思うけれど——無理してまでそんなことを言わなくちゃいけないような状況に、今の阿良々木くんはあるってことなのよね？」

羽川は——右手に提げている袋を僕に差し出した。

僕は受け取る。

彼女が、単に落し物を届けに来てくれただけなら——これでやり取りは終わるはずだった。

「気付くのが遅れて、ごめん」

でも、と彼女は続ける。

「だったら私、力になりたい」

「……押しつけがましいんだよ、お前は」

振り絞るように、僕は言った。

「深読みし過ぎるな。僕はただ、お前といるのがつまらなかっただけだ。ひとりでいるのが好きなんだよ」

「嘘。人間嫌いとか世を拗ねてる人とか、そういうのとは阿良々木くんは違う。それくらいはわかるよ。阿良々木くん、少なくとも私と話しているときは楽しそうだった」

「だからそれはお前の財産が目当てだったんだ！」

「だから私の家そんなお金持ちじゃないって！」

「じゃあお前のダカラが目当てだったんだよ！」

「喉が渇いてたんならちゃんとそう言って！」

噛んじゃった！

「違う、だから身体が目当てだったんだ！」

「ダカラなのか身体なのかどっち!?」

「身体だ！」

僕は怒鳴った。

自分が何を言っているのかもわからない。

「なんだったら、もう一回パンツ見せてくれたら仲直りしてやってもいいぜ！」

「わかった」

対して――羽川は極めて冷静だった。

まるで動じず、眉《まゆ》ひとつ動かさず。

自然な動作で制服のスカートをまくってみせた。

そしてその中身の下着を僕に晒す。

フェルト状の生地の、濃い灰色の下着だった。

模様も装飾もない単調なデザインではあったが、しかしそれゆえに、それ自体が素材の持ち味を引き出していた。

「これでいい？　ちゃんと見える？」

「…………」

「何だったら、ブラウスも脱《ぬ》いだほうがいい？」

羽川は——

スカートをたくしあげたまま、静かにそう言った。

ああ、と。

僕はこのとき——初めて。

ようやく、羽川と出会ったような気がした。

すれ違わず——正面から、会った。

そう。

こいつは、いい奴だけど——それだけじゃない。

強い奴なのだ。

僕なんかとは——比べ物にならないくらい。

「……酷いこと言って、ごめんなさい」

僕は——できる限りの前屈《ぜんくつ》で、頭を下げた。

羽川はスカートをまくったままの姿勢だったが、勿論、その中身をよく見たかったから頭を下げたわけではない。

謝るためだった。

そして、お願いするためだった。

「僕と友達になってください」

009

羽川に事情を説明する前に、しかし、僕にはやっておかなければならないことがあった――それに、やはり、いかになんでも夜が深過ぎる。羽川には一旦《いったん》家に帰ってもらうことにした。

明日の夜、全部話すことを約束して。

そして僕は例の学習塾跡へと帰った――忍野は留守《るす》だったが、二階の教室で待っていたキスショットに、僕は、とりあえず右脚を取り返すことに成功したと伝えた。

「よくやった」

と、キスショットは言った。

「まあ、儂の眷属としては当然のことじゃがのう――この儂の力を受け継いでおるうぬならば、ドラマツルギーごとき、相手にもなるまい」

「十分相手にはなっていたんだけどな……あいつ、諦めのいい奴だったよ」

「ふん。まあ、ドラマツルギーは三人の中では一番物分りのよい奴じゃからの――別に脅すつもりはないが、残りのふたりはそうもいかんぞ」

「だろうな……」

エピソード。

巨大な十字架を肩に背負ったあいつなんかは、見るからに危なかったし――それに、あの神父風の男……ギロチンカッター。

あいつは、見えないところで危なっかしい。

そんな気がした。

「しかしまあ、今はとりあえず喜ぶがよかろう。これでうぬは確実に一歩、人間に近付いたわけじゃからな」

「そうか……？」

どうも。

むしろ人間離れしてしまったというような印象があるのだけれど……。

「ドラマツルギーは怪力ではあったけど、回復力という点で、僕のほうが上だったみたいでな――一応、参考までに訊いておきたいんだけど。僕って、何回くらい死ねるんだ？」

「さてな」

キスショットは答える。

「それぱっかりは試してみんとわからん」

「試されてたまるか」

そんな感じで。

祝勝会兼反省会みたいな会話をしている内に未明の時刻となり、如何せん眠くなってきたところに、忍野が帰ってきた。

相変わらずのアロハ服である。

さすがに何着か持っているようだけれど、その柄は全部、まるで政治的な主張でもあるかのごとく、サイケデリックだった。

三叉路で会ったときは手ぶらだったが、いつかどこからか、忍野は最低限の生活用品を調達していた――どうも、野宿慣れしている感じだ。

「……そういや、お前のドレスって全然汚れないけど、どうなってんの？」

「ん？　まあ、吸血鬼にとって服は身体の一部みたいなものじゃからの」

ドラマツルギーに服の左袖《そで》を持っていかれ、どうにもなんだかちょっとしたロックシンガーみたいになってしまっている僕からの質問に、いつもドレス姿のキスショットは答えた。

「ドラマツルギーも服ごと霧になっておったじゃろう？」

「波打つ大剣と同じで、服も身体の一部ってことか」

「どちらかと言えば、衣服に関しては物質創造能力に近いじゃろうな。儂も戦うときに刀を使うことがあるが、儂の場合はドラマツルギーとは違い、そのときも変身能力ではなく物質創造能力のほうを使うのう」

「すげえなあ……」

エネルギー保存の法則と質量保存の法則はどこに行った。

まあいいや。

どっか行っちゃったんだろ。

そんな感じで。

「お帰り、忍野」

「ただいま～」

と、ゆるゆる手を振る忍野は、ボストンバッグを提げていた——あのバッグの中に、キスショットの右脚が入っているのだろうか。

「阿良々木くん、お疲れさまだったね」

「言われるほどじゃねえよ」

「何言ってんの。頑張ってたじゃない。僕は陰ながら見守っていたから知っているよ」

「……そうなのか？」

「うん」

頷く忍野。

「阿良々木くんが女子にスカートをまくらせてたのも、だから知っている」

「…………」

校舎の陰に隠れていた羽川のことを、一瞬忍野と錯誤したとき、軽く嬉しかったことを思い出したが、しかし今はただただ気恥ずかしかった。

つうか、本当に見ていたのか……。

でもキスショットの前でそんなこと言うなや！

首を傾げちゃってるじゃねえか！

「えっと……その、忍野」

「ああ、心配しなくていいよ。阿良々木くんが正面になるような位置関係で見ていたから、その子のパンツは僕の角度からは見えなかった」

「そんなこと心配してねえよ！」

「いい友達持ってんじゃん。クラスメイト？」

「クラスは違うよ。でもまあ……友達だ。羽川翼という。委員長の中の委員長だ」

僕はそう言った。

それこそ気恥ずかしかったけれど。

ふうん、と忍野は何ということもなさそうに呟いた。

「いずれにしても、目撃者にはちゃんと説明しておいたほうがいいよ——特にあの子は賢《かしこ》そうだったしね」

「そのつもりでいるよ。どういう風に話したものかは、わからないけどな」

「突き放すって手もあるけどね」

「それは失敗した」

「あっそ。まあ女子が相手なんだ、どれだけ気を遣っても遣い過ぎるということはないさ」

「男子だ女子だは、この場合はあんまり関係ないと思うけど」

「おやおや、随分と自覚が足りないじゃないか。男子なんて、女子と違ってダンスのひとつも創作できないんだろう？」

「……いや、あたかも女子のほうがクリエイティヴな才能を持っているかのような物言いだが、それは単に、体育の授業で女子は創作ダンスがあるっていうだけのことじゃないのか」

そんなことで創造性を測られてはたまらない。

「しかし阿良々木くん、もしも僕達の日常がアニメ化された際、踊ることができずにあたふたするのは阿良々木くんなんだぜ？」

「どういう理由で僕達の日常がアニメ化されるんだよ！」

「だって、阿良々木くんがそうやって突っ込みのときに見せるいい顔が、ドラマＣＤではどうしても伝わらないじゃないか」

「僕達の日常ってドラマＣＤだったのか⁉」

「でも、楽しそうでいいじゃない。魔神英雄伝ワタルのエンディングみたいな感じで」

「世代が違うわ！」

「そんなこと言って。阿良々木くんの持っている携帯電話のメーカーが京セラなのは、つまりは意識してるってことだろう？」

「そんな遠回しなアピールはしない！」

さておき。

しかし確かに、女子が創作ダンスの授業で一体何をやっているのかってのは、男子にとっては謎なんだよな……。

正直、想像もつかない。

「いや、僕も男だから具体的には知らないけどさ、それはもう、きっと男子には見せられないようなあられもない踊りを」

「俄然《がぜん》興味がわいてきた！」

「でないと女子だけではやらないだろう」

「うーむ」

違う気がする。

しかし女子が体育館で創作ダンスをやっている間、男子は必ずグラウンドで授業を受けているのも確かだった。

あれは隔離《かくり》されているのだろうか……。

「ああ、でも忍野、女子だけでって言えば、僕、体育の授業でもう一個、気になってることはあってさ。それは中学のときの話で、それも保健体育のときの話なんだけど。何回かだけ、男女で授業が別だったことがあるんだ。座学なんだから、体力とか関係ないはずなのにな？　あのとき女子は一体何を学んでいたんだろう」

「阿良々木くん、それは――」

言いかけて。

忍野は思い直したように、咳払《せきばら》いをひとつした。

「――それは、僕にはわからないね。僕にもわからないことくらいはある」

「うん。だろうな」

「そうだ、その羽川翼って子に事情を説明するときに、ついでに訊けばいいんじゃないかい？　きっと教えてくれるよ」

「ああそうか、なるほどな。名案だ」

なんだろう。

気のせいか、軽い悪意の波動を感じるが……。

「おい」

と。

ここでようやく、キスショットが突っ込んだ。

「雑談は終わったかの？」

「ん？　ああ——はっはー、ハートアンダーブレード、きみもなかなか元気いいなあ、何かいいことでもあったのかい？　まああったんだろうね——」

忍野は笑いながら、ボストンバッグのジッパーを開けた。

そしてその中に手を突っ込んで——

そのまま、キスショットの右脚を取り出した。

「…………」

まるまま入っていた。

ケースに収められたり、ビニールに包まれたりすることなく、そのまんまの状態で、裸《はだか》で入っていたのだった。

まるで猟奇殺人事件だ……。

成人女性の脚である。

すらりとした——いい形の脚だった。

さすがに吸血鬼の脚だからなのか、出血してもいなければ腐《くさ》ってもいない——

「ちゃんと——本当に返してくれたんだな」

ドラマツルギー。

吸血鬼殺しの吸血鬼。

「そのための交渉人だよ。それくらいは信頼してくれないと困るなあ——信頼関係が一番大事なんだぜ？　信頼なくして交渉は成立しないんだから。向こうは吸血鬼退治の専門家かもしれないけれど、こっちだって一応はプロなんだ、そういうところで債務不履行《さいむふりこう》は犯させないさ——はい、ハートアンダーブレード」

無造作に、キスショットに右脚を手渡す忍野。

受け取るキスショット。

すげえ画《え》だ。

「……けど、どうするんだ？　今のお前の脚とはサイズが違うし……、取り替えるってわけでもないんだろう？」

「こうするのじゃ」

そう言って。

キスショットは、自分の右脚を両手で抱えるようにして、「あ〜ん」と大きく口を開け、そしてがぶりと噛み付いた。

そしてそのまま食べ始めた。

もぐもぐと。がつがつと。むしゃむしゃと。

肉も骨も一緒くたに。

「…………」

アニメ化できねえよ。

十歳の少女が成人女性の右脚を食べている……。

しかも割とおいしそうに。

「む?」

キスショットが、ふとこちらを向いた。

「見ておるのではない、たわけ者ども——食事中はひとりにしろ。マナーじゃろが」

「は、はあ——」

言われなくても見ていたいものではない。

僕と忍野は、追い出されるまでもなく、その教室から廊下に出て、後ろ手で扉を閉めた。

何がおかしいのか、忍野はくつくつと笑っていた。

僕はため息をつくだけだ。

「……ところで、忍野。キスショットが食事をしているこの間に、ちょっとお前に訊きたいことがあるんだけど」

「ん? なんだい?」

「見てたってんなら知ってるだろうけれど、僕はドラマツルギーに左腕をぶっ飛ばされたんだよな——でも、すぐに回復した。回復なんてレベルで説明できないくらいの速度でな。なのに、どうしてキスショットの四肢は再生しなかったんだ?」

「ハートアンダーブレードは吸血鬼としての不死力を、きみと会った時点ではもうほとんど失っていたから——だとは、思わないのかい?」

「いや、そう思ってたんだけどさ。でも僕、両手首を切り落とされたら、その手首が回復する頃には、切り落とされたほうの両手首は消失したんだよ。だから、ひょっとしたらキスショットの四肢も消失してるんじゃないかと考えてたけれど——そんなこともなかったから。じゃあ、どうしてなのかと思って。再生も消滅もしないなんて——」

「あの子は貴重種なんだよ、阿良々木くん」

忍野は、さしてもったいぶらずに、言った。

「連中は、あの子の五体を無事に——奪い、我が物としたいのさ」

「………」

「五体をバラして五体を無事に、ね。つまり、連中が奪ったのは手足と言うより、吸血鬼としての存在力というわけさ。だから切られた四肢は再生しないし、消滅しない。全くもってまどろっこしい真似をしているわけだ。消滅を禁ずることにより再生を禁ず——考えてみれば、怪異殺し封じとしては、なかなかうってつけの作戦でもある。……阿良々木くんも気をつけた方がいいぜ？」

意地悪な口調になる忍野。

「ドラマツルギーはむしろきみを仲間にしたかったみたいだけれど、阿良々木くんはそのキスショットの眷属なんだ。きみも五体を奪われ、標本にされないとも限らない」

「そ——そうなのか？」

「はっはー。本気にした？　まあ、特殊な技法だからね、そうそう多用はできない。安心しなよ、そんな手はまず使ってこない——それに、多分三人じゃなきゃできないよ。残りはふたりなんだから、そのリスクは既にないさ」

「……次の相手はどっちなんだ？」

僕は訊いた。

「エピソードなのか、ギロチンカッターなのか」

「順番を決めるのは向こうだから、まだ断定はできないけれど、多分エピソードになると思うよ。できるだけ早くセッティングしよう。きみが一日でも早く人間に戻れるようにね」

「忍野」

少し迷ったが、僕はそのことも訊いておくことにした――羽川と話す前に、はっきりさせておきたいことだった。

「僕は――本当に人間に戻れるのか？」

「そりゃ、ハートアンダーブレードの手足を全部取り返せば戻れるだろうさ。あの子はそう言っていたんだろう？」

「いや、だから――それがキスショットの嘘だっていう可能性はないのか？　自分の手足を取り戻すために、嘘をついているって線は――」

「こら」

こつん、と。

軽く頭を小突《こづ》かれた。

「そんな風に疑っちゃいけないよ。可哀想だろう？」

「……でも」

「命の恩人のことを――そんな風に言うなんて、きみはとんだ恩知らずだね」

忍野は。

そんなことを言うのだった――恩知らず？

命の恩人？

僕がキスショットの——ではなく、キスショットが僕の、命の恩人だと、忍野は今そう言ったのか？

「おいおい、何て顔をしているんだい、阿良々木くん——何かいいことでもあったのかい？」

「……見透《みす》かしたようなことを言うな」

「見え透いてるんだよ、きみは——確かに、きみはキスショットのために命を投げ出した。彼女の牙の前に自分の首を差し出した。こりゃ、立派なことだと思うさ——美しい行為だと思うさ。しかしね、阿良々木くん。本来ならば——きみはそこで、死んでいたはずなんだよ」

血を絞り尽くされて。

体液を一滴残さず吸い尽くされて。

そこで死んでいるはずだった。

いや——一度は、そこで確実に死んだのだ。

「でも、生き返った。吸血鬼として——だけれど、自我を維持《いじ》し続けることを、今をもって許されている」

「……それは、吸血鬼に血を吸われれば例外なく吸血鬼になるっていう、そういうルールがあるからだろう？　死なずに済んだのは確かだが、しかし命の恩人って言葉は当てはまらないんじゃ——」

「例外なく？　誰がそんなことを言った？」

忍野はにやにやと笑う。

変わらず、見透かしたような態度で。

僕の心中に澱《おり》のように溜まっていた、不安や不信を見透かしたような態度で。

「キスショットが――そう言っていた」

「本人が言っていただけだろう？　それこそが嘘だっていう可能性は考えないのかい？」

「嘘」

嘘、だって？

それこそが嘘？

しかし――そんな嘘をつく必要がどこにある？

「別に僕はハートアンダーブレードの味方をするつもりもないから、ここでバラしちゃうけどさ――吸血鬼が人間の血を吸うとき、そこには二つのパターンがあるんだよ。ひとつは栄養補給としての食事の意味合い――もうひとつが、自身の従僕たる眷属を造る意味合いだ」

このふたつは全く別物なんだよ。

忍野は軽く微笑《ほほえ》んで、そう言った。

「まあ、眷属造りでも栄養はある程度吸収できるんだけどさ――素直に、あくまでも食事として阿良々木くんの血を吸っておけば、全快は無理にしても、スキルをあそこまで喪失することなかっただろうってことだ」

「いや――でも」

そうだけど。

しかし、そう言えば、キスショットはこんなことを言っていたのだ――あの街灯の下で。

僕の血液を一人分飲めば――急場は凌げる、と。

今の彼女の姿。

十歳の少女の姿。

あれは急場を凌いだと——言えるのだろうか？

栄養の補給ができたと——言えるのだろうか？

まるで——欠食児童だ。

「実際、今の彼女は、回復能力くらいしか見るべきところがないね。あの身体を形成するのにスキルを使い尽くして、肝心の吸血能力さえも完全に失ってしまったようだ」

「え？　そうなのか？」

「そうだよ。今の彼女の姿は、緊急避難的なものでね——スキルのほとんどを封印する代わりに、生命力を保っているんだよ。四肢を切断された状態でできることと言えば、それがやっとだったんだろうね。素直に『食事』としてきみの血を吸っておけば、今よりは大分マシな状況にあっただろうに」

「じゃあ」

僕は考える。

足りない頭で、無い知恵を絞って、必死に考える。

辻褄《つじつま》を合わせようとする。

「……あの三人から手足を取り戻すためには、たとえ吸血能力を含めたほとんどのスキルを一時的に失ってまでも、僕を眷属にする必要があったってことなのか？」

「違うって」

忍野は手を横向きに振った。

「確かにそういう観察も可能だろうし、訊いてみたらきっと彼女はそうだと言うだろうけどさ。でも、きっとそれはむしろ後付けの理由だろうと僕は思うね。ハートアンダーブレードは、きみを殺すのが忍びなかったんだろうと——僕は思うよ」

「……………」

「吸血鬼ってのはね、ハートアンダーブレードに限らず、あまり眷属を造りたがらないものなんだ——自分が死にそうなときにだって、眷属を造ってまで助かろうとは思わないものなんだ。ハートアンダーブレード——刃の下に心あり。僕が聞いていた話とは随分と違う吸血鬼のようだけれど——自分も死なず、阿良々木くんも殺さずに済ませるためには、きみを眷属にする他なかったんだろう」

命の恩人。

それなら確かに——キスショットは僕の命の恩人だった。

そうだ。

そもそもキスショットは、僕に声をかけた時点では、僕を眷属にするつもりはなかったはずなのだ。

ただの栄養補給、食事のつもりだった。

急場を凌ぐだけのつもりだったのだ。

だけど。

あいつは——ありがとう、と言ったのだ。

取るに足りない人間ごときに対して。

首を差し出した僕に対して。

「阿良々木くん、きみがここで目を覚ましたとき、ハートアンダーブレードはすぐそばで眠っていたんだろう？　きみの腕を枕にしてさ。それは、ずっと付きっ切りできみの面倒を見ていたってことじゃないのかな？」

「付きっ切りで――」

「眷属と化した者には暴走の危険が伴《ともな》うからね。そうならないように、見張っていた。見守っていたと言うべきかな。そして……それからも、うっかり太陽の下に身を投げだしてしまった阿良々木くんを助けるために、迷うことなく彼女もまた太陽の下に飛び出した――自分も蒸発する危険を冒しながら」

まあ、と忍野は付け加えた。

「それは人間がペットに対して持つような愛情に近いものなのかもしれないけれどね――だけど少なくとも、ハートアンダーブレードはきみに対しては誠実だよ」

「誠実――か」

「だから、信じてあげなくちゃ可哀想だ。さっきも言ったろ？　大事なのは信頼関係なんだよ、阿良々木くん。心配しなくとも、きみは人間に戻れるさ――むしろ問題はその後かもね」

「……その後？」

「自分を被害者だとか、そんな風に思うなよってことさ。被害者面は――気に入らないぜ」

厳しい言葉だった。

いきなりそんな言葉を振られて、僕は戸惑う。

「いや、別にお前に気に入ってもらおうとは思わないけれど……でも、別に被害者ぶってるつもりはねえよ」

「そりゃいいや。その言葉、覚えておくよ、阿良々木くん。しかし、いずれにしてもきみは僕の立ち位置からの視点で見たら——甘いんだよね」

「にじゅうい？」

「あ、違う、甘い」

忍野は言い直した。

いや、そんな言い間違いはありえないだろ。

「怪異にはそれに相応しい理由がある——と言う。阿良々木くん、きみはどうして、自分が吸血鬼と遭うことになったのか、それをもっと考える必要があるだろうね」

「いや、それは……、偶然——じゃないのか？」

「偶然だろうさ。しかし、考えるべきはその偶然が起きた理由だよ。……まあ——でも今は、きみはまずハートアンダーブレードの手足を取り戻すことを第一に考えたほうがいいのかもしれないな。別に僕が心配する義理はないんだけどさ、しかし阿良々木くん、あんな戦いぶりじゃ、ちょっとばかし不安だよ」

「まあ……任せろ、とは言えないけど」

それはともかく。

専門家の忍野が言うのなら——大丈夫かな。

そうだな。

態度はでかいけれど、確かにキスショットは、僕に対して誠実だ——僕のことを従僕呼ばわりするものの、しかし、僕のことを命の恩人だと、そう思ってくれてはいるのだろう。

なら。

僕もそれに応えなければならない。

信頼に信頼をもって応えてこそ——信頼関係だ。

「さて、そろそろ食事は終わったかな？」

「ああ……そうだな。次の相手……エピソードのことを詳しく聞かないと」

ドアを開けて、教室の中に戻った。

果たして、キスショット・アセロラオリオン・ハートアンダーブレードは——十歳くらいの女の子の姿から、十二歳くらいの女の子の姿へと、変貌していた。

成長していた。

ちょっと見ない間に、大きくなっていた。

010

「……つまり、奪われた手足を一本ずつ食べるごとに、その子の身体は成長していくってことなのね？」

羽川は——そういうような理解を示した。

四月一日の、日没直後である——キスショットはまだ眠っている。昼夜逆転の吸血鬼——それは僕にしても同じことなのだが、優等生の羽川をあまり夜の遅い時間に引っ張り出すのは気が引けたので、頑張って早起きした。

この学習塾跡には結界が張ってある。

忍野がそう言っていた。

キスショットや僕の存在を隠すだけでなく、一般人でも道案内なしでは辿り着くのが難しい——らしい。だから羽川には近くまで来てもらって、日が沈んでから僕が直接、迎えに行くという予定にしていた。

約束通りの時間に指定通りの場所へ、羽川は来ていた。

いつも通りの制服姿である。

「や」

羽川は僕に手を上げた。

気まずさを感じさせない、気さくな態度だった。

適度にくだけた距離感が心地いい。

「頼んだもの、持ってきてくれたか？」

「うん。この通り」

「そっか。ありがとう。じゃあ、こっち」

そして——僕は学習塾跡に羽川を案内した。

私有地、立入禁止。

そんな看板が貼り付けられているフェンスを潜《くぐ》り抜け（廃墟の学習塾跡を囲むフェンスも廃墟に相応しく、あちらこちらが穴だらけなのだ）、建物の中へと這入る。

忍野は交渉に出ているし、キスショットは眠っている。キスショットには羽川を連れてくることを言ってあったが、特に興味はなさそうだった。込み入った話になるかもしれなかったから別の教室で話すべきかもしれなかったが、しかし、羽川にキスショットの姿を見ておいて欲しかった。

だから羽川と話すのに、僕は二階の、普段過ごしているのと同じ教室を選んだ。脇でキスショットが惰眠《だみん》をむさぼっているという、そういう環境である。言うまでもなく、この教室の窓には板が打ちつけられているので星明かりさえ入らない。僕は吸血鬼の眼なので問題ないが、羽川は通常の視力なので、懐中電灯を用意した——まあ、用意したのはあくまでも羽川だけど。

そして僕は、多少の世間話をした後（何せ春休みからこっち、新聞にもテレビにも接していないので）、今日の朝のことまでを、羽川に話した——羽川はうんうんと、興味深そうに聞いていた。

優等生。

未知のものに対する好奇心は、人並み以上のものがあるのかもしれない。

僕は彼女に、話せることは全部話した。

隠しごとはしたくない。

いくら今日が四月一日でも、嘘をつきたくもなかった。

そして僕がキスショットの身体の『成長』のことを話し終えたところで——羽川は、

「……つまり、奪われた手足を一本ずつ食べるごとに、その子の身体は成長していくってことなのね?」

と、言ったのだった。

ふうむ。

「五百年も生きている吸血鬼を『その子』っていうのも変だけど——そういうことだよね?」

適度な理解だ。

そうだな、と僕は頷いた。

「右脚……膝から先で二歳くらい歳を取ったから……、そうだな、残りの手足を集めれば、多分元の姿……二十七歳くらいの姿まで、ちゃんと戻るってことだと思う」

「ふうん——」

「まあ、フリーザ様風に言うなら、左脚と両腕で、あと二回の変身を残しているってことだ」

「あ、わかりやすい」

言いながら、羽川は、忍野が作った簡易ベッドの上ですうすうと眠るキスショットを見る。

吸血鬼とは言え、ぱっと見、可愛らしい十二歳の女の子にしか見えないからな……廃墟の中、僕と彼女が一緒にいる絵というのは、本当に犯罪性を帯びているような気もする。

羽川がそんな判断をしないことを祈るばかりだ。

「じゃあ、私のせい——なのかもね」

「え？　何が？」

「阿良々木くんが吸血鬼に遭ったのって」

「…………」

何故そう思う？

話せることは全部話した、隠しごとはしたくないとは言ったものの、僕だってそこまでの馬鹿じゃない、羽川のパンツやらエロ本やらのくだりはちゃんと省いたぞ？

しかしこの焦りは全く的外れだった。

「噂をすれば影がさすって言うじゃない？　あの諺《ことわざ》って、怪談なんかでは割と有効な話でね。噂をすると——怪異っていうのは向こうのほうから寄ってくるんだって」

「ふうん。でも、僕は別に——」

あ。

そうだ。

僕はあの日——羽川から、噂を聞いていたのだ。

吸血鬼に関する噂。

夜、一人で出歩くと——

「——いや、それはおかしいだろ。だったら羽川、僕にその噂を教えてくれたお前のところにも吸血鬼が現れなくちゃいけないってことに」

「いけないってことはないよ。あくまで可能性が増えるってだけなんだろうし。……それに、私の前にも、現れたっちゃ現れたでしょ？」

「ん？」

「阿良々木くん」

ああ。

そうだった。

僕も吸血鬼なのだった。

そうか──ドラマツルギーとの勝負に向かう道中、あんなところであんなタイミングで偶然に羽川と会った理由は、ひょっとしたら、そういう確率の底上げがあったからなのかもしれない。

怪異にはそれに相応しい理由がある。

僕が吸血鬼に出会った理由──

「こういう考え方もあるんだよ。噂のほうが、本来の怪異よりも先行するって考え方──噂されることによって、怪異っていうのは生じるって考え方。所謂《いわゆる》民間伝承とか、そんな感じだよね」

「存在するから噂になるのか、噂になるから存在するのか──か。卵が好きか鶏肉が好きか、みたいな問題だな」

「んん？　私は卵が好きだけど」

ボケが通じなかった。

不発弾。

「……お前は何でも知ってるな」

「何でもは知らないわよ。知ってることだけ」

「はあん」

頷いて。

僕は話を本筋へと戻す。

「噂云々《うんぬん》はともかくとして、羽川は——昨日、むしろ自分から吸血鬼を探していたんだよな」

それで——僕は激昂《げきこう》してしまったのだ。

今日は、勿論そんなことはしないけれど。

「どうして、そんなことをしてたんだ？　上位の存在——だっけ？　おしゃべりをしたいとか、なんとか——」

「いや、そりゃ私も本気で探していたわけじゃないよ。ないものねだりって奴なのかな。なんていうのかな、私もなんだか行き詰まっててさ——生活に変化を望んだって感じ？」

「変化ね……」

僕の場合、生活に変化というか、生態が変化してしまったのだが。

やっぱり、たまったものじゃない。

けれど——優等生。

委員長の中の委員長、羽川翼でも、行き詰まりを感じることがあるというのは、ちょっとした驚きだった。

いや——人間なのだから、そんなことは当然か。

吸血鬼になった僕でも、悩みは尽きないのだから。

いやむしろ、悩みは増えた。

「現実逃避なんだよね、結局」

「僕は現実に戻りたいよ」

「戻れるよ、きっと」

羽川はそう言ってくれた。

何の保証もない言葉だったが——嬉しい言葉だった。

「でも、力になりたいとは言ったものの——そこまで大それた話になってくると、私にできることってあんまりなさそうだよね」

「そうでもないさ」

僕は言う。

羽川が持ってきてくれた荷物——大きなリュックサックに入っている——を、指でさして。

「着替えやら何やら、生活用品を持ってきてくれたのはありがたい」

「ううん、いいよ。これくらい」

はにかむ羽川。

「それより、早く着替えたら？　その服、ぼろぼろだし」

「むう」

「さすがにその格好のまま迎えにこられたときはびっくりしたよ。その、忍野って人に服を借りるってことはできないの？」

「あいつ、アロハしか持ってないんだよ……」

「いいじゃない。アロハ」

「ロハスならいいけどな」

似ているだけの言葉を並べてみた。

ちなみにロハスの意味を、僕は知らない。

しかし、ともかく、この服で行動するのもさすがに限界だ。キスショットのように物質創造ができればよいのだが、そんなこと、できるわけもない。

「そうだな——えっと」

とは言え。

女子の前で着替えるのは、さすがに抵抗があるな……着替えるとなれば下半身のほうも脱がなくちゃいけないし。

「でも、そんな慌てなくても……って」

おい。

今気付いたぞ。

何の考えもなく、昨日の夜、僕は羽川に「着替えを買ってきてくれ」と頼んだけれど……、この場合の着替えって、シャツやらズボンやらだけじゃなく、パンツとかも含まれるんじゃないのか？

「…………」

ええ……。

えええええ……？

「ま、まあ——でも、上半身くらいは替えてもいいかな」

平静を装いながら、僕は羽川が持ってきてくれたリュックサックに手を伸ばす。ん、結構詰まってるな……。まあ、入っているのは服だけじゃないから……しかし、チャックを開ければ、着替えは上のほうに積まれていた。

というか、パンツが一番上だった。

「サイズはMでよかったんだよね？」

「う、うん……」

「パンツはブリーフとトランクス、両方用意しといたから」

「………」

不要な気遣いだった。

いや……、僕が悪い。悪いのは僕だ。僕の頭があまりにも回らな過ぎた。そのために、ブリーフやトランクスを買わなくちゃいけなかった羽川のほうが、きっと恥ずかしい思いをしたはずなんだ……。

「？　どうしたの？　着替えないの？」

「着替えます……」

言って僕は、パンツの下に畳まれていた無地のシャツを取り出した。どう見ても新品である。なのに袋に入っておらず、タグも切られているところを見ると、どうやら羽川、購入後、一回洗濯《せんたく》し、乾燥機にかけてから持ってきてくれたようだ。

そこまでしなくてもいいのに……。

お前は僕に弱みでも握られているのかと思った。

とりあえずぼろぼろになっている上半身の衣服を脱いで、無地のシャツの袖に腕を通そうとした。

すると、

「ちょっと待って」

と、羽川が言った。

その声で僕の動きは止まったが、いや、今僕、上半身裸なんだけれど……。

「やっぱり——昨日も思ったんだけど、阿良々木くん、ちょっと体格、変わってるよね」

「ん？」

言われてみれば。

ちょっと——筋肉質になってる？

いや、ちょっとどころじゃない——軽く腹筋も割れているぞ。

「やっぱり」

と、羽川は繰り返した。

「昨日見かけた後ろ姿、微妙に阿良々木くんじゃないみたいな気がしたのよね——筋肉のつき方が違ったんだ。細くなっているっていうか、引き締まってる感じもするし」

「…………」

ほとんど接触のない男子生徒を後ろ姿で見分けることのできるお前は何者だ。

そっちのほうが気になるわ。

「むにゃむにゃ」

と。

不意に、キスショットが眼を覚ましたようだ。

ちなみに、『成長』の際、服装や髪型も一新されている——十歳の姿ではふわふわドレスにおかっぱ頭だったが、十二歳の今は、ドレスはやや大人っぽいデザインとなり、髪型は長髪となっていた。

「吸血鬼になれば、そりゃ体つきも変わるわい。回復力は肉体を最も健康的な状態に保《たも》とうとするからのう」

「え？」

「ぐう」

眠った。

それだけ言って、彼女は再び眠りに落ちた。

起きてるのか、寝てるのか……。

しかし、何気にすごいこと言わなかったか？

いや——でも、そういうことなのか。確かに、吸血鬼になってから爪も伸びないし——風呂に入らなくてもいい。

一週間くらいじゃわからないが、きっと、髪も伸びていないはずである。

それも、そういうことだったんだ。

これくらいが——僕の体格・骨格にとっての適度な筋肉ということなのだろう。

そしてこれがもっと行き着けば、ドラマツルギーのように筋骨隆々になったり、その応用で、身体の一部を武器にしたりもできるようになるわけだ——

「……寝ちゃったね」

「まあ。寝起きはあんまりよくないみたいだ」

「あれで――五百歳なんだ」

「自己申告だけどな」

「……でも、私のこと、眼に入ってない感じ」

羽川はそう言ってから、「ちょっとごめんね」と、僕の上半身に触れてきた。腹筋と、それから胸のあたりを、ゆっくりと撫でる。

撫でる。

撫でる。

……やべえ、軽く興奮する。

いけない悪戯《いたずら》をされている気分だ。

「……手触りは、人間と変わらないのか。でも、心なし、弾力性に富んでいる感じかな」

「…………」

単純な知的好奇心だった。

いや、そりゃそうなんだけれど。

「……人間と変わらないって、羽川、他の男の身体とか触ったことあるのか？」

「え？　いやいや、ないよ、そんなの」

慌てたように、僕の身体から手を離す羽川――今更ながら、ちょっと照れているようだった。

「そうだね、想像でものを言っちゃったね。よくないや。……早くシャツ着たら？」

「お、おう」

着た。

サイズはMとのことだったが、ちょっと大きめのように感じられた——でもまあ、大きい分には問題はないだろう。

また無地ってのがいいよな。

「ん。いいみたいだね」

「ああ。ありがとう——っていうか、悪かったな。ことが済んだら、すぐにお金は払うから」

「いいよ。子供の頃からためてたお年玉があったから」

「そんなもん使うなや！」

お金は返せても思い出は返せねえよ！

底知れない女だ……。

迂闊に頼みごとしたらとんでもないことになる。

「パーカーが二着、その下に入ってるから。あ、ズボンはジーンズでよかったんだよね？」

「ああ。動き易《やす》さ優先だ」

「ウエストサイズと裾上げは私の目測で判断したけれど、きつかったり短かったりするようなら言って。新しいの買ってくるし」

「…………」

多少きつくても多少短くても我慢しよう。

そう思った。

この場で穿き替えないにしたって、一応その辺りのことを確認しようかと思って、リュックサックの底のほうを探った。

と。

そこで僕は、ある袋を見つけた。

それは——あの大型書店の紙袋だった。

十冊ほど中に入っている感じだ。

「……?」

何となく取り出すと、羽川は、

「あ、それはお土産《みやげ》」

と言った。

「昨日、阿良々木くん、合気道の本を買ってたじゃない——校門の前に置いてたあれ。さっきの話を聞く限り、それって、あの大きな人と戦うためだったんだよね?」

「そりゃ——まあ」

あのドラマツルギーを評して『大きな人』か。

何気に度胸あるな、こいつ。

「結局、ついでに買った野球の教本のほうが役に立った感じだったけどな」

「ああ。私と会ったとき、読んでた本だね」

「それがどうかしたのか?」

うん、と羽川は頷く。

「まあ、厳しい戦いに対して準備をして臨むというのは姿勢として正しいと思うけど——ちょっと阿良々木くん、心得違いしてると思った」

「いや、わかってるよ——付け焼刃だって言うんだろ？」

昨日、見てたんだもんな。

僕のあの不恰好な戦いぶりを。

運任せ、あなた任せの戦いぶりを。

「確かに、マニュアルを読んですぐに身につくんなら、誰も苦労しないよな」

「あ、違う違う、そういう意味じゃなくて」

羽川は言った。

「合気道も野球も、人間のやることじゃない？」

「……？　まあ、確かにドラマツルギーに関節技なんて、無意味だったな——いや、回復力がそれほどでもないんだったら、あのまま折ってれば、多少の効果はあったってことか？」

「んー。乱暴な話だなあ。でも、そういうことでもないの。やられるほうじゃなくて、やるほうの話。阿良々木くんサイドの話」

「え？」

「合気道は人間の技だし——野球も人間のスポーツだし。現時点では確実に人間以上の力を有する阿良々木くんが合気道やら野球やらやっても、それじゃあかえって自分の力をいたずらに制限しているようなものだと思う」

「あ——ああ」

そうだ。

実際——野球のボールは僕には軽過ぎた。

砲丸でまあまあ——ローラーでようやくしっくりくる感じだった。

全てのパラメーターが同時に引き上げられているからどうにもいまいち自覚しづらいけれど、今の僕には、人間の技術は——逆に足枷《あしかせ》になるのかもしれない。

「だから、阿良々木くんが今読むべきなのは、私の思うところ、こっちだね」

そう言って、羽川は、僕がリュックから取り出した紙袋を開け、その中身を僕に示した。

漫画だった。

しかももろに学園異能バトル。

学生服の少年が表紙である。

「…………!」

「探してみたんだけど、吸血鬼の高校生が主人公っていうのは見つからなかったから、超能力を使う少年が主人公の話を選んでみました」

「え、選んでみましたって……」

「多分、こういう風に」

ページを開く。

主人公らしき少年が、壁を走っていた。

「物理法則を無視した動きを、今の阿良々木くんはできるはずなんだよね」

「はあ……」

思わず呆気に取られたが——いや。

これ、意外と悪くない考えなんじゃないのか？

というか——かなりいい。

人間だった頃の常識が抜けていない——と、ドラマツルギーは言っていた。僕と同じく元人間の彼の言うことだ、含蓄がある。そして実際にその通り、そんな常識の枠にとらわれていたせいで、必要のない苦境に陥ったのだった。

バク宙だってできたのだから——壁だって走れるだろう。

「ああ……なるほどな」

「一応、通して読んでみたけれど、かなり面白かったよ」

「ふうん……」

知らない漫画だったけれど、確かに面白そうではあるな。

「伝奇小説に、個人的におススメの本があるんだけれど、でも目的から考えれば、より即効性があるのは漫画のほうかなって。映像で憶えたほうが記憶には残りやすいからね」

「そりゃそうだ」

「まあ、それは基準としてもらってあげて頂戴《ちょうだい》。あとはまた、阿良々木くんの好みでセレクトしていけばいいと思うし」

「……サンキュ」

しかし……昨晩話した時点では、まだこの後、エピソードとギロチンカッターを相手にしなければならないことは羽川には伝えていなかったというのに、この手回しのよさ……。

やっぱり常人じゃねえよ、こいつ。

「はい。これはそのときのための図書カード」

「手回しがよ過ぎだ！」

「んん？　現金のほうがよかった？」

「最悪だ！」

僕は一体何なんだよ！

ともかく……、僕はありがたく、羽川からのその気遣いは受け取っておくことにした。図書カードも含めて。

いや、マジで金がないんだ。

本を買い過ぎた。

「助かるよ、羽川。このお礼は、絶対にするから」

「ううん。私にできるのって、これくらいだし」

「これくらいって――十分過ぎるさ」

正直――心強い。

裏返せば、やっぱり心細かったのだろう。

忍野は味方とは言えないし――キスショットは事態の張本人で、しかも吸血鬼だし。

他人に話を聞いてもらえるだけで、こんなに楽になるとは思わなかった。

いや――他人じゃなくて、友人だからか。

「本当に――ありがとう」

「やだな、困ったときはお互いさまでしょ。他にも私にして欲しいことがあったら、阿良々木くん、遠慮せずに何でも言ってね。今はこれくらいが精一杯だけど」

「ああ。頼らせてもらうさ」

「そうだ。この教室の掃除《そうじ》とかしよっか？」

散らかり放題みたいだし、と羽川は言った。

まあ、廃墟だしなあ。

言うが早いか、羽川は早速《さっそく》動きだした――って、おいおい、さすがにそんなことまでさせられないって。

「いいんだよ、元からこうなんだから」

「でも、だからってより散らかしちゃ駄目だよ。片付けられるところから片付けていかないと――ん？　あれ、何これ？」

羽川は教室の隅《すみ》から何かを拾い上げる。

僕にも一瞬、それが一体何なのかわからなかった。しかしすぐにわかった。それは、同じく、大型書店の袋だった――しかし羽川が持ってきたものでもなければ、僕が昨日買った、合気道・野球・クラシックの本が入っているものでもない。

しかし見覚えのある袋だった。

そして僕は気付く。

そう。

それは春休み初日に捨てたはずの、二冊のエロ本が入った袋だったのである。

「むにゃむにゃ」

背後でキスショットが寝言のように言う。

「言うのを忘れておった。うぬが大事そうにして抱きかかえておった袋が道端に落ちておったから、ここに来るとき、ついでに拾ってきておいてやったのじゃ」

「お、お前という奴は！」

「ぐう」

寝やがった。

おお……羽川が袋の中身を凝視している。

女子高生が女子高生のエロ本を凝視している……。

「えっと、阿良々木くんが吸血鬼と行き遭ったのは、本屋の帰り——だっけ？　三月二十五日の？

私とすれ違った日の夜？」

「………！」

すげえ！

滅茶《めちゃ》苦茶《くちゃ》いい勘してる！

で、でも待って、お前はひょっとして僕が一番して欲しくない誤解をしようとしていないか!?

「えっへっへ」

羽川は顔を起こして、満面の笑顔で僕を見た。

懐中電灯が、丁度彼女を下から照らし上げる形になっていて、それこそ怪異のようだった。

そして袋から一冊を取り出し、あるページを開く。そのページでは恐るべきことに、『眼鏡の委員長特集』なる、強烈にお馬鹿な企画が展開されていた。

羽川はとても優しい——猫《ねこ》なで声で言った。

「で。何これ？」

011

エピソード。

体格の三倍はあろうかという、体重の三乗はあろうかという巨大な十字架を片手で肩に担ぐ、白ランで三白眼の男。

彼は——ヴァンパイア・ハンターだそうだ。

褒賞金目当てで吸血鬼を狩る、言うなら殺し屋。

そして——更にそれに加えて。

彼は、ヴァンパイア・ハーフだという。

ハンターにしてハーフ。

角度によっては幼くも見えなくもないその風貌とは裏腹に、キスショットから左脚を奪った吸血鬼退治の専門家——それが、エピソードなのである。

「…………遅いなあ」

あれから三日で——四月四日。

微妙に縁起の悪い数字の並びなのが気になるが、しかし、そんなどうしようもないことにこだわっていても仕方がない。

腕時計で時間を確認しようとして、腕時計をつけ忘れてきたことに気付く――じゃあ携帯電話で確認しようと思えば、携帯電話も忘れてきていた。

いかんな。

やっぱり、冷静じゃないのか。

まあいいか――いざというときに連絡を取りたい相手である忍野メメは、風来坊らしく、携帯電話やPHSを所持してはいないのだから。

もっとも、本人が言うにはただの機械音痴《おんち》らしいけれど。

まあ妖怪やら怪異やらと、もっとも縁遠そうな機器だもんな、携帯って。

とにかく、四月四日の夜。

僕はまた、私立直江津高校の、夜のグラウンドに来ていた。

当然――第二戦。

吸血鬼退治の専門家の二人目、エピソードとやりあうためである。

この三日間、色々考えたが――しかし、最終的な結論として、ドラマツルギー戦と同じく、素手でやってきた。

「武器は持たないほうがいいと思うよ」

という、羽川の意見を汲んだのだ。

「だって、普通の武器じゃ今の阿良々木くんの、いわゆる吸血鬼の怪力にはとても耐えられないだろうし、仮に耐え切れる武器を準備できたとしても、そんなもの持って歩いていて、おまわりさんに職務質問を受けたらどうするの?」

「…………」

今更真っ当過ぎる指摘だった。

「いや、それを言うなら、あの吸血鬼退治の連中こそ、当局から職務質問を受けるべきだと思うんだけど」

「その人達はプロフェッショナルでしょ？　それくらいは避ける方法を心得てるんじゃない？」

「むう」

考えてみれば、ドラマツルギーなんかは身体を霧にできるんだもんな。

そんな人の枠にはとらわれないだろう。

というわけで素手——いまいち前回、ドラマツルギーの波打つ大剣二刀流を相手に徒手空拳《としゅくうけん》で挑んでしまった失敗から得た教訓を活かせていない感じだが、しかし羽川は大したもので、校舎の陰から見ていただけなのに、あの戦闘から観察できたことをいくつか教えてくれた。

大体は僕に対するダメ出しだったが。

その経験を活かして——戦えれば。

例によって、キスショットのアドバイスもあんまり参考にならなかったしな——以下、そのアドバイスをもらおうとしたときの回想シーン。

「ヴァンパイア・ハンターでヴァンパイア・ハーフね——まあ、それくらいの吸血鬼用語は、僕も知っているけれど、しかしキスショット、もうちょっと詳しい情報はもらえないのか？」

十二歳の姿になったキスショットは、しかし、僕のそんな質問に、

「忘れた」

と言った。

忘れたって……。

相変わらず威張った態度で胸を張っている——十歳から十二歳、いわゆる第二次性徴期を経ているので、胸のふくらみはそれなりになっていたが、しかし威張って言うようなことでないのは確かだった。

「んー。だから記憶力が落ちておるのじゃ。あ、これ前に言ったかの?」

「その台詞は面白いが……」

「ふむ。ちょっと待っておれ」

言って、キスショットは、右手を顔の横で手刀《しゅとう》の形にして、何の矯《た》めもなくその四本の爪を自分のこめかみに差し込んだ。

金髪少女の頭部に、小さな右手が手首まで陥没《かんぼつ》した。

勢いよく血が噴き出しては、蒸発して消えていく。

「お、お、お前……っ!」

「待っておれ。すぐ思い出す」

そのままキスショットは、自分の頭部、即ち脳内を、雑な感じにぐちゃぐちゃとかき混ぜた。傷口からは血だけじゃなく脳漿《のうしょう》とも思える液体がぴゅーぴゅーこぼれ出る。

「………っ!」

いやいやいやいやいやいやいやいやいや。

つくづくアニメにできねえよ。

見せてるし。
眼筋《がんきん》にも指が絡んでるのか、右眼が悪魔に取り憑《つ》かれたとしか考えられないような、奇抜《きばつ》な動きを見せてるし。

も、文字通り記憶を探ってるんだ……。

どんな記憶術だ。

「ふむ」

真《ま》っ赤《か》に染《そ》まった手を、ようやく引き抜いたキスショット。

爽快《そうかい》な笑顔だった。

「思い出した」

「……何を」

「何を、思い出した?」

金髪を赤く染めていた血液もまた蒸発していくのを見ながら、僕は合いの手をいれる。

「ドラマツルギーは、うぬを仲間に引き入れようとしたことからもわかるよう、何も嫌いで吸血鬼を狩っておるわけではないのじゃが、エピソードは違う。あやつは吸血鬼を毛嫌いしておるのじゃ」

「毛嫌い? なんで——ハーフってことは、半分は吸血鬼なんだろ? いやまあ、ハンターなんてやってるってことは、少なくとも味方じゃないんだろうけど——」

「いや、ヴァンパイア・ハーフは——そもそものサンプルが少ないから断定的なことは言えんのじゃが——たいていの場合、吸血鬼を憎むことになるものなのじゃ」

「どうして」

「まあ、簡単に言えば、ヴァンパイア・ハーフは吸血鬼の世界には受け入れられん存在ゆえじゃな。

かと言って人間の世界に受け入れられるわけでもない。だから――吸血鬼の血を憎悪《ぞうお》する」

「でも、それなら、同じように人間も憎んでるってことにはならないのか？」

「好きではないじゃろうが、しかし自分よりも弱い者を憎んでも仕方あるまい？」

身も蓋《ふた》もないことを、キスショットは言った。

「ハーフとは言え、地力は並みの人間とは比べ物にならんからのう。なかでもエピソードは、吸血鬼に対して強い憎しみを持っておるようじゃったぞ。どんな育ち方をしていたのか知らんが――まあ、知らんほうがいいような育て方をされたのじゃろうな。じゃからそう簡単に諦めてくれると思うな。ドラマツルギーと違い、奴は仕事というよりは私情で動いておる」

「はあ――」

ドラマツルギーほどに、プロに徹していないということか。

「ヴァンパイア・ハーフは吸血鬼よりも不死力が弱い代わりに――吸血鬼としての弱点をほとんど持たんのが特徴じゃ。太陽の下でも歩ける――影もできる」

「へえ……影ができるのか」

「つまり――逆の言い方をすれば、利点が半減する代わりに弱点がほぼ全滅するということじゃの」

「はあ……」

なるほど。

一概には言えないが――弱点がないというのは、少しきついな。

「で、どうすれば勝てる？」

「うん？　まあ、普通にやれば？」

「…………」

過剰な信頼ありがとう。

というわけで——当日の夜になってしまった。

この三日間、僕は漫画を読みふけった。傍目《はため》から見れば、まあ遊んでいる、でなくともやる気がないと思われても仕方がなかったが——メジャー誌でやっている学園異能バトル系漫画はほぼ網羅《もうら》したといっていい。

不思議なもので、必要性にかられて読むとなると、どれほど面白い漫画でもページをめくる手が遅くなったりしたものだが……今日も含めて羽川が、あれから毎日、日没直後あたりに学習塾跡に漫画を届けにきてくれたので、もういいとも言えなかった。

図書カードまでもらった上でなんだが、結局、僕はあまり外出しないほうがいいだろうということになったのだ。

そう言ったのは忍野である。

四月一日の夜、羽川が帰った直後に、ちょうど忍野が帰ってきて——そのときのことだった。もう少しで羽川を紹介できたのに、とも思ったが、しかし忍野は、羽川が帰るのを見計らって帰ってきたようにも思えたので、あえてそこは突っ込まないことにした。

「中立の立場で言うのはなんだけど、それはいいアイディアだね。いいセンスしてるよ、その委員長ちゃん」

忍野はそう言ってから、

「でも、阿良々木くんが、対決の日でもないのに出歩くことには、僕としては反対しなくちゃいけないかな」

と、続けたのだ。

「そのときを狙われる可能性があるからさ」

「いや——でも、そこはお前の交渉で」

「相手にチャンスを与えないことが交渉の秘訣《ひけつ》だろ。相手がきみに手出しをするとは思わないけれど、後をつけられてもつまらないじゃん」

「つけられたところで、ここはわからないんだろ?」

住んでいる僕やキスショット、それに張った張本人である忍野には通じない結界だけれど——それほどに有効な結界だと、そう言っていたはずだ。

「そりゃ、結界には自信があるさ。でも、最低限、可能性は潰しておきたい」

「可能性——」

「委員長ちゃんは明日も来てくれるんだろ? 読む漫画のバリエーションを増やしたいんなら、そのときに頼んでみるんだね。ああ、それこそ結界があるから、委員長ちゃんは二度目であっても三度目であっても、道に迷うことにはなると思うけど——そこは含んでもらうしかないな」

「で、でも」

「勿論、僕が手伝うわけにいかないんだから、委員長ちゃんが駄目だっていうなら、他の友達に頼るんだね」

他に友達などいない。

羽川に頼るしかなかった。

「ああ、読み終わったら僕にも貸してね」

そんなむかつく一言と共に、忍野は去っていったのだった。

帰ってすぐ出掛けやがった……。

しかしあいつ、いつ寝てるんだろうな？

寝転んでいるシーンはよく見るけれど、寝ているところは、そう言えば見ていない——それほどに交渉に精を出しているということなのだろうか。

だとすると漫画を貸してあげるくらいは、してもいいのかもしれなかった。

そして羽川は本当にいい奴で、その翌日——つまり四月二日に学習塾跡に来てくれたときに頼んだら、二つ返事でその『買い出し係』を引き受けてくれ、それから今日、つまり四月四日まで、三日連続でおすすめの漫画&僕の注文通りの漫画を買ってきてくれるのだった。

いい奴過ぎる。

今日も三日ぶりに外出する僕を、

「頑張ってね」

と、そんな激励の言葉で送り出してくれた。

簡潔な言葉だけれど、心に染みた。

「本当……人間に戻れたら、どんだけのお礼を言えばいいのかって話だよな」

しかし。

僕はこのとき——まるで的外れだった。

羽川翼という女の強さ。

そして危うさを——この期に及んで、まだ理解していなかったのだ。

「ちゃんと家に帰ったかな、あいつ——」

と。

後の展開から考えれば酷く牧歌的なことを呟いたときに——ようやく、エピソードは現れた。

私立直江津高校のグラウンドに現れた。

霧のように——現れた。

「…………」

ヴァンパイア・ハンター。

ヴァンパイア・ハーフ。

吸血鬼としての弱点がなく。

しかし——半分ほどに弱まっているとは言え、吸血鬼としての能力は残っている。

線の細いイメージの——三白眼の男。

白い学ラン。

幼くも見えるが——片手で肩に背負うようにした巨大な十字架が、その印象を否定している。

あの日と同じように薄笑いで——僕を鋭く睨みつけていた。

エピソード。

キスショットの左脚を奪った男。

「超ウケる」

彼はいきなり言った。

遅刻しておいて詫《わ》びの言葉もない。

「本当、笑うよな――ドラマツルギーの旦那《だんな》が、てめえみたいなガキに逆退治されちまうなんてよ。どんだけ油断してたんだって話だよなあ――俺ァ吸血鬼が、吸血鬼退治の連中も含めて大嫌いだけど、それでもドラマツルギーの旦那だけは評価してたってのによ――」

「…………」

敵意も悪意も満々だな。

その上で、僕を見下している。

まあ、吸血鬼が嫌いで人間も嫌いなのなら、元人間でつい最近吸血鬼になったばかりの僕なんて、一番嫌いなタイプだろうな。

「で？　俺はどうすりゃいいんだ？　ガキ」

「……どうすればって」

「勝負すんだろうがよ――何で勝負すりゃいいんだ？　別に暴力沙汰《ざた》じゃなくったっていいんだぜ、俺ァ――お前なんかに、何やったって負ける気がしねえよ」

「悪いけど」

僕は言う。

「キスショットの眷属であるという以外は、僕はまったくただの人間で――その中でも落ちこぼれだったもんでね。ヴァンパイア・ハンターと吸血鬼としてしか、やりようがないよ。あとはジャンケンくらいでしか、お前には勝てないと思う」

「そうかい。そりゃ――超ウケるな」

マジで笑うわ、とエピソード。

「随分弱気じゃねえか。俺ぁ元人間の吸血鬼を何人か狩ったことがあるが——みんなもっと、調子コイてたもんだぜ。全能にでもなった感じでよお。モスキートみてえな能力手に入れただけで、世界の支配者気取りだぜ。超ウケる」

「……………」

どれだけ『現地の言葉』を心がけてるのか知らないけれど、こんな物騒な十字架を担いだ男が『超ウケる』を連発するのはどうにもこうにも違和感があるな……。

本人はどういうつもりなのか知らないけど。

「ま、そういう連中には俺が現実を教えてやるんだけどな。しかしお前にはその必要はなさそうだ——手間が省けて助かるぜ。だから、今日は特別サービスだ」

エピソードは片眼を閉じて、言う。

それはウインクかもしれなかった。

「後遺症が残らない程度に殺してやるよ」

「……その台詞は前にも聞いたぜ」

「俺の決め台詞だ。超ウケるだろ？　真似するときはちゃんとアレンジしろよ」

そう言って——エピソードは、十字架を持っているのとは逆の側の手を、差し出してきた。

握手？

試合前の握手か？

意外と礼儀正しい奴なのか……と、思いながら、僕はその手を握ろうとしたが、しかしその瞬間、エピソードはその手をさっと動かして――

――その手を鋏《はさみ》の形にした。

「はい、俺の勝ちぃ」

「………」

「てめえはジャンケンでも俺には勝てねえんだよ――だからヴァンパイア・ハンターと吸血鬼としてでも、俺の勝ちだ」

「忍野は苦手なタイプだが」

僕は言った。

「お前は――嫌いなタイプだよ」

「おいおい、俺程度でそんなこと言ってたら、ギロチンカッターとはやりあえないぜ――あいつのえげつなさは、この俺でさえも軽く引いちゃうくらいだからな。まあ今夜俺に負けちまうから、幸運にもお前がギロチンカッターとやりあうことはないわけだが」

「大した自信だな」

「まあね」

しかし、と彼は言う。

「あの忍野メメって男が一筋縄《ひとすじなわ》じゃいかねえ野郎だってところにゃ同意するぜ。ったく、超ウケる。こんな茶番を成立させちまうんだからよ――元人間の吸血鬼を相手にしたときでも純正の吸血鬼を相手にしたときでも、こんな正々堂々の戦いをやったこたぁねえぜ」

「……条件は聞いてるな」

「ああ。俺が勝ったらてめえがハートアンダーブレードの居場所を教える——万が一にもてめえが俺に勝ったらあの女の左脚を返す。そういうことだな？」

「ああ——その通りだ」

「ところでてめえ、この条件、意味わかってるか？」

エピソードは、頷く僕に、にやけ顔で続けた。

「殺し合いを禁じているんだよ——この勝負。俺はてめえからハートアンダーブレードの居場所を聞きだすために、お前を殺すわけにはいかないし、てめえも俺からあの女の左脚を取り返すために、俺を殺すわけにはいかない。乱暴なやり方に見えて、殺し合いからは一線を引いている。平和主義なこったよ——」

「…………」

ゲーム。

そんな風に——忍野は言っていた。

殺し合いではない、ゲーム。

「そして——お前の言う通りだ。ドラマツルギーの旦那も、ギロチンカッターも、この俺も、プロフェッショナル——このやり方でしか、お前に勝機はない。唯一、お前に勝ち目のあるやり方を選んだってことさ」

そう——なのか？

それがバランスってことなのか？

あのチャラい男が——そこまで考えて、こんな勝負をセッティングしているというのだろうか。

中立の——交渉役として。

二百万円——だった。

「まあ勿論、俺はキスショット・アセロラオリオン・ハートアンダーブレードの居場所さえわかりゃ、てめえとあの女、ふたりまとめて——やっぱり、後遺症が残らない程度に殺してやるんだけどな？」

エピソードは笑う。

「言っておくが、手加減してもらえるとか思うなよ。俺は弱い者いじめは大嫌いだが——悪い者いじめは大好きなんだ」

「僕は悪い者か」

「そりゃそうだろ？　化物なんだから」

「……お前だって」

お前だってそうじゃないか。

そうは言えなかった。

彼は——半分なのである。

「ああ？　お前だって——なんだよ。言いたいことがあればはっきり言えや」

「いや、何でもない……何も言いたくない。始めようぜ」

「ああ、終わらそう」

前説は、ここまでだった。

ドラマツルギーを相手にしたときとは逆に、先手を打ったのは僕だった——とにかく先手を取ることだけを、僕は考えていた。

とにかく僕には実戦経験がない。

防戦に回れば、あっという間に動揺してしまい、わけがわからなくなってしまうのは目に見えている——せめて攻撃に打って出るべきだ。

僕は、漫画で読んだ通りの動きで、踏み込んで全体重を乗せた拳を繰り出した——しかし、その拳は空を切った。

と言うより——霧を切った。

瞬間で、エピソードが身体を霧に変えたのだ——霧を殴《なぐ》ることはできない。変な形で体重を乗せてしまった腕に引っ張られる形で、僕は前方にふらついてしまった。

まずい、反撃が来る——と身構えたが、しかし攻撃できないのは霧と化した向こうも同じである。

巨大な十字架ごと霧と化したエピソードは、

「悪いが、単純な力じゃ怪異殺しの眷属であるお前のほうが圧倒的に上なんでな——接近戦でやりあうつもりはないぜ」

と、霧のままで言って——僕からかなり離れた場所で、その身体を復元させた。

十字架も元に戻る。

同じく霧になったということは、あの十字架は——ドラマツルギーのように、身体の一部なのか？

いや、違うな……、どちらかと言えば服と同じ扱いなのだろう。

ドラマツルギーやキスショットの衣服と同じ。

そういうことだ。

「……そんな離れたところから、何をするつもりだ？」

「こうするんだよ！」

言ってエピソードは——

その巨大な十字架を、僕に向かって投擲《とうてき》した。

無造作に——

前に僕がドラマツルギーに対してやったのとは違う、ピッチングフォームも何もあったものじゃない、ただの力技で——投げつけてきた。

「う……うわっ」

完璧に予想外だった。

まさかあんな巨大な十字架を、自分の身長の三倍はあろうかという大きさの十字架を投げてくるなんて——いや、それを言うなら僕だってローラーを投げようとしたんだけれど、でも——ヴァンパイア・ハンターが十字架を投げるか⁉

信仰がねえのか、こいつ！

武器だろうとは思っていたが——てっきり、まさかりみたいに使うのだとばかり——！

「……くっ！」

ぎりぎりで——かわした。

かわして、しまった、と思う。

馬鹿が、何も学習していない——僕は相手の攻撃を避ける必要がないのに！　どうせ、キスショットの眷属であるがゆえの回復力で、あっという間に治るのだから——その利点を活かそうって思ってただろうが！　それも人間だった頃の常識なのだろうが、ついつい反射的に避けてしまう。吸血鬼の眼で見えてしまうがゆえに——しかし。

しかし、今回はそれが幸いした。

かわしたと思っていた十字架は、実はぎりぎり僕の右肩をかすめていて——そしてその右肩が、次の瞬間、燃え上がったのだ。

炎上した。

蒸発——した。

まるで、太陽の光を浴びたときのように——

「じゅ、十字架——！」

て言うか——もろ吸血鬼の弱点じゃねえかよ！

それくらいは僕だって知ってたぞ！

あまりにも、あまりにもエピソードが普通に持っていて、しかもその存在感があり過ぎて逆に盲点だった——と言うより、見ていても全然平気だったから、考えの外《ほか》に置いていた。

そうか。

ヴァンパイア・ハーフのエピソードに吸血鬼としての弱点がないということは——つまり、あいつは十字架も平気ということなんだ。

十字架。

巨大な十字架。

そしてあの武具は、見るだけではなんともないようだから、こうして直《じか》に触れたときにこそ、その効果が出るということらしい。

その、絶大なる効果が。

蒸発した皮膚は——しかも、回復しない。

いや、回復しないのではない——けれど、回復が異常に遅い。キスショットの眷属としての回復力でも——追いつかない。

ならば、太陽よりも——まずいということだ。

直に触る分だけ、効果覿面《てきめん》なんだ。

そしてかすめるだけで——この有様。

じゃあ、まともに食らったらどうなるんだ!?

「え……?」

と。

僕が傷口を気にしている内に、またもエピソードは姿を霧と変えていた——そして霧のままで移動する。

てっきり、ここぞとばかりに僕のところに攻めてくるのかと思ったが、しかし先の宣言通り、エピソードは僕に近付いては来なかった。どこに行くのかと言えば、先ほど自分が投擲した巨大な十字架のところだった。

僕の肩口をかすめたそれは、十メートルくらい先で、グラウンドに半分ほどの深さまで突き刺さっていた。その周囲で、エピソードは肉体を復元し——そして、根元が埋まっていた十字架を引き抜いたのである。

「そう言えば、てめえもドラマツルギーの旦那とやりあうときは、遠距離からモノ投げたんだってな

——いいアイディアだぜ。俺だって、もしもドラマツルギーみてえなキャラとやりあうときには、同じ手を使うだろう——こんな風に！」

そう言って——再び、エピソードは十字架を投げた。

僕に向けて。

今度は十全にかわす——しかし、かわしたからと言って安心はできなかった。僕にはエピソードがどういう作戦を立てているのか、この時点でようやく、しかし完璧にわかってしまったからだ。

前回のドラマツルギー戦。

それを見ていた羽川からのダメ出しは、ざっとふたつである。

まずひとつめは——

「相手に同じことをされたらどうするの？」

だった。

「あの大きな人の筋力で、阿良々木くんの投げた砲丸やローラーを投げ返されてたら、どうするつもりだったの？」

そして——ふたつめ。

「遠距離からの攻撃で怖いのは、何よりもタマ切れよね。武器を投げちゃうわけだから——ケージ一杯ボールがあったとは言え、考えなしに投げるのはまずかったと思うよ」

エピソードが今、吸血鬼である僕に対してやっていることは、そのふたつのダメ出しを見事にクリアしている。

まずはあの十字架を投げること。

僕は、どう頑張ってもあの十字架を投げ返すことはできない――触れることさえできない十字架を、どうやって投擲しろというのだ？

触れた瞬間、触れた箇所が蒸発してしまう。

更に、タマ切れの心配もない。

あいつは霧になって――投げた十字架を、自分で取りにいけるのだから。

「……ヴァ、ヴァンパイア・ハーフ――」

十字架に触れても平気で――

身体を霧に変えることができる。

己の利点を最大限に活かし――かつ、弱点でさえ、利用している！

「超ウケる」

僕の推測を裏付けるように――またも地面に突き刺さった十字架のところで、エピソードは身体を作り直した。

そして力任せに十字架を引き抜く。

「このまま削《けず》り殺してやるぜ――頼むから、避け損なって心臓に食らったりしないでくれよ。本当に殺すわけにゃいかねえんだから――よっ！」

言いながら――不意をつくような投擲。

避けることはできる――これは多分、奴の言う通りに、地力において僕が勝っているからだろう。ヴァンパイア・ハーフの腕力でも十分の速度を生み出せるが、それでもまるごと吸血鬼の僕の視力と瞬発力を凌駕《りょうが》できるほどのものではないのだ。

けれど——このままでは、確かに、削り殺しだ。

手の打ちようがない——この三日間で読破した学園異能バトルの中に、こんな展開はなかった！

振り向く。

十字架は、やはり地面に突き刺さっていた。

それは——まるで墓標のようだった。

グラウンドに突き刺さった十字架——！

そしてその周囲に、彼の姿が生じる。

「降参するのもいいだろう——それでも、どうせ明日にはてめえをぶっ殺すことになるんだけどな。ワンパターンだと思われてもマンネリだと思われても構わねえ、今と同じ方法で殺してやるよ——十字架ってのは、吸血鬼のどうしようもねえ弱点なんだからな」

「…………」

プロフェッショナル——だ。

私情で動いているとは言え、彼もプロ。

僕は、最初に受けた肩の傷を見る。まだ回復は完了していない——激しい痛みが続いていた。

手はない。

どの道、短期決戦以外で、経験豊富な相手に経験皆無な僕が勝つ方法などなかったのだ——それなのに、こんなじっくりと構えられてしまえば——打つ手はない！

ならば絶体絶命だ。

体育倉庫まで走ったところで、相手が霧じゃあ砲丸を投げてもローラーを投げても意味がない——

物理的打撃が通じない相手に、どう反撃をすればいいのか——と。

恐慌で身体がすっかり硬直してしまい、このままだとエピソードの次の攻撃は避けられないだろうと、どこかで変に冷静な判断を下しかけていたときだった。

「あ——阿良々木くん！」

そんな大声が——聞こえてきた。

こんな声量の幻聴《げんちょう》があるわけもない——声のした方向を見れば、そこにいたのは誰であろう……と言うより、あれだけ話せばもうさすがに声でわかる、羽川翼だった。

彼女が、校舎の陰から——姿を現していた。

あの日と同じように、そこに潜んで——いたのか？　馬鹿な——羽川は、家に帰ったはずなのに
——

「まだ諦めちゃ駄目！　相手は、霧なんだから——」

そんな僕の混乱をまるで無視して、羽川は口元で両手を拡声器の形にし、そして僕に向かって叫び続けた。

「霧なんだから——つまりは——」

「……超ウケる」

言って。

エピソードはまるで躊躇《ちゅうちょ》なく、僕に対して構えていたその巨大な十字架を、羽川に向けて——投げたのだった。

え？

あれ？

なんでそんなことするんだ、こいつ――

「は……はねかわぁあああああっ！」

羽川の運動神経は決して悪くないと聞く。

優等生なのだ。

体育の成績さえ、それなりにずば抜けている――けれど、そんなものは所詮人間の常識の範囲内である。

吸血鬼には勿論。

ヴァンパイア・ハーフにさえ、及ぶべくもない。

視力も瞬発力も、その十字架をかわすには及ばない――精々半歩、その場からずれるのがやっとだった。

十字架の角が――彼女の脇腹をえぐる。

無論、吸血鬼にあらざる彼女は、十字架に触れたところで炎上も蒸発もしないけれど、それでもその巨大な十字架が、重厚なる銀の塊であることには違いない。

柔らかい脇腹など。

あってないようなものだ。

「…………………っ！」

僕は――全脚力を振り絞って、羽川のところへと駆け寄った。感覚的には刹那《せつな》の間だった――事実、僕は羽川が、後ろ向きに地面に倒れる前に、受け止めることができたのだ。

しかし。

それでも全然——遅過ぎた。

羽川の制服は破れ、皮膚は破れ、筋肉は破れ、肋骨《ろっこつ》は破れ、内臓は破れていた。真っ赤な血がとめどなくあふれ出て——止まらなかった。

傷口が大き過ぎて止血のしようがない。

勿論——飛び散った肉片や、流れ出る血は、蒸発なんてしない。

そのままグラウンドに染み込んでいく。

じっくりと。

赤く——赤く、沈み込んでいく。

「は……羽川、羽川、羽川、羽川！」

「……えっへっへ」

羽川は。

照れたように——笑った。

こんな状況で。

まるで、内臓を見られたことを恥ずかしがるかのように。

はにかんだ。

「阿良々木くん、うるさい」

「…………っ！」

「け——携帯」

羽川の顔色が、どんどん悪くなっていく。

それでも彼女は、笑顔を崩さず。

笑顔を絶やさずに続ける。

「携帯電話、忘れたでしょ。届けに――来たよ」

「け――携帯なんかどうでもいいよ！」

叫んだ。

けれど、そんなことは羽川だってわかっているだろう――携帯云々は、羽川にとっても口実に過ぎないのだ。

ただ、きっと羽川は心配で。

家に帰らず――ここに来たのだ。

そして、見ていられなくて――出てきた。

それがどれだけ危険なことか、わからないわけがないだろうに！

「しっかりしてよ……相手は霧でしょ」

地面がどんどん赤く染まっていくのに――羽川の口調は、それでもしっかりしていた。

「霧ってことは、つまり、水じゃない」

「……？　……は、羽川？」

「阿良々木くん」

しっかりした口調のまま――ゆっくりと、目を閉じていく。

「走り幅跳びの記録、どれくらい？」

ずしり、と。

その言葉をきっかけにしたかのように、急激に羽川の身体が重くなった。血がこれだけ流れ出ているのに——人間、意識を失っただけで、これだけ重くなるのか。

なら。

命を失ったら、どうなるのだろう。

「はっ——超ウケる。いつまで待たせる気だよ」

見れば。

エピソードは、羽川を貫いた十字架を既に拾い上げ——こちらに向けて、構えていた。

「そのままそこにいたら、その女の身体はもっと傷つくことになるぜ」

「お——お前」

「言っとくが、先に約束を破ったのはてめえのほうだぜ——怪異殺しの眷属よ。一対一のはずだろうが。まあ、俺も部外者に手ェ出したってことで、とんとんにしといてやるけどさ」

「羽川は——普通の人間だぞ」

数のうちには、入らないだろう。

羽川に一体、何ができるというんだ?

「普通の人間に対して、お前は——!」

それとも。

人間だって——お前の敵なのか?

嫌いなだけじゃなく——敵なのか?

吸血鬼だけじゃなく、人間も——！

だとしたって、それでも羽川を巻き込むことはないだろう——意識を失うときに、最後までしっかりとした口調で、してくれたアドバイスにしたって、残念ながら全然意味がわからなか——

「………っ！」

霧？

水？

走り幅跳び？

あ——いや。

いや、わかった。

そうだ——『地の利』だ。

前言撤回だ、羽川は十分数のうちだった。

これで、勝てる！

「おおおおおおおおおおおおおっ！」

力の限り咆哮して——僕は駆け出した。

羽川の身体をそっとグラウンドに横たえて、彼女の示唆《しさ》から思いついた作戦を、推敲《すいこう》することもなく、そのまま実行に移す。

エピソードの現在位置と、『あの場所』を直線で結んで——そのラインの上で、僕は脚を止める。

それと、エピソードが、巨大な十字架を僕に向けて投擲するのは、全くの同時だった。間に合った——いや、まだだ。

この十字架をかわさないと条件が揃わない！

僕は跳ぶのではなく、その場にかがみこんだ——頭上を十字架が通過していく際、髪の毛をひと房《ふさ》、持っていかれた。

そのまま十字架は『あの場所』へと突き刺さる。

「なんだなんだ——怒ったところで結局逃げるだけかよ！　かっ！　とことん格好悪いんだよ、てめえは——超ウケる！」

すぐに身体を霧にし、十字架を追うエピソード。

だが僕も、その場に漫然とはしていなかった——かがみ込んだその姿勢から、膝をバネに、一気に跳《は》ね上がった！

その衝撃でグラウンドは——凹むどころか罅割れた。

またあとで均さねばならないだろう。

しかし、今はそんなことを気にしてはいられなかった——空中で姿勢を保つのは、初体験ではあるが、かなり難しいことだった。

吸血鬼の跳躍力《ちょうやくりょく》。

多分、縦《たて》には二十メートルは跳んだだろう。

そして前にも——二十メートル。

ぴったり、狙った通り。

僕は『あの場所』に、着地する。

『あの場所』——体育倉庫同様、二年間この学校に通っている以上、そして体育の授業を受けている以上、知らないわけがない『あの場所』。

即ち——グラウンドの端に設置された、砂場に。

僕は、着地した。

走り幅跳び——だ。

ただし助走はないけれど。

そんなものは必要ないけれど。

それでも確かに、これは走り幅跳びだった。

砂場に深く突き刺さった十字架の真横への着地——霧となったエピソードの砂場への到着と、また も同時である。

「は——超ウケる！　大した威力だが、しかしそんな大雑把なキックが、霧の俺に当たるわけがねえだろうが！」

姿を霧に変えたままのエピソードは、笑う。

笑っている場合では——ないというのに。

「霧は、つまり水だろ」

僕は言う。

「そこに砂をぶちまけたら、どうなるんだ？」

走り幅跳び——着地の際、豪快に砂が飛び散る。

普通の走り幅跳びでもそうなのに——これは吸血鬼の走り幅跳びだ。砂場に溜められている砂が、全て舞い散るくらいの——強烈な着地である。

ただでさえ、その直前、エピソードが投げつけた十字架が突き刺さることで、砂場の砂は攪拌《かくはん》されて散っているのだ――そこに僕の着地で、とどめをさした。

果たして。

エピソードは――その姿を顕現《けんげん》した。

たとえば、グラウンドの土に羽川の血がしみこんでいったのと同じように――エピソードは自分の意思でもなく、ただの物理現象として。

その姿を現した。

「な……なっ……！」

「……おおっ！」

エピソードが戸惑っている隙に、僕は彼の細い身体に飛びかかる――舞い上がった砂が上空から降ってくる中、僕は全体重をかけて、エピソードをその場に押し倒した。

馬乗りにされて、エピソードはそれでももがいて抵抗するが――僕はそれを無理矢理、力ずくで押さえつける。

力ずくで押さえつけ、首を絞める。

エピソードは、しばらくは身体を霧には変えられない。

ならば――地力の強い僕が勝つ。

僕が。

僕が。僕が。僕が。僕が。

「…………っ！」

僕が殺す！

頭の中が真っ白になっている自分を、どこかで、ここではない場所で観察している自分がいる。

真っ白だ。

自分が吸血鬼と化していることも、相手がヴァンパイア・ハーフであることも、キスショットの左脚のことも、全部——頭の中から消えていた。

ただ。

ただ、羽川の内臓のことだけが。

真っ白な頭の中に、張り付いて——だから。

だから僕は、こいつを。

こいつだけは——殺さなければ——

「それまでだ」

ぽん、と。

そのとき——僕の肩に、軽く、手が置かれた。

「それ以上やったら——人間じゃなくなる」

「…………っ！」

エピソードの首から手を離さないまま振り返れば——そこにいたのは、アロハ服の男、忍野メメだった。

砂の雨が降る中。

当然のようにそこに立っている。

「あ――あ」

ドラマツルギーのときも――どこかから見ていたと言っていた。ならば、きっと今回も、そうしていたのだろう。そのことを、僕はすっかり忘れていたが――でも、それなら！

「お――お前なら！　羽川を止められたんじゃないのかよ！」

「そう怒鳴るなよ。阿良々木くんは元気いいなあ、何かいいことでもあったのかい？」

こんなときでさえ――忍野はへらへらと笑っていた。

小憎たらしい笑顔を浮かべていた。

「しかし元気いいところ悪いけれど、完全に勝負ありだ。見ろよ、気絶しちまってる」

「え――」

言われて気付く。

エピソードは白目をむいていた。慌てて手を離すと、首元にはくっきりと、僕の指の形が残ってしまっていた。

「え……え？」

僕――今、何しようとしていた？

こいつを――殺そうとしたのか？

半分吸血鬼……半分人間の、こいつを？

でも――でも、羽川が。

羽川が。

「羽川が！」

「ああ、見たよ」

「な、なんで見てるんだよ——どうして止めなかったんだ！」

「料金外だよ。僕は吸血鬼退治の専門家、三名との交渉しか請《う》け負《お》っていない——それ以上のことは別料金だ。一般人には、かかわれない」

二百万——

対価としての料金。

バランス、だ。

「だったら最初からそう言えよ！　そう言ってくれれば——」

「委員長ちゃんの分の料金ってことで、もう二百万円くらいは払えたってかい？」

「二百万？　三百万円だって払ったよ！」

「そ。そりゃ豪気《ごうき》だねえ」

「こんなときに何の冗談だ、忍野！」

「冗談じゃなくて商談だよ、阿良々木くん。そして三百万円で、商談成立だ」

忍野は平然として言った。

「じゃあヒントをあげよう。ちっとは頭使えよ、阿良々木くん——その不死身の身体は何のためにあるんだ？」

「え——」

「まあきみの言う通り、吸血鬼とヴァンパイア・ハーフの争いに、ひとりの人間が関与したくらいのことで、何も殺すことはないだろうね。やり過ぎだ——だからその追加料金で、ひとつ、いいことを教えてあげるよ。きみはこんなところで首を絞めてる場合じゃないだろう――思い出して御覧?」

「思い出すって……」

何を?

そんな疑問を抱いている暇さえなかった。

僕は、キスショットが前にそうしてみせたように――片手を手刀の形にして、自分のこめかみへと突っ込んだ。

アニメ化できなくったって構わない!

脳を思い切り――弄《いじ》くり回す。血液と脳漿と脳髄《のうずい》の気持ち悪い触感を、嫌というほどに味わいながら――そして。

「…………っ!」

すぐに思い出した。

吸血鬼の特性――僕は瞬間で判断した。即座に、僕は頭の中に手を突っ込んだままで――忍野とエピソードをその場に置き去りに、横たえた羽川の身体の下《もと》へと思い切り走った。

五分。

五分間、脳に酸素がいかなければ脳が活動を停止する――逆に言えばそれまでに間に合えば、たとえ心臓が止まっていたところで、大丈夫なはずだ。

大丈夫。

まだ、三分も経っていない。

僕はこめかみから手刀を引き抜いて――その手に付着した血液を、えぐられた羽川の脇腹へと、その大き過ぎる傷口へと、たらし込んだ。

そう、僕はキスショットから聞いていた。

吸血鬼の血には治癒効果がある——そしてこの場合、この血液は鉄血にして熱血にして冷血の吸血鬼、キスショット・アセロラオリオン・ハートアンダーブレードの眷属なる僕の血なのだ。

勿論、吸血鬼たる僕の血は、出血する端から蒸発していくので、僕は次々に自分の身体を傷つけ、血を流し続ける必要があったけれど——そうしていると。

みるみる内に——目に見えて。

羽川の傷が癒《い》えていく。

内臓が再生され、骨が再生され、筋肉が再生され、皮膚が再生される——そして最後には、傷跡ひとつ残らず——元に戻った。

再生と言うより——逆再生のようだった。

そっと、触れてみる。

羽川の脇腹を撫でてみる。

青白くなだらかな、年齢から考えればやや肉付きが薄いとも思われるその部位は——とても柔らかく、押したら崩れてしまいそうなくらいになめらかで、しかしそれでも、確実に存在していた。

「……あ、あああ」

一気に。

押し殺していた感情が、こぼれ出る。

あっという間に、胸が一杯になった。

「は——羽川！」

僕は、羽川の腹部に思い切り抱きついた。

吸血鬼の力で抱きしめたりして、彼女の細い身体を壊してしまったら、そんなこと、元《もと》の木阿弥《もくあみ》だというのに。

「……阿良々木くん」

と。

不意に、意識を取り戻したらしい羽川が言う。

いや——意識は、少し前に戻っていたようだ。

「どうして阿良々木くんは、そんな愛《いと》おしそうに、私のおなかに頬《ほお》ずりしてるのかな？」

「え」

「あと、制服が破けてるのも、ひょっとしたら阿良々木くんの仕業《しわざ》？」

人は意識を失う直前の記憶をなくすことがあるという。

この場合の羽川も、どうやらそのケースのようだ。

制服どころか、内臓が破れてたんだけどな。

「悪い、羽川」

僕はその姿勢を変えずに、顔を彼女の脇腹に埋めたまま、羽川に言った。

彼女の命を実感していたいから。

「もう少しだけ、このままで」

012

右脚は膝から先で、左脚は付け根からだったという、その全体量の違いからだろう。己の左脚を食べたキスショットの変化は劇的だった。十歳の姿から十二歳の姿への成長にも驚かされたものだが――しかし今回は最初から肉体変化があることがわかっていたのに、より驚かされてしまったかもしれない。

左脚を取り戻したキスショットは、一気に僕と同じ程度の外見年齢にまで成長したのだった。

十七歳。

身長は追い抜かれてしまったかもしれない。

勿論、十二歳から十七歳という期間は、人間でも一番外観が変わる、『第二次性徴期』から続く『成長期』だが――更に具体的な例をあげると、胸の大きさがものすごいことになった。

今までのように胸を張って威張られたら、恐ろしいことになりそうだ。

顔立ちもぐっと大人っぽくなったし、それに合わせて、ドレスのデザインもよりシックなものへと変わったのだった。髪は更に伸びて、ポニーテイルにまとめられていた。

見事な成果だ。

いや、どんな姿であれ、キスショットはもとより五百歳なのだけれど。

「ふむ」

と、キスショットは満足げだった。

右脚を取り戻したときもそうだったが、とにかくキスショットは、いちいちそういう満足感、嬉しさを隠そうとしないので、実際に『手足』となって動いた僕も、それは見ていて嬉しい。

やり甲斐《がい》があるってもんだ。

「身体の調子は、大分よくなった感じがするのう――不死力に関してはほぼ取り返したと言ってよかろう」

「そうか。……もう、次の戦いはお前が担当してもいいくらいじゃないのか？」

「いや、残念ながら吸血鬼としてのスキルは、まだ使えそうもないのじゃ。あくまでも、これまでより死ににくくなったというだけじゃな。ドラマツルギーとならば戦えるかもしれんが、今の状態ではエピソードにさえ勝てん」

キスショットは、しかし、慎重な口調で言った。

「ましてギロチンカッターが相手となれば」

「…………」

同じことを言う――と、思った。

あれから。

まずは傷の回復した羽川に、家に帰ってもらうことにした――忍野がエピソードを見張っている内に帰したほうがいいだろうという判断だ。

実のところ、どうも忍野は羽川と顔を合わせたくないようだ（初日以降も、忍野と羽川は絶妙のタイミングで対面を果たしていなかった――羽川のほうから避けるのは無理だろうから、避けているのだとすれば、忍野が羽川を避けているのだろう）という考えもあったのだが――羽川はその辺りを敏感に察したらしく、納得して帰っていった。

また明日、と言って。

帰っていった。

そしてあとは、眼を覚ましたエピソードと、忍野と僕とで、派手に散らかしてしまったグラウンドの後始末をした。巨大な十字架が突き立ったことで生じたグラウンドの穴を手作業で埋め、砂場も元通りにして、あとは羽川の飛び散った肉片（当然、いつまで待っても蒸発しない）の処理をして（多少生々《なまなま》しい話になるが、かき集めて花壇に埋めて、『ピィちゃんのお墓』という看板を立てた。そのアイディアを出したのは専門家である忍野メメだ。木の枝で作った十字架を墓標に立てたのは、ブラックジョークにしてもやり過ぎな感があったが）、まあ元通りとは言えないが、誤魔化せる程度の後片付けは終わった。

忍野とエピソードは――それから、僕を残して、ふたりで連れ立って、どこかに去っていったのだった。

「俺の負けだ」

エピソードは、去り際、そう言った。

「ったく、超ウケる――俺も焼きが回ったもんだ。てめえみたいななりたての素人に、一本取られちまうってんだからな――」

「…………」

「そう睨むなよ——あの小娘のことは謝るさ。俺も必要以上に熱くなってた。それにな——余裕ぶっちゃいたけれど、俺にとっても、怪異殺しの眷属と戦うってのは一仕事なんだよ。一般人だからってその参画《さんかく》を見逃せるような余裕はなかった——まあそれでも結局負けちまったってんだから、格好つかねえ話だけどよ。しかし、あんな一発芸でギロチンカッターを相手にできると思うな。俺も大概イカレてるが——あいつのイカレは次元が違う」

エピソードは、結局、約束通り——いや、羽川は乱入するわ、エピソードはその乱入した羽川を攻撃するわ、僕はエピソードを殺しかけるわで、勝負はめちゃくちゃな内容になったから、純粋に約束通りとは言えなかったが、しかし——キスショットの左脚を返してくれた。

忍野は先日と同じように、四月五日の未明に、ボストンバッグに入ったキスショットの左脚を持って帰ってきたのである。

早速キスショットはそれを食べ。

そりゃもうがつがつと食べ。

十七歳の姿に変化したのだった。

「ギロチンカッターね——」

ハリネズミみたいな髪型をした神父風の男。

唯一——武装していなかった。

「——何者なんだ？　あいつは。お前も、それにエピソードも、えらく警戒してるみたいだけれど」

「じゃから、説明はしたろう」

「お前の説明、どうも曖昧なんだよ。後からわかる事情が多過ぎる。もっとちゃんと教えてくれ。僕もちゃんと聞くからさ」

四月五日の太陽ももう昇ろうとしている。

学習塾跡二階のこの教室にいる限り、太陽の光に関する心配はいらないが、それでもキスショットが寝てしまう前に話を聞いておきたい。

というか、僕も眠い。

ちなみに忍野は、ボストンバッグを置いて、また出て行った。最後の交渉に出たのだ——あんなチャラい野郎の癖に、割と働き者である。

まあお金を払うんだ。

その分は働いてもらわないと。

しかし、本当にいつ寝ているのだろう……。

「そんなことを言われてものう。マイナスからプラスまで説明したところで、あまり実際的な意味はなかろう」

「意味がないってことはないさ。……あと、そのフレーズ、『マイナス』じゃなくて『いち』、『プラス』じゃなくて『じゅう』だから」

一から十まで、である。

僕は言う。

「ギロチンカッター……あいつは『人間』ってことでいいんだよな?」

「うむ。ドラマツルギーのような吸血鬼や、エピソードのようなヴァンパイア・ハーフでもない。完全に純粋な、ただの人間じゃ」

「ただの人間……とは思えないけど」

純粋——とも、思えない。

その言葉が似合う人間とは、思えない。

「む。まあ、いかにも」

キスショットは言う。

「奴はそう……聖職者じゃ」

「はっ。まさかキリスト教の特務部隊ってんじゃねえだろうな」

「近いが遠い」

僕の軽口に、キスショットは首を振る。

……十歳の姿や十二歳の姿を相手取っていたときには、さすがに感じなかったことだけれど、さすがに同い年くらいの姿になられてしまうと、どうも緊張してしまう。

人形のように、キスショットの姿は綺麗だった。

……なんだか海外のモデルさんみたいだな。

あるいは——映画で見た、中世の貴族みたいだ。

ドレスがそう思わせるだけなのかもしれないが。

「この国の言葉では、どう表現すればよいのかのう……まあ、直訳でよいじゃろう」

「直訳？」

「ギロチンカッターはのう、とある歴史の浅い新興宗教の大司教じゃ」

「だ——大司教？」

大物なんだな。

あの若さで大司教――人間なんだから、基本的には見た目通りの年齢なんだろう？

「その宗教に名前はない――儂にとってもよくわからん組織じゃ。ただし、はっきりしておることがある――その宗教は教義により怪異の存在を否定しておるということじゃ」

「はあん……」

歴史の浅い新興宗教、ね。

しかし五百年から生きているキスショットのその時間感覚は、正直言ってアテにならないな。こいつなら、戦前にできた宗教でも新興宗教と言いかねない。

ギロチンカッターは何代目の大司教なのだろう。

初代ってことはないよな。

「ギロチンカッターはその宗教において、存在しないはずの怪異の存在を消去する役割を自らに課しておるのじゃ。まあ、つまりはギロチンカッターは大司教であると同時に、うぬの言うところの特務部隊の隊長も兼務しておるということじゃな」

「なるほど」

「裏特務部隊闇第四グループに属する黒分隊の影隊長じゃ」

「直訳過ぎるわ」

もっとなめらかに訳せ。

ベッタベタじゃねえか。

「しかし……どうあれ『人間』なんだろう？　どんな手を使ってくるにせよ、吸血鬼の敵じゃないんじゃないのか？」

「吸血鬼でもなくヴァンパイア・ハーフでもない『人間』が、吸血鬼退治を専門に請け負っておるのじゃぞ。むしろ警戒すべきところじゃろう——実際、儂はそやつから両腕を奪われておるではないか」

「確かに」

ドラマツルギーは右脚。

エピソードは左脚。

ギロチンカッターは、右腕左腕——

単純に考えて、倍のパーツ。

「とは言え、あのときは油断しておったしのう。それになんだか体調も悪かった」

キスショットは微妙な言い訳をした。

まあ突っ込むまい。

「ドラマツルギーが仕事、エピソードが私情で吸血鬼を狩っておるのだとすると、ギロチンカッターは使命で吸血鬼を狩っておる。儂が言うのもなんじゃが、信仰というのは厄介じゃぞ」

仕事。私情。使命。

まあ——使命ってのは確かに、私情より厄介かもな。

「で、どうすればいい？」

「いいようにせよ。任せる」

「…………」

伝説の吸血鬼だか何だか知らないけれど、いくらなんでも横綱相撲過ぎると思った。

しかしキスショットはそれだけ言って、簡易ベッドの上に横になり、そのまま眠ってしまったのだった。

ううむ。

見た目は同い年の女子、それもかなりの綺麗どころだから、そう無警戒に寝姿を晒されると、どうにもやりにくい。

誘われているような気もする。

何かしないと失礼な気もする。

というのも、自意識過剰な気もする。

終わりのない妄想スパイラルだった。

「……まあいいや」

いい時間（早朝）だし、僕も寝るとするか。

どうせ作戦を立ててもあまり意味なんかないということは、今回のエピソードの件でよくわかった——薄っぺらい作戦など、ただ外れたときに戸惑ってしまうだけだ。

余裕を持って戦うべきなのだ。

それも無茶な要求だけれど。

今日も日没後、羽川が来てくれることになっている——羽川には話があるのだ。それまでにゆっくり眠って、コンディションを整えるとしよう。まあ『常に健康な状態を保つ』吸血鬼の身体は、寝るまでもなくコンディションは常に整っているのだが、これはどちらかと言えば精神面のケアである。

今日はもう四月五日。

春休みが、気付けばもう終わりかけている。

僕は果たして新学期までに、無事に人間に戻ることができるのだろうか――新学期が始まってしまえば、さすがに自分探しとか、そんなふざけた理由では通らないぞ――そんなことを思いながら、僕は眠りについたのだった。

吸血鬼は普通棺桶《かんおけ》で寝るものらしいけれど――僕もまたキスショットや忍野と同じように、机で作ったベッドの上で寝る。

そして眼が覚めたら、もう夕刻だった。

夢は見なかった。

どうも吸血鬼は夢を見ないらしい。

よく考えてみたら、吸血鬼になってから僕は一日あたり十二時間くらい寝ている計算になるのだが、まあ太陽が出ている内は活動しづらいのだから、これは仕方ないだろう。

寝る子は育つ。

キスショットはまだ眠っている――こいつは別に、寝ているから育っているわけではないけれど、しかし目を覚ましたときに金髪美女がすぐそばで寝ているというこの状況は、ある意味キスショットが少女の姿だったとき以上にびっくりするものがあった。

羽川は――まだ来ていないようだった。

忍野もまだ帰っていないらしい。

羽川が来ることがわかっているから、本当に意図的に羽川との対面を避けているのであれば、もうしばらくの間は、忍野は帰ってこないだろう。

復習というわけではないが、僕は一通り読了し、忍野の下を経由して戻ってきた学園異能バトルの漫画を再読しながら、羽川を待つことにした。

五巻ほど読み終えたところで羽川はやってきた。

道に迷った、と言っていた。

いつものことである——忍野がいつか言ったように、それは結界の効力なのだった。本当に厄介な結界だ——まあ裏返せば、力を取り戻しつつあるキスショット・アセロラオリオン・ハートアンダーブレードの隠れ場所としては、実にうってつけとも言える。

料金の内——なのだろう。

いや、結界に関しては忍野が勝手にやったことだったか。

バランス——と言っていた。

「おはよ、阿良々木くん」

懐中電灯を脇に置いて、羽川は椅子に座った。

制服姿である。

昨夜のエピソードの攻撃で、ブラウスもスクールセーターもずたずたに破れてしまったのだから、ひょっとしたら今日は初めて私服姿の羽川翼を拝めるのではないかと密《ひそ》かに期待していたのだが、どうもその期待は裏切られたらしい。

「裏切り者」

「んん？　え、何？　何のこと？　私は阿良々木くんを裏切ったりなんかしてないよ？」

「いや、こっちの話」

というか、勝手な話である。

まあ予備の制服くらい持ってるか。

女子の制服は傷《いた》みやすいとも聞くしな。

「羽川、腹の傷はどうだ？」

「傷——っていっても、傷は残ってないし」

「そうか。どれ、ちょっと見せてみろ」

「何が『どれ』よ」

怒られた。

いや、結構真面目に言ったのだけれど。

しかしまあ、昨日の夜に散々確認したことだし、それに羽川自身が大丈夫というのなら、多分大丈夫だろう。

吸血鬼の血で治療。

そんなことをしたら、ひょっとして羽川まで吸血鬼になってしまうのではないかと、後から不安になったけれど、専門家の忍野に訊いたところ、その心配はないそうだ。

吸血鬼化と不死力は、どうもシステムそのものから違うらしい——と言うより、あまり関連性がないようだ。どちらかがどちらかの副産物としての機能なのではなく、あくまでも別個なのである。

「他人の怪我を治せるっていうんなら、吸血鬼も悪くないって、少しだけ思ったよ——まあそもそも僕が吸血鬼化していなかったら、お前があんな大怪我をすることはなかったわけだが」

「ま、そうだね」

あはは、と羽川は笑う。

それから、並べた机の上で惰眠をむさぼり続けるキスショットのほうへ視線をやって、

「あ。本当だ、大きくなってる――ハートアンダーブレードさん」

と言った。

「うわ、すごい美人さんになったし。面影は残ってるけど……これじゃ、ほとんど別人みたい」

「女から見てもそうなのか?」

「誰から見てもそうでしょ、これは。……髪型、ポニーテイルになってるけど、寝てるときもほどかないんだね」

うーん、と唸る羽川。

何か思うところがあるらしい。

まあ、考えてみれば女性の容姿には女性のほうが敏感なものかもしれないな。

羽川はそれからもしばらく考えるようにしていたが、しかし結局、口にするのはやめたらしく、キスショットから僕へと視線を戻して、持ってきた鞄の中から、

「はい、阿良々木くん。コカコーラ、買ってきてあげたよ」

と、そこら辺の自動販売機で買ってきてくれたらしい飲み物を取り出して、手を伸ばして僕に差し出してくれた。

受け取る。

「ああ――サンキュ」

「ちなみに私の分はダイエット・コカコーラ」

「ふうん」

「自然に筋肉がつくくらいだし、今の阿良々木くんって、いくらカロリー採《と》っても太らないのかな？　だとしたら女子的に羨ましい話だけれど」

「ううん、どうだろう。まあ、どちらかというと食欲はない感じなんだよな。食べなくても平気って感じ」

キスショットもあまり食べないし。

腹が減るから食べるというより、嗜好品《しこうひん》としておいしいから食べるって感じなんだよなあ？

「吸血鬼にとっての食事って、吸血じゃないの？」

「ああ、そうか」

「ところで阿良々木くんに吸血衝動みたいなのって、ないのかな？」

「ん？　いや――そう言えば、ないな」

吸血鬼なのに。

キスショットには、今吸血能力がないらしいと、忍野がそう言っていたけれど――僕もそうなのだろうか？

考えたこともなかったけれど。

「……コカコーラとダイエット・コカコーラの味の違いって、羽川、わかる？」

「そりゃわかるけど」

「僕にはよくわからない」

「ふうん。……こんなこと、考えてみました」

「ん？」

「新製品開発。某《ぼう》飲料会社が、コカコーラと全く味が変わらないダイエット・コカコーラを製作することに成功しました」

「おお」

「ただし色がブルーハワイ」

「それはコカコーラじゃない！」

笑ってしまった。

軽く面白かった。

そして——ひとしきり笑って、僕は息をつく。

委員長の中の委員長。

優等生。

成績優秀。

そんなフレーズばかりが前に出て、羽川翼と言えば、僕は真面目一辺倒《いっぺんとう》の、杓子《しゃくし》定規《じょうぎ》な奴かと思っていたけれど——お高くとまった委員長かと思っていたけれど、話してみると、全然そうじゃない。

話は面白いし、常に相手のことを考えている。

昨日、あんな目に遭ったのに。

未《いま》だに僕を責めようとさえしない。

四月になってから、毎日顔を合わせているけれど——多分、羽川がそうしてくれていなかったら、僕の心は折れているのではないだろうか。

人間に戻れないのではないかという不安。吸血鬼退治の専門家とやりあわなければならないという不安——ちょっと油断すると、そんな不安定な感情が僕を襲う。

基本的に最強を自負する吸血鬼であるキスショットには理解できない感情だろうし、忍野はそもそもそんなことに構いもしないが——けれど、羽川は、僕のそんな不安を散らしてくれた。

昨夜のことだけじゃないのだ。

助けられていることか。

僕がどれだけ、羽川に救われていることか。

わかっていたつもりだったが、迂闊なことに、僕は昨夜、あんなことが起きるまで——それがどれほどのことだったのか、まるで実感できていなかったのだ。

だから僕は。

羽川に——話さなくてはならない。

話が、あるのだった。

「羽川」

「んん?」

「もうここには、来ないほうがいい」

「……んー」

羽川は、にこやかな笑顔のままで——椅子から立ち上がり、僕のほうへと寄ってきた。

「まあ、言われると思ってたし」

「お願いだから、傷つかないでくれ——この間とは違うんだ。この間も、そりゃ勿論お前を巻き込みたくないって気持ちはあったけれど……正直、自分の気持ちが抑えられなかったってのが大きい。あれは八つ当たりだったと、後悔している。だけど、今は違うんだ」

「……どう違うの？」

「昨日、エピソードの十字架がお前の脇腹をえぐったとき……、僕はわけがわからなくなっちまったよ。頭に血が上っちゃって、……死ぬかと思った」

「私が？」

「僕が」

不死身の身体なのに——死ぬかと思った。

自分の傷のように痛かった。

「人間強度の話、したよな？」

「…………」

「お前が傷つくことが、僕は自分のことのように痛かった。いや——自分のことよりもずっと痛かった。羽川、僕は」

僕は言った。

昨夜から言い方を色々と考えていたが、しかし、結局、直截的な言い方をするしかなかった。

「お前をないがしろにしてまで人間に戻ろうとは思わないんだよ」

「……ないがしろって」

羽川は、若干、戸惑ったように言う。

「私、別に阿良々木くんから、そんなことされてるつもりはないけど」

「でも、何やってんだって思わないか？　大事な時期の春休みをさ、僕なんかのために費《つい》やして――挙句の果てには死にかけて。何やってんだって思わないか？」

「ぜ……全然？」

むしろそんなことを言われる方が心外だとばかりに、羽川はぶんぶんと首を振った。

「記憶が飛んじゃっててよく憶えてないけど、私が死にかけたのは私の責任でしょう？　どちらかと言えば、阿良々木くんは私のことを助けてくれたんじゃない」

「そんな風には考えられないよ」

羽川が本気でそう言っているのはわかる。

僕に気を遣っているわけじゃないのはわかる。

偽善じゃない。

本物の善人だ。

しかし――それほどに強く。

だからこそ、危ういのだ。

「僕には、わからないよ」

「…………」

「同じ状況になったとき、お前を助けてやれる自信がない。たとえば逆の立場だったとして、そこまでのことができる自信がない。あんな危なっかしい奴の前に、不死身でもないのに身体を晒せる自信がない――でもお前は、普通にやるんだよな」

僕は言葉を選ぼうとしたが――無理だった。

選べない。

そんな羽川を表す言葉はひとつしかなかった。

「お前、怖いよ」

「……怖いって」

「正直、引く」

僕は俯《うつむ》いて、言う。

「傷つかないでくれ。そんなつもりはないんだ——でも、僕はどうしてお前が僕にそこまでしてくれるのか、全然わからない。この間知り合ったばかりの同級生に、どうしてそこまで献身的《けんしんてき》になれるのかわからない——まるで聖人だ、お前は」

聖人。

あるいは、聖母のようだ。

「だけどお前の自己犠牲《ぎせい》は、僕には重過ぎる。それに耐え切れるだけの器が、僕にはない。治るか治らないかじゃなくて——僕のためにお前が傷ついたりするかと思うと、もう……身体が動かないんだ。それが怖くて、このままじゃギロチンカッターとはやりあえない」

「自己犠牲なんかじゃないよ」

すると、羽川は——

少し怒ったような口調で言った。

「自己犠牲なんかじゃ、ない」

「じゃあ、なんだよ」

「自己満足」

羽川は静かな口調で言う。

「阿良々木くん、私のことを誤解してる——私はそんないい人間じゃないし、それに強い人間でもないよ。私は自分のやりたいようにやってるだけだし……多分、私くらい自分のことしか考えていない人間はいないと思う」

「…………」

「本当の私を知ったら、阿良々木くん、きっと幻滅《げんめつ》するよ」

そこまで幻想を抱かれると困るな、と。

羽川は笑う。

「私はずるいし、それにしたたかなつもりだよ。それこそ阿良々木くんがドン引きするくらい」

「……どこがだよ」

「どこがっていうか、全部かなあ。阿良々木くんのことだって、私がやりたいからやってるだけだよ。それで阿良々木くんが気に病《や》むことなんて、何もないのに」

「羽川……」

「でも」

ぱちん、と羽川は、胸の前で手を叩いた。そしてそのまま、手を合わせたままで、

「私がいるせいで阿良々木くんがやりにくくなっちゃうんだったら、それはそれで立派に本末転倒《ほんまつてんとう》だよね」

と言った。

「学園異能バトルの漫画もかなりの量になったわけだし、買い出し係もそろそろお役御免《やくごめん》かな。これ以上読んでもオーバーフローになるだけだろうから。確かに、もう私にできることもなさそうね」

「いや、お前にできることはある」

僕は、羽川の顔をじっと見つめて、言った。

しっかりと見つめて、言った。

「待っててくれ」

「…………」

「新学期、あの学校で。僕のことを待っててくれ」

それは、大変なことだと思うけれど。

来るかどうかわからない人間を待つことがどれだけの苦痛と不安を伴うものなのか、わからないわけじゃないけれど。

これから、誰もが警戒する、三人の中で最も危険な吸血鬼狩りの専門家と戦うことになり、たとえそのステージをクリアしたとしても、果たして本当に人間に戻れるかどうかわからない——そんな僕のことを、どうか待っていて欲しい。

「またお前とおしゃべりできることを、僕は心から楽しみにしている」

「……おおっと」

羽川は、そこでどうしてか、一歩後ろに下がった。

目がなんだか楽しそうだった。

「ピピピ、ピピピ、ピピピ」

「ん？　何の音だ？」

「ときめいた音」

「え？　女子はときめいたときにそんな効果音がするのか⁉」

また目覚まし時計みたいな音だなあ！

「危ない危ない、惚《ほ》れちゃうところだった」

「掘れちゃうとこって——温泉とか石油とか？」

豪気な話だ。

大富豪じゃねえか。

「いつもその手で女の子を口説いているのね」

「ん？　いやいや。意味わかんねーし、そもそも女子とはほとんど話したことないし」

「硬派《こうは》ぶっちゃって。あんなエッチな本を買ってた癖に」

「うっ……！」

いや、それは男の子だもん。

仕方ないじゃん。

「もう」

そう言って。

羽川は大仰《おおぎょう》に背伸びをするようにして、それから意を決したような表情になり、そのまま制服のプリーツスカートの中に、裾から両手を差し込んだ。

またぞろスカートをまくりあげるのかと思ったが、いくらなんでも、羽川はそんな脈絡《みゃくらく》のないことはしなかった。

その代わりパンツを脱いだ。

縁《ふち》にレースのあしらわれた桃色のパンツを下ろして、ゴムの部分が靴の裏に触れないように気をつけながら、両脚からそれを抜き取る。

僕が呆気に取られたことは言うまでもない。

最高級に脈絡がなかった。

「ん……。と」

さすがに顔を赤くして恥ずかしそうにしながら。

羽川は小さく丸めたその下着を僕に差し出した。

「学園異能バトルのクライマックス直前のシーン風に言うなら、だけど」

羽川はそのまま、はにかんで言う。

「貸してあげる。新学期に会ったとき、返してね」

「……いやいや。お前が最初に買ってきてくれた漫画にそんなシーンは確かにあったけれど、確かそのとき使用されたアイテムはヒロインがしていたネックレスだった」

「私、ネックレスなんてしてないし」

羽川はもじもじとスカートを押さえて、言う。

「阿良々木くん、パンツが好きなんでしょう?」

「…………！」

否定はしない！

否定はしないよ!?

それを否定することは阿良々木暦のアイデンティティにかかわるから、だからあくまでも否定はしないよ!?

ノーとは言わない阿良々木暦!

だけど、だけどさあ!

「え、えっと」

「あ、でもいらないんだったら」

「いやいらないとは言ってないよ。いるとかいらないとかそういう話をしているわけじゃないだろ。うんうん。えっとなんだっけ、それを新学期に会ったときに返せばいいんだっけ?」

女性用下着は脱ぐとこんなに小さくまとまるものなのかと軽い驚きを覚えながら、なすすべもなく、僕はその布を受け取った。

柔らかなぬくもりが、手の内に広がる。

「……悪い。これは返せない」

「は、はあ?」

「て言うか絶対に返さない。これは家宝として阿良々木家の子々孫々まで受け継いでいく」

「それはやめて欲しいな!」

「このパンツはお前の肉体から永遠に失われた」

「なんて勝手なことを!」

「パンツは返さないけれど、その代わり」

僕は言う。

精一杯、見得《みえ》を切って。

「恩は絶対に返す。羽川にとって必要なときに、たとえ何もできなくたって、僕は絶対にそこにいる——お前に恩返しをすることが、今日から僕の生き甲斐だ」

「いいからパンツを返しなさい」

いくら格好いいことを言っても無駄だった。

むうう。

言葉は無力だ。

羽川は言う。

「私はこれからノーパンで、しかもこんなセキュリティ能力の低いスカートで家に帰らなくっちゃいけないわけだけれど……、阿良々木くん、それに比べたら、ギロチンカッターっていう人に勝つことは、そんなに難しくはないでしょう?」

「そりゃそうだ」

どんな厳しい戦いでも——

それを思えば乗り越えられるだろう。

きっと楽勝に違いない。

「じゃ、健闘を祈る」

「健闘を祈る」

新学期に会おう。

僕達は笑顔で、互いの拳をぶつけあった。

春休みが終わった新学期——

羽川と会うことを楽しみに。

ともすれば、同じクラスになれることを楽しみに。

僕は。

僕は人間に戻る決意を、新たにしたのだった——だけど。

そんな羽川との別れの余韻《よいん》も冷めやらぬ中、彼女が帰っていった三時間後くらい、キスショットがようやく眼を覚ましたくらいのところで、学習塾跡へと戻ってきた忍野は——彼らしくもない、沈痛な表情を浮かべていた。

「悪い、ミスった」

そしてその表情に相応しい声で、忍野は言った。

「委員長ちゃんがさらわれた」

013

ギロチンカッター。

ハリネズミのような髪型をした、神父風の男。

一見、穏やかに見える糸目。

人間。

怪異の存在を否定する――人間。

怪異の存在を消去する――人間。

武器を持たない。

信仰による吸血鬼退治の専門家。

キスショットが言うところの『新興宗教』の大司教にして、裏特務部隊闇第四グループに属する黒分隊の影隊長。

ヴァンパイア・ハーフのエピソードがえげつないと表現し、キスショットでさえ警戒すべきだと言った、聖職者。

それが――キスショットから両腕を奪った、ギロチンカッターなのだった。

「おや、走ってこられたのですか――お疲れ様です。しかし身体を霧に変えることもできないとは、その辺りはまだなりたてといった様子ですね」

ギロチンカッターは、そう言った。

馬鹿丁寧《ていねい》な口調で——眼を細めている。

「…………っ！」

僕は、言葉もなかった。

返す言葉がなかった。

私立直江津高校のグラウンド——である。

先月末にドラマツルギーとやりあい、昨晩はエピソードと戦ったのと同じ場所で——ギロチンカッターは僕を待ち構えていた。

片腕に羽川翼の身体を抱いて。

武器を持たないその手は——

羽川の首に、がっちりとかかっていた。

「あ、阿良々木くん——」

羽川は——今のところ、無事だった。

傷つけられてもいないし、気絶させられてもいない。

当然だ。

彼女は、この僕に対する——人質なのだから。

無事でなければ意味がない。

今のところは。

「ご、ごめん、阿良々木くん——私」

「勝手に喋らないでくださいよ」

ぐい、と首に回した指に力をいれて。

ギロチンカッターは羽川を無理矢理黙らせた。

かふ、と、喉の奥から息が漏れた。

「お、おい——お前！」

下手に刺激してはまずいと思ったが、しかしさすがに黙っていられず——僕は怒鳴った。

「はい？」

極めて穏やかな口調で——

ギロチンカッターは物腰《ものごし》柔らかに言う。

「どうかしましたか？　化物さん」

「お……女の子だぞ」

「僕は男女差別を嫌います」

「でも——一般人だ」

「ええ。そうでないと人質になりませんね」

「ひ」

僕は。

一体、自分が何と喋っているのか——わからなくなる。

「酷いことを……するな」

「酷いこと？　たとえばこういうことですか？」

首根っこに指を食い込ませたまま、ギロチンカッターは羽川の身体を持ち上げてみせた。それはまるで、首を吊っているのと同じ図だった。

「う……ううっ！」

羽川が――苦しそうにうめく。

それに対してギロチンカッターは、

「うるさいですねえ」

と、腕を下ろして、彼女の足を地につけた。

それでも羽川は咳き込むことさえ許されなかった――たとえ生理反応であっても、そんなことをすれば、ギロチンカッターがどんな行動に出るのか、想像もできない。

ただ――ぐったりしていた。

「お……お前」

軽くとらえていたつもりはない。

エピソードの言葉やキスショットの言葉を、決して軽くとらえていたつもりはない――だけど僕は相変わらず何もわかっちゃいなかった。

ギロチンカッター。

あるいは僕は『人間』と聞いたときに、どこかで安心していたのかもしれない。安心してしまっていたのかもしれない。少なくとも、吸血鬼やヴァンパイア・ハーフのように、怪力や不死力を持たない以上――そういう意味での難易度は下がると思っていた。

しかしそれどころではない。

こいつは躊躇なく人質を取り――

その上で、僕に決闘を申し込んできたのだ。

「いや、これは完全に僕が悪い」

忍野は。

学習塾跡の二階、キスショットがようやく起きたところに戻ってきて――そして羽川がさらわれたということを僕に告げた後、本当に申し訳なさそうに言った。

チャラけた軽口《かるくち》も、ここではなかった。

「一昨日までならともかく、昨日の夜、僕は委員長ちゃんのことも請け負うと約束したんだからね。しかし、それでも想像外だった。エピソードが委員長ちゃんに十字架を投げたのは問題だが、あれはあれで戦闘行為の一環《いっかん》とも言える。しかしそれでも、普通はこの世界に生きる人間は、僕のような立場の人間も含めて、一般人を巻き込みたがらないものなんだが――」

「だから――お前は羽川を避けていたのか？」

「避けてたつもりはないけれど、確かに顔を合わすつもりはなかったよ。彼女は僕と言葉を交わすべきじゃないと思っていたからね――そう、まあ、僕だって、委員長ちゃんに限らず、積極的に一般人を巻き込みたいとは思わない。止めようとは思わないけれど、促そうとも思わない――そういう立ち位置だ。だけどギロチンカッターは」

まるで躊躇がなかった、と忍野は言う。

「全然悪びれてなかった――僕としたことが全く不覚だったよ。相手の器量と力量を、完全に見誤っていた」

「……でも、なんで羽川が——この場所はわからないはずだろ？」

「見てたんだろ。多分——エピソードとの戦い。あるいは、ひょっとしたらドラマツルギーとの戦いも——そういうことを避けるために、三人バラバラに交渉したんだけどね——しかし、裏をかかれた」

羽川が校舎の陰で見ていたように。

忍野がどこかから見ていたように。

ギロチンカッターも——見ていたのか。

「後をつけられても結界は有効に作用するが、委員長ちゃんはここに住んでいるわけじゃないからね——探せば見つかるさ」

「…………」

学習塾——結界をあとにして。

その帰り道で、見つかったということか。

あるいは、自宅の前ででも待ち構えられていたのか？

「……どうすればいい？」

僕は忍野に訊いた。

「僕は、一体どうすればいい？」

不思議と——忍野を責める言葉は出てこなかった。

それよりも今どうすべきか、だった。

そのことしか頭になかった。

「条件は、その上で同じだとさ——阿良々木くんとギロチンカッターが一対一でやりあって、阿良々木くんが勝てばギロチンカッターはハートアンダーブレードの両腕を返す。ギロチンカッターが勝てば阿良々木くんはハートアンダーブレードの居場所を教える」

「……羽川は？」

「向こうは数に入れていない。多分、道具——いや、武器だと思っているだろうね」

「武器って——」

ドラマツルギーにとっての大剣のような。

エピソードにとっての十字架のような。

ギロチンカッターの武器としての——羽川翼。

ギロチンカッターは羽川翼で武装する。

「ば、場所と時間は」

「向こうから指定してきた。場所はこれまで通り、私立直江津高校のグラウンド——これを向こうから指定してきたところが、あいつがこれまでの戦いを見ていたという証左みたいなもんだけど——そして時間は、四月五日の夜」

「え？」

「つまり今晩だ」

性急過ぎるようにも思う指定だったが——ギロチンカッターの側《がわ》の気持ちを、吐き気がするような彼の側の気持ちを考えれば、わからなくもない。

羽川は一般人なのだ。

しかも彼女は僕のような落ちこぼれではなく、優等生である――夜に出歩くだけで僕でさえ心配になったくらいだ、一晩家に帰らなければ、きっと両親が警察に連絡するだろう。

その前にギロチンカッターは決着をつけたいのだ。

腐ったやり方だが、それもそれで、確かにプロフェッショナル――である。

騒ぎになる前にことを終わらせて――しかし、その後の羽川の無事が保証されるわけではないだろうけれど。

むしろ事情を知った羽川を無事で済ませるつもりがあるとも思えないけれど。

それでも――その『事前の騒ぎ』を嫌ったところは、僕にとっては、確実な付け込みどころであるはずだった。

「その通りだ」

忍野は言った。

「いいぞ、阿良々木くん。その調子だ」

「忍野――」

「……どう言い繕《つくろ》ってもこれは僕のミスだからね。今回はもう少しヒントをあげよう。委員長ちゃんを救うための方策だ。それができれば――きっと、きみはギロチンカッターに勝てる」

「……人質がいるのに?」

「ああ」

頷く。

「まずは――学園異能バトルの漫画の主人公のことは、全部忘れるんだ」

続けて――忍野は言った。

「そして、人間であることを諦めろ」

時間はあまりにもなかった。

悩む暇さえなかった。

だから僕は、忍野がそう前置きしてから僕に伝えた作戦に、そのまま乗っかるしかなかった――戦いにあたってあらかじめ作戦を練るというリスク。つまり、外れたときに動揺してわけがわからなくなってしまうこと――だけれど、そのリスクは、今度は呑み込まなくてはならないのだった。

既に三回目の戦いでも。

僕は経験を――何も活かせずにいた。

「ドラマツルギーさんとエピソードくんは、残念なことにもう故郷に帰ってしまいましたからね――僕ひとりであなた達を相手にするのはいかにもしんどい。人質のひとりでも使わないと、釣り合いが取れないでしょう?」

ギロチンカッターはまるで悪びれることなくそう言う。

細い糸目で、おかしそうに笑う。

「ドラマツルギーさんがハートアンダーブレードさんの右脚、エピソードくんがハートアンダーブレードさんの左脚を、馬鹿正直にもそれぞれ返しちゃってますからね――騎士道精神っていうんですか?変ですよねえ」

「…………」

「つまり、ハートアンダーブレードさんは、それなりに復調していることでしょう。元人間の少年。

ハートアンダーブレードの眷属くん。あなたと真正面から戦って、僕は怪我をするわけにはいかないんですよ」

何せ僕は不死ではありませんからね——と。

そんなことを、平気で嘯くのだった。

「は、羽川を——どうするつもりだ」

「どうもしませんよ。あなたがどうもしないのなら」

ギロチンカッターは即答した。

「あなたがこの子をどうにかするつもりなら、僕もこの子をどうにかしますけれどね——なりたての元人間には人質が普通に通用するから楽でいいです。純正の吸血鬼相手では、こうもいきませんからね——それとも、人質が眷属ならば話は別なのでしょうか？　あなた、ハートアンダーブレードさん用の人質になってみます？」

「……ふざけるな」

「大真面目ですよ」

すい、と。

まるで羽川の身体を盾にするかのように、僕に突き出してみせるギロチンカッター。

まるで——道具のように。

そのもの——道具のように。

「僕はあなた方のような怪力を所有してはいませんが、それでも、結構鍛《きた》えているんですよ。女の子ひとりくらいなら——簡単に殺せます」

「ぐっ……」

鍛えているのはわかる。

さっきから、羽川を片腕で扱っていることからもよくわかる——しかし、この男が鍛えているのは、身体ではなく精神力のほうだろう。

メンタルが強過ぎる。

この状況で——まるで隙を見せない。

「ちなみに、エピソードくんのときのように、蘇生《そせい》させる暇を与えるような殺し方はしませんよ——一撃で脳を潰します。人間の脳髄くらい複雑な器官を壊してしまえば、いかにハートアンダーブレードさんの眷属の血でも、完全回復は不可能でしょう?」

「……お前、それでも人間か」

「いいえ。僕は神です」

ギロチンカッターは。

もう片方の手を胸の前において、そう宣言した。

「故《ゆえ》に、僕に敵対するあなた方は存在するべきではありません。僕は神、つまり僕に誓って——あなた方の存在を許しません」

「…………」

「ドラマツルギーさんやエピソードくんのように、もしも僕に味方をしてくれるというのなら——生かしてあげないこともありませんが?」

「……御免だ」

僕は反射的に、そう答えてしまった。

そんな勧誘を受けたこと自体に、鳥肌が立った。

何が神だ。

お前のほうが——よっぽど化物だ。

忍野メメは、今の僕達の様子を、これまでと同じようにどこかから見ているのだろう——しかし、どうあってもあいつは手出しはできない。一対一の勝負——それが交渉の結果だからだ。

人質は——看過《かんか》するしかないのだ。

キスショットに出てきてもらうという手もあるにはあったが、しかしそこでキスショットがギロチンカッターにやられてしまっては話にならない——まだまだ、キスショットは全快ではないのだ。

また、もしもキスショットが勝ったとしても、そのケースではキスショットの両腕を取り戻すことはできないだろう——あちらを立てればこちらが立たずである。

ならば。

僕は——羽川の命を、最優先に考えるべきだった。

「そうですか」

と、さして残念そうでもなく、ギロチンカッターは頷いた。

「正直、僕はなりたてのきみがドラマツルギーさんやエピソードくんに勝てるわけがないと思っていたのですけれどねえ——あのふたりも案外情けない」

「よく言うぜ……お前が最初に出てこなかったのは、あのふたりを当て馬として使いたかったからなんだろう？　そしていざ自分の番が回ってきたときに、有効な作戦を取ろうとしたんだ——」

交渉は三人バラバラに行なった忍野だが、ドラマツルギー、エピソード、ギロチンカッターという順番を決めたのは、向こうのチームの事情だったという。

ドラマツルギーがトップバッターに名乗りをあげ、エピソードは何番目でもいいと言った。

そしてギロチンカッターは——しんがりを志望した。

「別にそこまで深い考えがあったわけではありませんよ。エピソードくんは目上の僕とドラマツルギーさんに順番を譲っただけでしょうし……、ドラマツルギーさんは褒賞目当ての一番手ですかね。あ、いや……そう言えばドラマツルギーさんはきみを仲間にしようとしたのでしたっけ？　では、先に僕やエピソードくんに倒されてはたまらないという考えだったのでしょう。まあ勿論、僕もきみの言うようなことも考えないではありませんでしたが、しかし、あのふたりのどちらがハートアンダーブレードさんを退治したところで、結局、手柄《てがら》は僕の教会が得る運びになっていましたからね」

「……楽をしたかったたってことだな」

褒賞を出すのはお前だったのか。

じゃあお前の目的は？

ドラマツルギーの目的が褒賞と勧誘ならば、エピソードはきっと褒賞が二の次の私情——だから順番にこだわらなかった——すると、ギロチンカッターの目的は？

訊くまでもない。

使命——だった。

「まあしかし、よいでしょう。僕は手間を惜しむ者ではありません——世の中をよくするためにならば、どんな労をも厭《いと》いませんよ」

雑談が過ぎましたね、とギロチンカッターは言った。

確かに口数が多い。

元々口数の多い男でもあるのだろうが——舌のすべりがいいのは、油断している証とも言えた。

格上相手に勝つ方法は二つ。

油断させて勝つか、緊張させて勝つか。

どう考えても今回は前者しかなかった。

ドラマツルギーにもエピソードにも、そうやって勝った。

そして——

ギロチンカッターは、今、油断している。

隙はなくとも、油断はしている。

勝機はあるのだ。

しかしそのためには——

そのためには、僕は人間を捨てなければならない。

「羽川」

僕は、ギロチンカッターの言うことを無視して、その腕に抱きかかえられている形の羽川に、そう声をかけた。

「大丈夫だから」

羽川は言葉を返せない。

首を絞められているから。

ただ——僕を見るだけだ。

僕は続ける。

「僕が絶対に、助けるから」

「……不愉快ですねえ」

ギロチンカッターは、穏やかな口調のままで言う。

「高校生の友達ごっこに付き合ってあげるほど、僕は寛容《かんよう》ではありません。神、つまり僕はこう仰《おっしゃ》っています——そろそろ始めましょう、とね」

「始める……って」

僕はギロチンカッターに向き直って、言う。

「どうするんだよ。羽川を人質に取っている限り、僕には何もできない。そして、僕はどうするつもりもない。お前の言うことに絶対服従する——こんな有様で、勝負なんか成立しないだろう」

「神、つまり僕はこう仰っています——勝負が始まった瞬間、あなたは両手をあげて『参った』と言ってくれればいいんです、とね。つまり勝負は始まった瞬間に決着するというわけです」

「わかった」

僕は迷いなく頷く。

迷う理由などあるはずもなかった。

「だからまず、羽川を離してくれ」

「そんな都合のいい話が——通るわけがないでしょう。人質の解放は勝負が終わった後ですよ。勝負の最中に武器を離す馬鹿がどこにいますか?」

それも——神が言っているのか？

ふざけるな。

羽川が武器だと？

そいつは——違うんだ。

そいつは、お前や——僕とは違うんだ。

お前が触っていいような奴じゃないんだよ！

「阿良々木くん！」

そのとき、羽川が——首を絞められたままで叫んだ。

今にも首をへし折られそうな中。

脳髄を破壊すると脅されている中。

それでも叫んだ。

「私に構わないで！」

「構わないわけ、ないだろうが！」

怒鳴り返した。

そしてそれが——勝負開始の合図となった。

勿論、ギロチンカッターは動かない——何もしない。ただ、細い糸目をかすかに開いて——僕に対して大いに笑うだけである。

高らかに哄笑《こうしょう》するばかりである。

その笑い声を聞きたくなくて——僕は怒鳴り続けた。

「お前をないがしろにしてまで人間に戻ろうとは思わないっつったろうが――」

そして僕は――

「お前にもう会えないんだったら、人間に戻ったって何の意味もないんだよ！」

両手をあげる――までもなかった。

始まった瞬間、その勝負は決していた。

ギロチンカッターの言う通り。

「……え？」

ただし――僕の勝ちだ。

ギロチンカッターの身体を、僕は力の限りで突き飛ばした――その際、羽川の身体を奴から奪い取ることにも成功していた。

簡単な話だった。

至極簡単な……、そして都合のいい話だった。

「き、きみは――一体」

ギロチンカッターが唸る。

「まさか――吸血鬼の力ですか」

「違うね。友情パワーだ」

ただし――僕と奴との距離は十メートル強。

それ以上接近することを、ギロチンカッターは許さなかった――だからと言って砲丸やらローラーやらを投げるにも、盾のようにされている人質の羽川に当てない自信がない。

だから——僕は動かずに。

動かないままに、その距離を詰めた。

肉体を変形させて。

「……こんな学園異能バトルの主人公は、そりゃいないよな」

いるわけがない。

むしろ、敵役だ。

ドラマツルギーが両腕を波打つ大剣に変形させたように——僕は両腕を植物の形にして、前方へとあらん限りに伸ばしたのだった。色々考えたが、結局、『肉体を伸ばす』という図を短時間でイメージすることが僕にはできなかったので、ならば肉体を植物に置き換えてイメージすることで、それに代えたのである。

植物なら得意だ。

植物になりたいと、僕は毎日考えていたのだから。

化物になりたいとは、まさか思っていなかったけれど——まさしくイメージ通りの結果だった。

同じ吸血鬼でも、僕にはドラマツルギーがやったような、そんな真似は無理だと思っていた——しかし忍野はそれを否定した。

「壁を走れる、二十メートル跳躍できる」

ならば、と。

「身体を変形させることくらいできるさ——まるで同じ理屈だ。蟹《かに》は甲羅《こうら》に似せて穴を掘るというが、きみが人間の形にこだわる必要はどこにもない。きみをなりたてだと思っているギロチンカッターにとっては全く予想外の手のはずだ――だから、人間以外のフォルムをイメージして、身体の形を変えるんだよ」

そんなことは無理だ、と繰り返した僕に。

忍野はこう言ったのだった。

「委員長ちゃんを見捨てることはできるのに？」

…………。

嫌な奴だよ、お前は。

大剣ならぬ大木のごとく成長した僕の両腕は、まるで孤島の千年樹の如《ごと》く、育ちに育って枝分かれして、しかもその枝の一本一本に僕の意思が通っていて、自由自在にしならせることができた。

ギロチンカッターの胸を突き飛ばすことも。

ギロチンカッターの腕を搦《から》め捕《と》ることも。

羽川を奪い返すことも、できた。

いささかイメージ過剰とも言える。

これはもう確かに――人間じゃない。

人間を捨てている。

結局、僕にドラマツルギーのような真似は無理だと思ったのは、僕が人間を捨てられずにいたからなのだろう――人間だった頃の常識が抜けていないというよりも。

人間に戻りたいと願う僕には、できてはならないことだと思っていたのだ。

人間以外の自分を想像できなかった。

しかしそんな思い込みは——所詮思い込みでしかなかったのである。

僕はもう、化物なのだから。

そのまま、僕はギロチンカッターをグラウンドに叩きつけて、締め上げて——黙らせた。それが神の言葉なのだかどうなのだか知らないが、もう奴の吐くどんな台詞も聞きたくなかったので、口元を蔦《つた》で縛《しば》った上で——気絶させた。

勿論殺しはしない、手加減はする。

キスショットの両腕を返してもらわなければならないし——それに、こんな大それたことをできたのは、お前のお陰なのだから。

お前のお陰で。

人間に戻れなくてもいいかもしれないと思ったよ。

「……ふう」

腕を戻す。

これはすぐに戻った。

イメージするも何も、十七年間ずっと見ていた腕だからな……思い出すだけでよかった。もしも駄目だったら、最悪、両腕を切り落とさねばならないという乱暴な案をうっかり思いついてしまっていたので、これには心底ほっとした。

その際に、僕は羽川を引き寄せていた。

「羽川——大丈夫か」

僕は羽川を抱き寄せて、その首を見る——指の跡が痛々しくくっきりと残っているが、しかし、内出血というほどのこともない。これならば、すぐに跡は消えるだろう。他に何かされている様子も——どうやら、ないようだ。

よかった……。

本当に、よかった。

今はそれが、何よりも嬉しい。

「あ——あ、あの、阿良々木くん」

と。

羽川が、ぐい、と両手で僕の胸の辺りを押すようにした。何をしているのだろうと思ったが、どうやら僕から離れようとしているらしい。

「ちょ、ちょっと離して」

「え……うん」

腕を解くと、羽川は更にもう少し離れる。

距離を取られた。

「えっと……は、羽川」

「あ、ありがとう、阿良々木くん」

僕から目を逸らして、羽川は小さな声で言う。

「で、でも、その——近寄らないで。こ、こっちに来ないで。て言うか、触らないで」

「……え」

まさか——怖がられている？

こんなことに巻き込んでしまったから？

殺されかけたから？

それとも、僕の両腕の変形に——怯えた？

人間を捨てた僕が——怖い？

そんな——だって、僕は、でも。

「いや、じゃなくてさ」

羽川ははにかみながら。

乱れたスカートの裾を直しながら、言った。

「今私、パンツ穿いてないし」

014

翌、四月六日。

昼間。

つまりは吸血鬼にとっては夜であり、僕とキスショットは例によって学習塾跡の二階、窓の塞がれた教室で眠っていた。

叩き起こされた。

昨晩はとうとう帰らなかった、姿も現さなかった忍野メメに、である——昨日の殊勝な態度はどこへ行ったのか、普段通りにチャラい感じにへらへらと笑っている。

「おはよう、阿良々木くん」

「……途轍《とてつ》もなく眠いぞ」

「いいからこっち」

まだ寝ぼけまなこもさめやらぬ内に、僕は忍野に廊下へと引っ張り出された——キスショットはそんな騒動の中、寝返りひとつ打たずにすやすやと眠っていた。

平和な奴だ。

心配ごとなどないのだろうか。

「なんだよ——忍野」

「ん？　いや、廊下じゃなんだな……まあどうせハートアンダーブレードは起きないだろうけれど、用心して上の階に行こうか。四階に行こう」

「四階って……」

　いくら寝ぼけていたところで、それくらいの判断はつく。

「あそこは窓が開いてるだろうが。太陽光が当たったらどうなると思ってんだよ」

「大丈夫。今日、雨だから」

「雨？」

　へえ。

　そう言えばここんところ、降ってなかったな。

　僕が吸血鬼化する前に意識を失っていた期間に降っていなかったとするのなら、春休みに入って最初の雨となる。

　いや、それとも、昼間に十二時間も寝ている間に降っていたのかもしれないが……天気予報を見ていないから、そのあたりはわからないけれど。

「だから平気だよ。まあ、きみの治癒力なら万一《まんいち》日が差したところで、すぐに死ぬわけじゃないんだろ？」

「いっぺん、身体が蒸発するような目に遭ってからそういうことを言え」

「レッツゴー」

　忍野は飄々と階段を昇っていくのだった。足下に気をつけながら、僕もその後ろを追う。別に四階ならばどの教室でもよかったらしく、忍野は一番近いドアを選んだ。

どうやらノブに不具合があるらしいそのドアを開けたところ、その教室は見るも無残なほどに散らかり放題だった。

指運のない奴だ。

「よっこいしょ」

しかし本人はそんなことまるで気にならないようで、適当に椅子を引っ張り出してきて、その椅子に反対向きに腰掛ける。

僕も同じようにした。

何となく真似をしてみただけだが。

「……それ」

僕は、忍野が手にしていたボストンバッグを指さした。

ようやく目が冴えてきたのだ。

そのバッグは、これまで、キスショットの右脚とキスショットの左脚を運んできたものだ。

ということは……。

「うん」

と、忍野は頷く。

「ご名答。ハートアンダーブレードの両腕が、中に入っている」

「……そうか」

僕は——大きく息をついて、胸を撫で下ろした。

忍野が朝までに戻らなかったのを受け、ひょっとしたらギロチンカッターは、キスショットの両腕をこちらに返さないつもりではないのかと、そんな心配をしていたのだ。

キスショットはまるで気にせず、

「朝じゃな。寝るか」

と、寝てしまった。

平和な奴で——心配ごとなどない。

それとも僕の気が小さ過ぎるのだろうか。

しかし、ドラマツルギーやエピソードがそれぞれ、キスショットの右脚と左脚を返したことを『馬鹿正直』と称したギロチンカッターのことである、約束を反故《ほご》にしてくることは十分に考えられる可能性だった。

僕がいくら気をもんだところで、その領分は忍野に任せるしかなかったのだが——

「うん？　ああ、阿良々木くんの言いたいことはわかるよ」

と、忍野。

「あのギロチンカッターがよく約束を守ったなってことだろう？」

「まあ、端的《たんてき》に言えば、そう思っていた」

「そこは僕の腕の見せどころだよ。交渉役なんだからさ——とは言え、バラしちゃえば、ギロチンカッターは本当は返すつもりはなかったみたいだけどね」

「やっぱりか」

「随分と出し渋ったぜ——そりゃそうだろうな。ギロチンカッターの場合は、他の二人と違って使命でやってるんだからさ」

「使命ね」

僕は思い出す。

彼の述べた、口上《こうじょう》の数々を。

「しかしあれで正義の味方のつもりだったのかな」

「正義の定義は人それぞれさ。他人を簡単に否定しちゃあいけないよ――きみにとっては悪党だったというだけさ。それに、なんだかんだ言いながらも、結局はこれ」

ボストンバッグを僕の前へと投げ渡す。

乱暴な扱いである。

「返してくれたわけだし」

「よく返してくれたもんだ」

「だから説得したんだってば」

「どうやって説得したんだ？　ありゃ一種の狂信だろ――無宗教の僕から見りゃまるで狂言だけどさ。あいつが吸血鬼の手足を返すってことは、信仰を捨てるようなものじゃないのか？」

「だから話せばわかる連中なんだって――連中だってプロなんだからさ」

「プロねえ」

「そう、プロフェッショナル」

僕の詰問《きつもん》が鬱陶《うっとう》しくなったのか、忍野はそんなことを言って話を打ち切ろうとした。

「具体的には、ハートアンダーブレードの手足を集めきったら、きみが人間に戻りたがっているということを――そしてハートアンダーブレードもまた、それを受け入れているということを、教えてあげたんだ」

「……つまり、ギロチンカッターは僕のために引いてくれたってことか？」

「そんな感じ、かも」

微妙な言い方をする忍野だった。

何か思わせぶりな感じだが、しかし考えてみればこの男はいつでもどこでもやけに思わせぶりなのだ。それを鵜呑みにしていてもあまり意味はないかもしれない。

見透かしたポーズは、文字通りのポーズ。

そんなこともあるだろう。

まあ、何にしてもキスショットのパーツが返ってきたのはいいことだった。本来ならばそれだけで、もう他に言うべきことはないのである。

ギロチンカッターのことなど、思い出したくもない。

僕はボストンバッグのチャックを開ける。

右腕の肘から先、そしてまるまる肩口から切り落とされている左腕を――それぞれボストンバッグの中で確認した。

「まあ、少なくとも向こうの面子《メンツ》は立つようにしてあげたんだけどね――それにしても、それにつけても、委員長ちゃんをさらったことには厳重注意だけどさ。サッカーだったらイエローカードが出ているよ」

「レッドカードだろ」

「レッドカードは、殺した場合かな。だからエピソードは、あのまま委員長ちゃんが死んでればレッドカードだった——もっとも、阿良々木くんもエピソードを殺そうとしていたから、お互いさまかなあ」

「別に殺すつもりは——」

殺すつもりはなかった、と言おうとして、すんでのところでとどまる。

それはただの嘘だ。

あのとき僕は頭に血が上って、どうしようもなかった——いや、どうなっても構わないとさえ、思っていたのだ。

忍野が止めてくれなければ。

僕は多分——エピソードを、殺していた。

殺すつもりは——あったのだ。

「——いや、それは」

「なんだい、声を荒らげたり声を静めたり元気いいなあ、阿良々木くんは。何かいいことでもあったのかい?」

韜晦《とうかい》するようにそう言って、忍野は、ボストンバッグの中に覗く両腕を——火のついていない煙草で指し示した。

「ともかく——これで四肢を全て蒐集《しゅうしゅう》したわけだね。おめでとう、阿良々木くん。ミッションコンプリートだ。僕も他人のことのように嬉しいよ」

「他人事かよ」

「他人事だもん」

「………」

まあ。

他人事だよな。

「見事の一言だよね、実際——何の戦闘経験もない一介の高校生が、歴戦の吸血鬼退治の専門家を三人相手取って三連勝とは——僕も完全に帽子《ぼうし》を脱ぐよ」

「帽子なんてかぶってねえだろ」

「たとえ話さ」

と、忍野は煙草をくわえる。

とにかく火をつけない。

「……どうでもいいことかもしれないけれど、忍野——お前、なんで煙草に火をつけないんだ？」

「ん？　そりゃ、これに火をつけちゃったらアニメ化が難しくなるだろう？」

「………」

なんでそんなにアニメ化にこだわるのだろう。

はなはだ不思議である。

「おいおい、阿良々木くん——おめでとうって言ってるのに、随分と不景気な面をしているじゃないか。何であれ目標を達成したら喜ぶもんだぜ？　それをまるで、なんだかお通夜《つや》みたいなオーラをかもし出してるじゃないか」

「疑問があるんだよ、忍野」

僕は言った。

それもまた——心配事のひとつだった。

訊こうか訊くまいかぎりぎりまで悩んでいたけれど、しかし忍野のこの飄々とした態度を見ていると、どうにも考えているのが馬鹿馬鹿しくなってしまった。

訊きたいことは訊くべきだ。

どうせ答えないことは答えないのだから。

「ギロチンカッターのことなんだけど」

「うん？」

「いや、頭じゃわかってるんだけどさ——昨夜の勝負はあいつが油断していたからこそ、あんな風に、結果としてこちらは大した傷も負わずに勝つことができたって、頭じゃわかってるんだけどさ。でも——忍野、お前の言う通りだよ。初めて身体を変形させたばかりの僕、一介の高校生の攻撃ひとつで——あんな危ない奴を倒せるって、なんだかおかしくないか？　あいつは伝説の吸血鬼から両腕を奪った男なんだろう？」

「ふむ」

「いや、ギロチンカッターだけじゃない、ドラマツルギーもエピソードもそうだ。あいつらだってそれぞれ、キスショットから右脚と左脚を奪っている——その割には、お前の言うところの戦闘経験もない、言ったところで精々妹と取っ組み合いの喧嘩をしたことがある程度の僕に、結果から見ればあっさりと負けている——これって一体、どういうことなんだ？」

運がよかった、でもいいだろう。

たまたま、でもいい。

しかし——もっと建設的な答もないか？

「連中が弱いのか？　それとも僕が——強過ぎるのか？」

訊いたものの——僕は答の推測は立っていない。

ただただ不思議なだけだ。

だけど——どうしてだろう、忍野はその答を知っている気がした。

なぜならこいつは、誰よりも中立で。

バランスを保とうとする者だから——

「その両方だね」

果たして、忍野は言った。

「連中から見れば阿良々木くんはやはり強過ぎるし——阿良々木くんから見れば連中はやはり弱過ぎるんだ。だってきみは——他の誰でもない、キスショット・アセロラオリオン・ハートアンダーブレードの眷属なのだから」

「いや、だけどその理由だけじゃ」

「その理由だけなんだよ」

断言した。

忍野メメは断言した。

「きみみたいな素人が連中に勝てる理由があるとするなら、それだけだった——まあ、それでも負ける可能性は十分にあったんだけどね。というか、そちらの可能性のほうがずっと高かった。阿良々木くんは大したものだったよ――」

「十分も何も……お前が五分五分のところまで、状況をもっていってくれたんだろ」

バランスである。

地の利を僕に与えてくれたこと、殺し合いを禁じてくれたこと――あとは羽川が人質に取られたときは、そのアドバンテージ分だけの作戦を立ててくれたこと。

必ず状況を五分五分にしてくれた。

しかし。

「しかし、だとしたらおかしいだろって言ってんだよ。それを前提として考えたとき――話がおかしくなってしまう」

「おかしくって、どう」

「眷属の僕でさえ、こうなんだ。キスショットのフルパワーモードなら――あいつら三人がかりでも、まったく敵《かな》わないはずなんじゃないのか?」

それが実感である。

キスショットの本来の姿の吸血鬼としての力が、最低限に見積もっても今の僕以下ということはないだろう――そしてその上で、彼女には五百年の経験がある。

五百年の経験。

戦闘経験。

ドラマツルギーの波打つ大剣、エピソードの巨大な十字架、ギロチンカッターの恐るべき姑息《こそく》さをあわせたところで――果たして、キスショット・アセロラオリオン・ハートアンダーブレードから四肢を奪うことなんてできるものなのか？

僕の結論はひとつだ。

できるとは――とても思えない。

できるわけがない。

「いいセンスしてるよ、阿良々木くん――鍛えりゃいっぱしの専門家になれるかもね」

忍野は、にやにや笑ってそんなことを言った――真面目に答えるつもりがないのかと思ったが、そうではなかった。

彼は続けて、僕の質問に――答えてくれた。

「その通りだよ、阿良々木くん。彼らはひとりずつならまずハートアンダーブレードを打倒しえないから三人で挑もうとしたのだろうし、でも三人がかりでもまずハートアンダーブレードを打倒しえなかっただろう。ただ」

「ただ？」

「そのときのハートアンダーブレードがフルパワーでなかったのなら――話は別だろう？」

フルパワーでなかった。

その言葉に、僕は引っかかる記憶があった。

脳をいじるまでもなく思い出せる――キスショットは言っていたのだ。

体調が悪かったとか――なんとか。

言い訳だと思っていたけれど。

それが言い訳でなかったとするなら。

「だから——ハートアンダーブレードと連中三人との勝負は、五分五分の勝負になったってわけさ」

「…………」

「まあ、訊かれても訊かれなくても渡すつもりでいたけれど——訊かれて渡す方が話の流れがよくって助かるよ、阿良々木くん。きみもたまには鋭いところを見せるじゃないか」

そう言って。

忍野は、アロハ服のポケットから無造作に『何か』を取り出して、それを僕へと放り投げた。そこは煙草が入っていたはずのポケットで——だから僕は煙草の箱を投げられたのだと思ったが、そうではなかった。しかし、それにしたって忍野の着るアロハ服のそのポケットは、こんな大きさのものが入るはずもないポケットだった。

それは。

真っ赤な肉で構成された——心臓だった。

「ひっ……!」

思わず竦んで、両手で受け取ったそれを取り落としそうになるが——それだけは何とか踏みとどまった。

踏みとどまって、そこからは動けなくなる。

しかし動けなくなった僕と反対に——

その心臓は、どくんどくんと、動き続けていた。

「キスショット・アセロラオリオン・ハートアンダーブレードの心臓だ」

忍野は言った。

「その心臓なしで、彼女は吸血鬼退治の専門家を相手に一対三で戦ったというわけだ——そりゃ、四肢を引き千切られたってわからなくもないさ」

「……………！」

当たり前だ。

吸血鬼の力が、それ即ち血液であることは僕だって理解できる——その血液を送り出す中枢《ちゅうすう》であるところの心臓なしで、四肢をなくす程度で済んだ方が不思議である。

「……気付いてないよな、あいつ」

「だろうね。彼女は手足を奪われただけだと思っている——殺されかけたのも、本当にコンディションが悪かったせいだと思っているだろうね。自分に自信を持ち過ぎなのさ——知らない間に足下をすくわれていることなんて、考えもしない」

「そうか……そうだったのか」

ふむ、と思った。

「こすい奴だとは思ってたけれど、ギロチンカッターの奴、こっそりとキスショットの心臓も奪っていたとはな——その後に三人がかりで襲ったってことか。でもまあ、キスショットから気付かれないように心臓を奪うってのはそれなりに骨の折れる作業だろうから、そこはちゃんと評価すべきなのかな？」

「いやいや、阿良々木くん」

僕の言葉を、忍野は否定した。

しかも割とあっさりと。

「心臓を奪ったのはギロチンカッターじゃないよ」

「は？　どういうことだ？　ドラマツルギーかエピソードが奪った心臓を、ギロチンカッターが預かっていたってことか？」

「いやいやいやいや、ドラマツルギーでもエピソードでもない」

「じゃあ誰だよ」

ひょっとして、まさかここに来て四人目の吸血鬼退治の専門家がいるのかと、僕は背筋が寒くなるような思いがしたが——しかし、忍野の返答は、次のような一言だった。

「僕」

「…………」

咄嗟に言葉が出てこない。

いくつか思いついた台詞もあったが、しかしどれもこの場に相応しくないような気がして、呑み込んでしまった。していると、忍野が、頼みもしないのに説明を始める——時代劇の悪役のような台詞回しだった。

「それもそもそもは通りすがりだったんだけどさ——夜道をふらふらと歩いてたら、ものすごい力を持った洒落にならない吸血鬼がいたんだ。それが怪異殺しであることは容易に想像がついたから——だからバ、バ、バ、バランスを取るために、その心臓を抜いておいたのさ」

吸血鬼退治の連中が数人、この町に来ているだろうことも、同時に予想がついたからね——と、そんなことを言う。

「気付かれないように——こっそりと心臓を抜いた」

「お前に……そんなこと、できるのか？」

と言ったあとで、これが馬鹿馬鹿しい質問であることに気付く――そうだ、僕はこの眼で見ているじゃないか。

忍野は、それこそドラマツルギー、エピソード、ギロチンカッターの三人がかりの攻撃を一本足の案山子《かかし》のようなふざけた姿勢で、止めていた――

それだけのスキルを持つからこそ。

あの三人との交渉も――実現したのだろう。

「できるよ」

忍野は答えた。

「そりゃ、簡単ってわけじゃないけどね――それなりどころか、滅茶苦茶《めちゃくちゃ》骨の折れる作業だった。特に気付かれないように抜くのが難しかったね。十字架を持って大蒜を持って聖水を武器に、なんとかこそこそと姿を隠してさ。でも、それでもどう転ぶかはわからなかった。五分五分以上でも五分五分以下でもなかった――そしてたまたま、賽《さい》の目は三人のほうに出たというわけだ」

「……そして四肢をもがれたキスショットは、命からがら逃げ出して――そして僕と出会ったってわけか」

「そしてきみの血で一命を取り留めたってわけだ」

忍野は言った。

「そしてきみは吸血鬼になっちゃったってわけだ」

「……なるほどな。じゃあ――僕があの三人に勝てても不思議じゃあないって――」

わけか。

不思議どころか、むしろ納得だ。

地力の違いは——決定的だったのである。

「お前がキスショットに、隠れ場所となるこの学習塾跡を教えたのは、罪滅《つみほろ》ぼしか何かのつもりか？　僕達が中にいる内に結界まで張ってくれちゃってよ——」

「罪滅ぼし？　僕は滅ぼすべき罪なんて犯しちゃいないさ。だからそれもバランスだよ。きみの参画によって局面が変わったってことさ」

「局面？」

「怪異殺しが人間を眷属にしちゃうなんて、予想外だったんだよ。それはあまりに、予想外過ぎた。僕にとっては、心臓を抜いた段階で終わってたはずの話が、それでリセットされてしまったのさ」

「リセットって……」

そう言えば——あの三人も、そんなようなことを言っていた。キスショットが眷属を造るということが、あまりにも予想外だというような——

主義とか。

キスショットは、眷属を造らない主義とか——

「とは言え、リセットしたところで、今度はハートアンダーブレードのほうが弱体化し過ぎたからね——一対三、眷属のきみを入れても二対三じゃあ、いかにも均衡《きんこう》が取れない」

「……じゃあ、僕を引きずるキスショットの前を通りすがったのも、僕があの三人に襲われているところに通りすがったのも、全部わざとだったたってことなんだな？　お前の登場は、どうにも脈絡がないと思ってたんだ——そういうことだったのか」

　この学習塾跡をキスショットに教えたのも。

　僕をあの三人から救ってくれたのも。

　全て、バランスを取るためにしたことだった——と、そういうことだったのか。

「いや、それはたまたまだよ」

　忍野は茶化すような口調で言う。

「きみ達の運がよかったってところだね」

「…………」

　そんなわけがないとも思うものの、しかし、案外そんなものかもしれないとも思う。

　現象は終わってからしか観測できないのだから。

「ってことは——手足を取り戻しただけじゃ、キスショットはフルパワーの完全体には戻れないってことなんだな——」

　右脚、左脚、両腕を取り返しても。

　それでも心臓が足りなければ——致命的だ。

「そりゃそうだ」

　忍野は僕の言葉に頷いた。

「だからきみは、このあと、僕から心臓を取り戻さなくちゃいけないはずだった——怪異殺しが両腕を取り戻したところで、それでもまだきみのほうが、吸血鬼としての力は上だろうからね。四戦目としての、僕と阿良々木くんとの戦い——それでこそ、バランスが取れるはずだった」

「……お、お前と——戦うってのか？」

「はずだった、だよ」

「はずって」

「きみに散々ズボラ呼ばわりされていた僕がラスボスという伏線《ふくせん》を張っていたのに無駄になってしまったということさ」

「いや、そんなにうまくねえぞ」

さほどかかってないし。

字面《じづら》は似ているけどな。

そもそも、お前をズボラと評した憶えはない。

言われるまでもなく自覚してるってことか……。

「もうそのつもりはないよ」

忍野は、今度は横着《おうちゃく》に煙草を口にくわえたまま、唇の動きだけで、その煙草で僕が手にしている心臓を指し示した。

「ほら、既に返してあげただろう？」

「え……ええ？」

「罪滅ぼしっていうなら、それこそ罪滅ぼしさ。委員長ちゃんの件、本当に悪かったね。一般人がここまで物事に噛んでくるケースっていうのは、本当に珍しいんだよ。普通は——人は怪異から逃げるものだから。あの子は少し、常軌《じょうき》を逸《いっ》しているよね。ただ善良ってだけじゃ説明がつかない——」

「…………」

羽川翼。

自己犠牲ならぬ——自己満足。

ギロチンカッターに殺されかけてさえ——

あいつは僕を気遣っていた。

ことが終わってからも、一言も僕を責めようともせず、むしろ『ごめんね、あっさりと捕まっちゃって。気をつけるべきだったね——』なんて、そんな馬鹿げたことを言っていた。

「率直に言わせてもらえれば」

忍野は独白のように呟いた。

「あそこまでの優しさは、気持ち悪いよ」

「……そんな言い方はないだろう」

「きみだって感じているはずのことさ。違うかい?」

見透かしたことを言う。

相変わらず——しかし確かに、その通りだった。

僕は似たようなことを、羽川に言った。

そう言われてもなお——羽川は変わらなかったけれど。

「……あの子はまるで善良さを自分に強いているようじゃないか。勿論、だからと言って委員長ちゃんのせいにすることはできない。結果として、僕の作戦で彼女を救うことはできたけれど、実行したのは阿良々木くんだしね——昨夜のことだけで償《つぐな》えたとは思っちゃいないさ」

忍野は、この台詞を言うときだけは——昨日と同じように、神妙な顔つきになった。

「全く、失態だった。あれはもう日本に住む全ての忍野の責任と言ってもいいね」

「お前のミスに日本に住む全ての忍野さんを巻き込むな」

「はっはー。だからまあ、その心臓は慰謝料《いしゃりょう》代わりだと思ってくれよ、阿良々木くん。この僕からの精一杯の誠意ってことさ」

「慰謝料……」

「これはこれで信頼関係って奴だね。これでバランスは——やや微妙なところもあるけれど、およそ、とんとんだ」

忍野は。

そう言って、椅子から立ち上がった。

「右脚。左脚。右腕。左腕。そして心臓。これでキスショット・アセロラオリオン・ハートアンダーブレードが失っていたパーツは全て取り戻した——つまりこれできみは、人間に戻れるというわけだ。もう一度、おめでとうと言わせてもらうよ——喜んでいいんだぜ？」

「……正直、複雑な気分だよ」

僕は言った。

「まるで全部、仕組まれていたみたいだ」

「それは思い過ごしだよ。仮に誰かがこの状況を仕組んだんだとしたら、僕だって仕組まれた側だろうね」

「そうは思えないけどな」

「きみが思えようが思えまいが、それが現実なんだよ。阿良々木くん、きみは少し僕を過大評価しているところがあるね。僕にだってできることとできないことがある。僕は天才肌だけど天才じゃないのさ」

「…………」

それは迷惑な奴だった。

「僕は仕切りはしても仕組みはしない。ああそうそう、阿良々木くん、これはただの興味から訊くんだけど、最近、おなかすかない？」

「ん？　いや——前にも言ったと思うけれど、吸血鬼になって以来、不死力ってことなのか、食欲はあんまりないんだよな」

「あっそ」

「それがどうかしたのか？」

「いや？　別に、なんでもあるよ」

「あるのかよ」

「まあ、でもさすがにそろそろおなかもすいてくる頃だろうと思うよ。何せ、もう二週間になるもんね——はっはー。大変だったね。……それじゃあ、阿良々木くん。無事人間に戻ったら、もう軽率な行動を取らないように気をつけてね。怪異に一度行き遭った人間はそれからも引きずられやすくなっちゃうから、気をつけて」

言いながら——忍野は椅子を元の場所に戻そうともせず、まだ座ったままの僕をおいて、教室から出て行こうとする。

「おい、なんだよ——もうここから出て行くみたいな言い方すんなよ」

「出て行くさ。仕事は済んだしね——失敗という形でだけど、まあそれでも、済んだは済んだ、終わりは終わり。ああそうだ、阿良々木くん。きみの分の二百万円と委員長ちゃんの分の三百万円、合計五百万円についてのことなんだけど、あれはチャラってことでいいから」

「ちゃ……チャラい？」

「おいおい、それは僕のことだろう。チャラだよチャラ。相殺ってこと。僕のミスと、ハートアンダーブレードの心臓——まあそれだけでもいいかもしれないけれど、サービスだ」

「…………」

「そんな眼をしなくとも、裏はないよ——これでも僕は気前がいいんだ。バランスさえ取れてりゃ、うるさく言うつもりはない。そんなわけで、委員長ちゃんによろしくね」

「会わずに行くつもりなのか？」

「うん。とうとう会わず仕舞いだね——まあ別に無理をして会う必要もないだろう」

「まあ、そうだけれど。あの三人のことが終わったんだから、別に会っても、もう巻き込むことにはならないんじゃないのか？」

「だとしてもねえ、今更気まずいし、それに」

それに、と忍野はもう一度言って。

それから。

「僕はやっぱり、あの子が気持ち悪い」

と、言った。

はっきりと——そして辛辣に。

「まあ、そうは言ってももうしばらくの間はこの町をうろうろしているつもりだから、見かけたら声くらいかけてくれ」

切り替えるように、忍野は快活に笑った。

「どうしても阿良々木くんが、対価がチャラになったことについて、僕に対して負い目を感じるというんだったら——そうだね、この町に伝わる怪異譚《たん》でも、調べて教えてくれよ。僕の専門は本来そっちなんだ。今回みたいな切った張ったは、もう勘弁して欲しいよね——趣味じゃないんだよ、本当に——」

なんて。

そんなことを喋りながらもまるでペースを変えずに歩いていって、忍野はノブの壊れたドアを開けて廊下に出て、そしてそのままドアを閉めた。

別れの言葉はなかった。

そう言えば——あいつが誰かに別れの言葉を言う場面を、僕は見たことがなかった。

どんな軽い別れの場面でも。

あいつはいつも、へらへら笑っているだけだった。

「なんだよ……」

負い目って、なんだよ。

そんなものを感じるわけがないだろう——仕組んだか仕組んでいないかはともかくとして、こんな厄介なことになった原因の一端は、やはりお前にあるんじゃないか。

勿論——お前のお陰で助かったけれど。

いや。

こう言うと、あいつはこう答えるのかな？

きみがひとりで勝手に助かっただけだ——と。

「……これで、右腕、左腕、そして心臓をゲット」

ギロチンカッターから両腕。

忍野メメから心臓。

欠けたピースは出揃った。

ついに、鉄血にして熱血にして冷血の吸血鬼、怪異殺し、キスショット・アセロラオリオン・ハートアンダーブレードの——完全復活のときがきたのだった。

015

「いい――やっほお！」

それが――

完全体のキスショットの第一声だった。

その夜、僕は目を覚ました彼女に、忍野から渡された三つの部位を手渡した――心臓のことについては、迷ったけれど、ことの真相をそのまま告げた。キスショットは「なるほどのう」なんて暢気な相槌を打ちながら、その真っ赤な心臓を林檎《りんご》に見立てたかのように、かぶりついた。

レディの食事中は同席しないのがルール。

というわけで僕は廊下に出ていた。

そしてしばらくしたあと――そんな歓喜の叫び声が聞こえてきたのだった。

心の底からの、喜びの声――である。

僕はドアを開けて、教室の中へと戻った。

そこにいたのは、完全体のキスショットである。

あの日。

僕が街灯の下で出会った——彼女だった。

金色の髪。

それは更に伸ばされて、うなじのところで軽く結《ゆ》われている。

シックなドレス——身長は僕よりもずっと高い。

素直に美しいと思った。

可愛いやら、格好いいやらならともかく——美しいなんて感情をここまで実感したことは、多分これまでの人生で一度もなかったのではないかと思う。

いや。

あの日も僕は——そう思ったのだった。

まさしく——完全体。

完全なる姿だった。

「きゃっほー！　戻った戻ったー！」

「…………」

まあ、その完全な姿で、教室中を所狭しと、スキップで跳ね回ったりしていなかったら、もっともっと、あるいは感動さえも憶えたのかもしれないけれど。

はしゃいでるなあ。

威厳も何もあったものじゃない。

「キスショット……、ちなみに忍野は昼間の内にどっか行っちゃったみたいなんだけど」

「うむ？　それがどうかしたかの？」

「いや、心臓の件。怒らなくていいのかって」

「構わん構わん、許してつかわす——っていうかどうでもいい！」

きゃははは、と、その姿には相応しくない嬌声《きょうせい》のような笑い声を上げて、ぴょんぴょんとスキップを続ける彼女。

うーん。

しかし、あの街灯の下では、それどころじゃなくて気付かなかったけれど……キスショット、胸がすげえ大きさだ。

スキップするたびに揺れる揺れる揺れる揺れる。

ドレスの胸元も、割と開いている感じだし。

そうか、あれ（十歳）がああいう経過（十七歳）を辿って、最終的にはこう（二十七歳）なるのか……。

神秘だなあ。

「…………」

こんな大喜びしてテンションがあがっている今なら、頼んだらあの胸に触らせてくれるんじゃないかというよこしまな感情が頭に浮かばないでもなかったが、しかしそれを実行に移す勇気はなかった。

というか感動に水を差すにもほどがある。

「む」

ぴたり。

急にキスショットが動きを止めた。

あれ、心を読まれたか？

にわかに不安になり、

「ど、どうした？　キスショット」

と、僕は訊いた。

声は微妙に震えていたような気もする。

「…………」

キスショットはしばらく動かなかったが、そしてそれが僕の不安を助長させたが、しかし更にしばらくして、

「ん？　何じゃ？」

と言った。

「うぬ、今儂の残像に話しかけておったのか？」

「ざ、残像？」

「実は今、地球を七周半してきた」

「お前は光か！」

我ながら。

今後一生することがなさそうな突っ込みだった。

「なんちゃって、嘘嘘！　七周半では今頃ブラジルではないか！」

けらけら笑うキスショットだった。

うわー、マジでテンションたけえ。

「ふふ。いいものじゃのう。己《おのれ》が己で十全であるということは——従僕よ」

その後も二時間ほどはしゃぎ続けたキスショットだったが、その頃になるとさすがにようやくのこと落ち着いてきたようで、そんなことを言った。

「改めて礼を言わせてもらうぞ。勿論、うぬならば我が手足を見事集めてみせると思うてはおったが、しかし儂自身も気付いておらんかった心臓をも集めてくれようとは、全く望外の働きじゃ。褒めてつかわす」

「どうだろうな」

礼を言われても褒められても、どうにも居心地の悪い感じだった。

やはり仕組まれていた感じが否めないのだ。

踊らされていたようなもの——だと思う。

「僕はただ、右往左往《うおうさおう》していただけのような気がするんだけどな——集めたと言うよりは集まったって感じだよ」

誰のお陰かと言われたら忍野のお陰なのだろうし。

しかし忍野はそう言われるのを嫌うだろうから、だとすれば羽川のお陰なのだろう。

羽川翼。

ちなみに、今晩は、彼女は来ていない。

次に会うのは新学期と——決めている。

ふたりで決めた。

まあ、勿論、吸血鬼退治の専門家を、三人を三人とも打倒してしまった今となっては、またぞろ彼女の身に危険があるとは思わないが——やはり、彼女はもう、この学習塾跡には近付かないほうがいいだろうという判断だ。

そう決めた時点ではギロチンカッターがちゃんとキスショットの両腕を返してくれるかどうかが微妙だったこともある。

新学期といっても——もう明後日だけど。

もうすぐだ。

次に会うときは、そして僕は——人間である。

そのはずだ。

……忍野は羽川のことを、最後は露骨に避けて去って行ったが、羽川のほうは忍野に会っておきたいとか、そんな風には思わなかったのだろうか？　そう言えば——それは訊きそびれていたけれど。

まあ——今となっては詮無《せんな》きことか。

それよりも。

「キスショット。盛り上がっているところ悪いけれど——もしよければ、僕をさっさと人間に戻して欲しいんだけどな」

「ああ、そうじゃったの。安心せい、ちゃんと戻してやるわい——しかし従僕よ。その前に少し、話をせんか？」

「話？」

「積もる話——は、別にないんじゃがの。ただ、うぬを人間に戻すにあたって、話しておきたいことがあるのじゃ」

キスショットの口調は冷静なそれだった。

視線も、冷たい眼に戻っている。

真面目モードらしい。

「まあ、別にいいけど」

「うむ。では場所を変えるか」

「ここじゃ駄目なのか？」

「別によいのじゃが、まあ雰囲気作りじゃの」

上に行こう、とキスショットは言った。

言われるがままに、僕はその教室を出て、階段を昇る――雨は既にやんでいるようだけれど、もう夜だ、どこに行こうと蒸発の危険はない。

キスショットは階段の途中で僕を追い抜き、そして結局四階まで昇った。

昼間に、忍野と僕が這入った教室を選ぶ。

てっきりここで話すんだと思ったら、キスショットは不満そうに、

「これより上にはいけんのか？」

と、訊いた。

「屋上は設けられてないんじゃないか？　非常階段みたいなのも見かけなかったし」

と僕が言うと、

「ふむ」

と言って、キスショットは天井を睨みつけた。

きっ、と。

すると、天井の一部が吹き飛んだ。

コンクリートがぱらぱらと落ちてくるが、彼女はそれをかわそうとせず、

「ついて来い、従僕」

と言い、自分は（それがまるで当然のように）胸のところと同様に、大きく背中の開いたドレスのその部分から蝙蝠《こうもり》のような羽根をはやし（！）、ばっさばっさと飛んで、自分が視線によって開けた天井の穴から、外へと出て行った。

「…………」

いや、突っ込みどころが多過ぎる。

お前の生態は穴だらけだ。

て言うか、キスショットの視線には物理的な破壊力があるんだ……エピソードの目つきの悪さも真っ青だな。

ドラマツルギーそこのけの変身能力だし。

羽根を生やしちゃったよ。

僕も同じことをしようとしたが、これまでさんざんイメトレを積んできた植物ならばともかく、自分に羽根が生えるところなんて考えたこともなかったので、やっぱりそれはできなかった。

普通にジャンプして、その穴をくぐる。

いやこれでも十分すごいことなんだぜ？

廃墟、学習塾跡の屋上――いや、屋上というのは正確でないかもしれない、やっぱり、ただの屋根

の上だ。

その屋根の上で。

キスショットは体育座りをして僕を待っていた。

夜の星明りの下——いっそ物憂《ものう》げな感じで座っている彼女の姿には、奇妙な色気さえあった。そんな必要もないのに、僕は変に緊張してしまう。

なんとなく。

物怖じし、萎縮《いしゅく》してしまった。

完全体——完全なる姿。

完全たる存在。

そして——上位の存在。

所詮僕は——その眷属でしかないということを思い知らされた気分だった。

「ん？」

と、不意にキスショットがこちらを見る。

「何をしておる。近《ちこ》う寄れ」

「……ああ」

言われるがままに——僕はキスショットの隣に腰を下ろした。

するといきなり、ヘッドバットを食らわされた。

頭突きである。

「な、何するんだよ！」

「何をおどおどとびくついておるのじゃ——うぬは儂にとって大切な従僕じゃ。取って食ったりはせんわい」

「そ、そうか……」

こちらの心中を見抜いたことを言う。

しかし確かに、そんな風に笑うキスショットを見ていると、萎縮したりするのは馬鹿馬鹿しいような気にもなってくる。

そう思うと、一気に楽になった。

「さて、何を話したものかのう」

「話したいことがあるんじゃなかったのか?」

僕を人間に戻すにあたって。

さっきそう言ったところだ。

「その言い方は正確ではなかったな。話したいことがあるのではなく、何でもよいから話したかっただけじゃ」

「?　不思議なことを言うな」

おしゃべりしようよ。

いつだったか、羽川からそんなことを言われたのを思い出す。

まあ、吸血鬼とは言え女性だし?

おしゃべりが好きなのかもしれない。

完全回復記念の打ち上げみたいなものか。

「それが僕を人間に戻すにあたって、必要なことなのか？」

「必要じゃな。儂にとっては」

「ふうん。でもまあ、お前は五百年も生きてたんだ。話の種《たね》は尽きないだろうが」

「特に何もなかったわい」

僕の言葉に、キスショットは言う。

「あの三人のような連中と、ずっと殺し合いばかりしてきたからのう——気付けばいつの間にか伝説になっておったわ。まあ、あの小僧のような男は珍しいがの——」

「小僧……忍野か」

「気付かぬ内に儂から心臓を奪い取るとは、大したものじゃ。ぼおっとしておったつもりはないんじゃがな——いつすれ違ったのかもわからん」

「何者なんだ、あいつは」

「さてな。しかしあの小僧がもしも吸血鬼退治にのみ専念しておったと考えるとさすがの儂もぞっとするわい。中立の立場を取り続ける日和見《ひよりみ》主義者で助かったわ」

「日和見主義……」

酷い物言いだ、とも思ったが、しかし忍野には、存外《ぞんがい》相応しい肩書きのようにも思われた。忍野に教えてやったら、嬉々《きき》として自ら名乗りかねないくらいに。

「じゃから今回のことはそれなりに刺激的ではあったが——しかし、基本的には退屈な五百年じゃったよ。……そうじゃのう。語るべきことと言えば、やはり、あの男のことしかないか」

「あの男？」

「うぬが、儂の造った二人目の眷属であることは、もう話したな？　じゃからこれは、一人目の眷属の話じゃ」

「ひとり目——」

えっと。

四百年前の——話だっけ？

「ああ。そう言えば、言ってたっけ。四百年振り二人目とか——まるで甲子園出場校みたいなことを、聞いた憶えがあるぜ」

「甲子園？」

「いや、いいよ。ただのたとえ話だ。それより一人目の眷属ってどんな奴だったんだ？　聞きたいな」

「うむ。聞かせてやろう」

「僕みたいな奴なのか？」

「？　何故そう思う」

「え、それは——」

言っていなかったけれど。

まあ、もう忍野もいないし、いいか。

「——実は、忍野から教えてもらっていて。吸血鬼が血を吸う意味は二通りあって、血を吸われても、必ずしも眷属になるわけではないって」

「む」

キスショットは眉を顰めた。

「……勘違いするなよ。儂はうぬの命を助けようとしたわけではないぞ——ただ、うぬを儂の手足集めに利用しようと眷属にしただけじゃ。今となってはバラしてもよかろうが、最初からそう言えばうぬが従ってくれんかもしれんかったから、嘘をついておったのじゃ」

「お前はそう言うだろうと、忍野は言っていた」

「………………」

キスショットは黙った。

そして何も言わない。

図星だからなのか、あるいは的外れだからなのか……わからないけれど。

「ま、まあ、だから僕みたいな奴だったのかなって思って——何せ、お前が選んで眷属にした、ふたりなんだから」

「うぬとかぶる部分は人種くらいじゃ」

やっぱり黙っておくべきだったかなと思いつつ話を戻したが、きっぱりと、キスショットは僕の推測を否定した。

「そやつは戦士じゃったよ——儂が背中を預けるに足る、凄腕《すごうで》の戦士じゃった」

「ふうん……まあ、僕じゃお前の背中は守れないよな」

精々、留守を守れる程度だろう。

いやそれだって守れるとも限らない。

「まあ、四百年前じゃあなあ。今と違って男は大体戦士みたいなもんだろ」

「うぬの歴史観はかなり偏見に満ちて歪《ゆが》んでおるようじゃのう」

「うう」

世界史は苦手だった。

「いや、ほら、なんていうか僕ってこういう性格だからさ、ヒステリックな考え方は苦手なんだよ」

「ヒステリックに『歴史的な』という第二の意味があるとはついぞ知らんかったな」

英語が苦手なことも晒してしまった。

「しかし、この国に来るのは久し振りじゃが、確かに平和になったようじゃのう――この国だけ、まるで世界と切り離されておるようじゃ」

「悪かったな、平和ボケしてて」

別に悪いことではないとは思うけれど。

しかし、僕が戦士でないことは確かだった。

どれだけ学園異能バトルを気取ったところで、僕はあくまでも一般人だった――どれだけ吸血鬼としてのスキルを与えられたところで、それはバタフライナイフを持った中学生のようなものである。

キスショットにはさぞかし不満だったろう。

一人目がそんな立派だったというなら尚更だ。

「まあ、お前が僕を眷属にしたのは、僕の命を慮ってのことにせよ、自分の手足を集めるためにせよ、結局は緊急避難としての一手だからな……僕と一人目がかぶる理由はないか。でも、人種は同じじって言ったよな」

「うむ」

「じゃあ、モンゴロイドってことか？　日本人――じゃねえよな、でも。大陸側？」

「いや、日本人じゃ」

意外なことを、キスショットは言った。

「若さにかまけて世界中を遊び歩いておった頃、この国で出会った男じゃよ。日本語もそのときに習った——まあ、随分と言葉は変わってしまったようじゃがのう」

「四百年前の日本って……」

江戸時代？　だっけ？

僕は日本史も苦手なのだった。

つーか、数学以外は全部苦手だ。

「じゃあ、戦士じゃなくて武士じゃん……」

「む？　ああ、そうじゃったかの」

キスショットは頷く。

「いずれにせよ、強い男じゃったよ」

「ふうん——でも、だったら、今回のことも、そいつを呼んだらよかったのに。眷属なんだから、そいつも従僕みたいなもんなんだろ？　それだったら、僕みたいに危ない橋を渡らなくても——」

「無理じゃよ。もう死んでおるからのう」

僕の台詞を遮《さえぎ》るようにキスショットは言った。

いや実際、遮ったのだろう。

「それもかなり昔の話じゃ。……憶えておるか？　儂が戦闘にあたって刀を使うことがあるという話をしたことがあったじゃろう」

「ん？」

あったっけ？

いや——ああそうだ、いつだったか、ドラマツルギーの大剣の話をしたときのことだ。物質創造能力で刀剣を作り出すとか、そんな話だったはずだ。

すっかり忘れていた。

けどまあ、脳をいじらなくても思い出せてよかった。

「その刀というのは、そやつの形見《かたみ》じゃよ」

言って。

キスショットは右手を手刀にして、自分の腹に突っ込んだ。ドレスを貫き、あっさりとその爪先は内臓をえぐる。

折角僕が脳をいじらずに済んだのに……。

僕が唖然となっていることに構わず、キスショットはその右手を腹から引き抜く——するとその手には、刀の柄《つか》らしきものが握られていた。

しかも、この刀の柄は——日本刀？

僕のその推測はあたっていた。

キスショットが自分の腹から抜刀《ばっとう》したのは、全長二メートルになろうかという、大太刀《おおだち》だった。

「妖刀『心渡《こころわたり》』——無名の刀工の一品とのことじゃが、なかなかの業物《わざもの》らしいぞ。まあ、儂にはよくわからんのじゃがな——しかし刀は斬れればそれで用を足す」

「へえ……」

キスショットの腹の傷は、その頃にはもう癒えている——僕はその刀に注目することができた。長い……長いけれど、ドラマツルギーの大剣ほどではない。とは言え……ドラマツルギーのフランベルジェも芸術性を帯びた形状だったけれど、日本刀は日本刀で、やっぱり独特の味がある。

金髪でドレス姿のキスショットに日本刀は、はっきり言ってミスマッチだったが——いや、そもそも、どんな業物であったところで、吸血鬼の怪力に耐えられる凶器なんて、あるものか？

「動くなよ」

そう言って。

ふいっと、キスショットはその刀、『心渡』を振った。

刀についたほこりでも振り落としたかのような動きだったが——しかし、そうではなかった。

「おい——」

「動くな。今、うぬを斬った」

「は、はあ？」

「痛みはあるか？」

「い、いや——」

「ふむ。となると、儂の腕も鈍っておらんようじゃな——もう動いてもよいぞ。既に治癒しておる」

「な、なんだよ、それ——『地球を七周半』に続く第二の嘘か？　治癒したって、僕の場合は服までは治癒しないだろ……どこを斬ったんだ？」

「胴を横薙《よこな》ぎに、じゃ。また、たまらぬものを斬ってしまった」

「たまらぬって！」

「服のことも心配するな。『心渡』の切れ味の鋭さは折り紙つきじゃ——切り口をしばらく放っておけば引っ付いてしまうほどにな。無論、儂の腕があってのことじゃが」

「…………」

本当らしい。

マジかよ……。

「しかし、どうしてその刀はお前の腕前——お前の腕力に耐えられるんだ？　元はただの刀なんだろう？」

「そうは言ってもオリジナルではないからのう。オリジナルを素材として、一人目の眷属が自らの血肉で作ったものじゃ。それを更に儂が受け継いでおる。まあ、切れ味がよ過ぎるのも考え物で、斬っても斬っても元通りに引っ付いてしまう。ゆえに、これは怪異を斬るのにのみ適した刀と言えるな」

「怪異——斬りか」

「そう。『心渡』では微妙に発音しづらいのかの、敵方にはそのもの、『怪異殺し』と言ったほうが通りがよいな。元々は怪異殺しは儂の渾名《あだな》ではなくこの刀の字《あざな》じゃ」

言いながら——刀を腹に仕舞うキスショット。

切腹のごとき有様だった。

改めて、不死身だ。

しかし、同じく不死身だったはずの、その一人目の眷属の形見が——その刀なのだと、キスショットは言った。

一人目の眷属は、もう——死んでいる。

「不死身の吸血鬼が死んだってことは、つまり——吸血鬼退治をされちまったたってことか？」

ドラマツルギー、エピソード、ギロチンカッター——あの三人のような連中が、四百年前にもいたのだろうか。

しかし、
しかし、

「違う」

と、キスショットは言った。

「奴は間違っても、誰かに殺されるような男ではなかったよ」

「じゃあ、何で」

不死身なのに。

どうやって死ぬというのだ。

「自殺じゃ」

キスショットは淡々と言った。

冷たい眼で——眼下に広がる町を見つめている。

「吸血鬼の死因の実に九割を占める、よくある理由じゃな」

「…………」

「ちなみに残りの一割が吸血鬼退治に遭うこと——他の死因は誤差のようなものじゃ」

「自殺って、何で」

「退屈は人を殺す、というのじゃろう？」

退屈は——人を殺すという。

罪悪感でも、人は死ぬけれど。

でも、退屈は確実に殺すのだ。

「まあ場合と時代によりけりじゃが、純正であれ元人間であれ、大抵の場合、吸血鬼は二百年も生きれば死にたくなってしまうようじゃな」

「でも——どうやって自殺なんてできるんだ。不死なのに」

「うぬが初日にやったように、太陽の下に身を投げるのが一番手っ取り早いのう——まあ、投身自殺という奴じゃ」

「うまいこと言うな……」

しかし——そういうものなのか。

確かに自殺志願かと、あのときキスショットは、僕に対してそう言っていた。

「その男に変わったところがあるとすれば、吸血鬼になってからわずか数年で、自らの死を選んだというところじゃろうの——そんな短期間では、大して何も変わらんというのに」

儂の目の前で死によった。

太陽の下に身を投げて。

これ見よがしに、見せつけながら。

キスショットは呟く。

「以来——儂は眷属を造らんかった。うぬに会うまでのう」

「……お前は退屈しなかったのか？」

僕は訊いた。

それは訊くべきじゃなかったかもしれないけれど。

「二百年どころか、五百年も——生きて」

「退屈せんわけがなかろう」

キスショットは何ということもなく、答えた。

「ずっと、暇じゃったよ」

「…………」

「暇で暇で——何もすることがなかった。何かをすれば、その動きに反応して、吸血鬼退治の連中がつきまとってくるしのう——今回の観光に、あの三人がついてきたようにな」

「観光」

それは多分嘘だと思った。

けれど本当なのかもしれない、と思い直した。

かつてこの国で。

彼女が、一人目の眷属を造ったというのなら——

「……じゃが、うぬには退屈させられんかったぞ、従僕よ。うぬは——やることなすこと、滅茶苦茶じゃった」

吸血鬼に対し自分から首を突き出してくるような人間は、恐らく歴史上初めてじゃぞ——とキスショットはおかしそうに笑った。

それは——その外見年齢にしては、やけに幼い笑い方だった。

「儂のことをいきなりキスショット呼ばわりじゃしの」

「ああ……それ、訊くタイミングなかったけど、なんだかみんな驚くんだよ。あの忍野でさえそうだったし。何か駄目なことなのか？」

「吸血鬼を真名《まな》で呼ぶ馬鹿など、そうはおらん」

「真名？　ファーストネームみたいなもんか？」

「……説明するのも馬鹿馬鹿しいわ。まあ、世代が……いや、時代が違うということなのかもしれんのう——儂だけではない。あの三人にしたってそうじゃろう。流行遅れの時代遅れなんじゃろうな。今の時代に即した形に収まろうと思えば、やはりあの小僧のような姿があるべき姿なのかもしれん」

「忍野みたいなのがあるべき姿って……んなことねえだろ。あんなチャラいのが理想でたまるか」

「理想というよりは現実じゃな」

まあよい、とキスショットは言う。

「儂にできる話はこの程度じゃ。それよりも、うぬの話が聞きたくなってきたのう。うぬだって十七年じゃったか？　無為に生きてきたわけではなかろう。何か面白い話をしてみよ」

「うわあ」

厳しい振りだ。

その振りで面白い話をするのはハードル高いぞ。

「え、えーっと……じゃあ、毎度馬鹿馬鹿しい小噺《こばなし》をひとつ。ある男がおりまして、まあ善良な若者だったのですが、困ったことにお酒に目がなかった。それだけなら個人の性癖《せいへき》ということで勝手だったわけですが、悪いことにある日、飲酒運転をして、青信号で手を上げて渡っていた小さな女の子を轢いてしまったのです。酔っていたこともあり、轢いたそのときには気付かず、翌日、自宅のマンションの駐車場で、車のバンパーに付着した血を見て、男は事件に気付くのでした。新聞で、自分の轢いた子の名前が『リカちゃん』であることを、男は知ります。当然、自首するべきところですが、男は悩みました。目撃者はいないはず、だからこのまま黙っていれば……と。そうしている内に夜になってしまい——そのときです、マンションの固定電話に着信がありました。『あたし、リカちゃん。今マンションの前にいるの』。それだけ言って、電話は切れました。『リカちゃん⁉ そんな馬鹿な！』。男は動揺します。しかしそれは、確かに幼い子供の、舌足らずな声でした。まさか自分が轢いた、死んだはずの女の子が……？ していると、すぐに二度目の着信がありました。『あたし、リカちゃん。今一階にいるの』。男の住む部屋は五階！ 『リカちゃん』はそこを目指しているのでしょう。それを察して、男は動揺を通り越して怯えだします。さらに三回目の着信がありました。『あたし、リカちゃん。今エレベーターに乗ったの』って、横着すんなや！」

「…………」

受けなかった。

長々と語った割に。

噺家《はなしか》を意識した語り口調が、予想以上にうざかったのかもしれない。

「いや、そういうのではなく、普通に面白い話じゃ」

「くっ……」

プライドが傷ついた！

てか、基本的に僕は突っ込みなんだけど……。

ここまで馬鹿にされて黙ってられるか！

「じゃ、じゃあ第二弾!」

「ほう」

「クラーク博士は言いました――『ボーイズ・ビー・アンチョビー』!」

「………………」

にこりともしない。

一発ギャグでも駄目か。

「ならば第三弾だ! さっき世界史の話題が出たから思い出した、僕の失敗談を話そう!」

「期待しておるぞ」

「第二次世界大戦前に日本を取り囲んだ『ABCD包囲網《もう》』の『ABCD』、それぞれの国名を挙げよという問題が、テストに出題されたことがある――僕はその設問に対してこう答えた! 『Aはアメリカ、Bはイギリス、Cが中国で……Dはドイツ』!」

「………………」

首を傾げるキスショット。

失敗談でも笑ってくれないのか。

「えっと……、何が面白いかって言うと、Bがイギリスっていうところをちゃんと当ててるのに、Dを何故かローマ字で読み解いてしまっているというところが……しかもドイツって枢軸国《すうじくこく》側じゃん、みたいな?」

自分のギャグを解説する僕だった。

それに対し、キスショットは言った。

「……ＡＢＣＤ包囲網とは何じゃ？」

「人間の常識が通じない！」

悲しい外し方だった。

それから、結局。

時計の針が零時を回り、日付が変わって四月七日――即ち私立直江津高校の春休みの最後の日になるまで、僕とキスショットは、廃墟の屋根の上でおしゃべりを続けた。

キスショットの冷たい眼は僕が披露する小噺を挫こうという意志に満ちているようにさえ感じたが、途中からはふたりとも『もうなんでも面白いテンション』になってしまい、何を話したところで互いに大爆笑しあっていた。

大抵は意味のない話だったように思う。

中身のない話だったように思う。

けれど――多分。

この春休みを後から回想するとき、一番思い出に残るのは、きっといつまでも忘れることができないのは、この日このときこの場所で、キスショットと語り合ったことなのだろうと。

笑いあったことなのだろうと、そう思った。

「さてと」

泣くほど笑ったところで、それでも冷たさを崩さない眼をこすりながら――キスショットは立ち上がった。

「そろそろ――うぬを人間に戻すとするか」

「ん、ああ」

そうだ。

しまった、不覚にも忘れていた。

そんな大事なことを普通忘れるか……自分で自分にちょっと呆れた。

楽しい時間を過ごし過ぎた。

しかしまあ——宴《えん》もたけなわ、だ。

「そう言えば——一人目の眷属は、人間に戻りたいとは言わなかったのか?」

「……んー、微妙」

「微妙って」

難しい日本語を使うじゃないか。

「当時の儂には、どちらにしても奴を人間に戻してやることはできんかったのでのう——今回はなるだけ、その教訓を活かしておるつもりじゃ。で、準備はいいか?」

「いや……、それが、笑い過ぎたからか、ちょっと小腹がすいていてよ。なんか腹に入れてからでもいいか? 食料は確か切れてたから、買いにいってきてからでも間に合うか?」

「ふむ? まあ、確かに儂もいきなり完全体に戻って、空腹を感じてはおるのじゃが——しかし、我慢できんほどでもあるまい?」

「まあ、そうだけど」

「携帯食でも持ってくる気か?」

「携帯食って」

なんだそりゃ。

感性が古いのだろうか。

「まあ、吸血鬼としても最後の夜だし、ちっとは名残《なごり》を惜しみたいってところさ。お前、なんか食べたいものでもあるか?」

「儂に好き嫌いはないの」

「ふうん」

まあ、どの道、こんな時間じゃコンビニくらいしか開いてないだろうから、選択肢は元よりないんだけれど。

「まあよい。いいようにせよ、我が従僕よ。少しでも長い間儂の従僕でいたいというぬの心意気は買ってやろう——儂は二階で準備をしておる」

「オッケ」

そんなわけで——

屋根の上での会話はお開きとなった。

コンビニくらいしか開いていないだろうとは言え、そのコンビニだって随分と離れたところまで行かないと営業していない——学習塾跡から往復で一時間はかかる。

吸血鬼の脚力で走らなければ、だが。

しかし——走る気にはならなかった。

むしろ意図的にゆっくりと、僕は歩くのだった。

ふう。

困ったな。

人間に戻すとするか――と。

いかにも気楽そうにそう言われて、少し気後《きおく》れしてしまったことを、僕は否定できない。

チキンでヘタレなのだ。

しかし――キスショットに言った『名残を惜しみたい』という言葉は、その場しのぎの嘘のようなものである。勿論、少しでも長い間キスショットの従僕でいたいというわけではない。ありえない。

ただ。

僕は、別れを惜しんだのだ。

「……ううむ」

多分……キスショットの側もそうだったのだと思う。

人間に戻すにあたって話しておきたいこと。

結局、そんなことはなかった。

ただ彼女は――純粋に、僕とおしゃべりをしたかっただけだった。

打ち上げ――である。

「なんだかなあ」

キスショット・アセロラオリオン・ハートアンダーブレード。

鉄血にして熱血にして冷血の吸血鬼。

伝説の吸血鬼。

怪異殺し。

「やっぱ——どっかいっちゃうんだろうな」

身体のパーツは全て取り戻したのだ。

これ以上この町——いや、この国にとどまり続ける理由はないだろう。

観光——と言っていた。

一人目の眷属とのことを思えば、きっと思い出の土地巡りのようなものだったのだろう——しかし、その思い出には、最悪の思い出が上塗りされてしまっただけだ。

心臓は奪われるわ、手足はもがれるわ。

苦しまぎれに造った二人目の眷属は一般人だし。

そしてその眷属は、人間に戻りたいとか言うし。

退屈しないとは言ってくれたけれど。

「神にならないかと誘われて、断ったって言ってたな——ギロチンカッターとは随分違う」

この国を離れて。

またぞろ世界中を放浪でもするのだろうか。

いや、若い頃に遊び歩いたという言い方をしていたから、最近は、そこまで旅をしているわけでもないのかな？

そもそも飛行機とか乗れるのかな、あいつ——いや、羽根を生やして空を飛べばいいだけか。便利な身体だよなあ。

でもやっぱり、名残はない。

ただ、キスショットとの絆《きずな》と言えそうなものは、おおよそ僕が吸血鬼であることだけなのだから、それが失われてしまうことに、怖気《おじけ》づいてしまっただけなのだ。

忍野が——あの軽薄な男が、決して別れの言葉を言わない理由がわかった気がした。

「まあ、仕方ないことか」

出会いもあれば別れもあるだろう。

それが人生というものだ。

キスショットにとっては悪い思い出ばかりの二週間だったとしても、今になって思えば、僕にとってはそんな悪くない春休みだったのかもしれない。

そんな悪くなかったのかもしれない。

なんて、本当にそういう風に思えたから。

「よし」

と。

僕は屋根の上での打ち上げに続いて、送別会も開いてしまうことにした。できる限り、精々派手《はで》にやろうと、僕はコンビニで、有り金をはたいてケーキやらなにやらのスイーツを買いあさり、そして帰りはやや足早に、学習塾跡を目指した。

その帰り道の中で。

それでも僕は、ちゃんと別れの言葉をキスショットに告げようと思いながら、そう覚悟を決めて——僕は二階の教室へと到着したのだった。

日付は四月七日。

時刻は午前二時過ぎ。

「ただいまー」

そんな感じで、努めて明るくドアを開けると。

キスショットは食事中だった。

がつがつと。もぐもぐと。むしゃむしゃと。

がつがつと。もぐもぐと。むしゃむしゃと。

がつがつと。もぐもぐと。むしゃむしゃと。

がつがつと。もぐもぐと。むしゃむしゃと。

人間を——食べていた。

「……え？」

手にしていたコンビニの袋を、取り落とす。

その音で、キスショットは振り返る。

両手に。

半分ほどかじった、人間の頭を持ったまま。

「おお、従僕——意外と早かったのう。しかし言っておるじゃろう。レディの食事中は席を外すのがマナーじゃぞ」

その頭には見覚えがあった。

吸血鬼退治の専門家、三人の中の——一人。

三人の中で唯一の人間。

ギロチンカッターだった。

彼はその身体を、その肉体をばらばらに寸断され——食べ易い大きさへと、切り刻まれていた。

おかしらつきの——開きである。

「うぬを待っておったら、こいつがやってきたものでのう——さすがの結界も、フルパワーの儂の力は隠しきれんかったようじゃな。しかしまあ、腹がすいておったところなのでちょうどよかったわい。いい気付けになった」

言って。

キスショットは、僕の肩越しに、誰かを探すような仕草をした。

そして疑問そうに、首を傾げる。

「なんじゃ。うぬ、眼鏡で三つ編みのあの携帯食——持って来んかったのか?」

016

こういうときに身を置くべき場所を僕は知らなかった——自宅に帰るわけには勿論いかなかったし、かと言って、あの学習塾跡のような廃墟が他にあるとしても、それを探しているような心の余裕はなかった。

時間に追われた。

日の出の時刻は刻一刻と迫り——あっさりと追い詰められた。

結局。

僕は頭の中に片手どころか両手を突っ込み、脳髄をいじくりにいじくって、考えに考えて——直江津高校の体育倉庫を、一時避難所に選んだのだった。

一時避難所——全くの一時避難だったけれど。

しかし、鉄扉に阻まれ、そして窓のないこの体育倉庫は、日中であれ僕——吸血鬼が身を隠すには、それなりに適してはいるようだった。苦し紛れにしては、そう悪くない場所だったろう。ドラマツルギーと戦ったあの日、諦めずに鉄扉を無理矢理にでも修理して、はめ直しておいてよかったと心から思った——いや、思わなかった。

いいことなんてひとつもなかった。

全部間違っていた。

「う……うううううううううううううう」

がちがちと——歯が鳴りっぱなしだ。

身体の震えが止まらない。

どうして。

どうして。

どうしてそんなことに気付かなかったのだろう。

キスショット・アセロラオリオン・ハートアンダーブレード——吸血鬼。

吸血鬼。

太陽に弱い。

十字架が苦手。

銀の弾丸が苦手。聖水が苦手。大蒜が苦手。

毒が苦手。

心臓に杭を打ち込まれると死ぬ。

影ができない、鏡に映らない。

牙。

不死身。半永久的な回復力。

暗闇でもよく見える眼。

変身能力。

その血には治癒能力がある。

そして——人間を食べる。

「ううううう……うわあああああああああっ！」

唸っても唸っても——

湧《わ》き起こるのは後悔ばかりだった。

頭の中に手を突っ込んで、ずっと自分の脳をいじり続ける——どこで間違って、どんな風に間違ってこんなことになったのか——考え続ける。

でも。

やっぱり、全部間違っていたのだった。

「うううう……うううううううううううっ」

吸血鬼にとって、人間は食事。

上位の存在の彼らにとって下位の存在の人間は、食物連鎖のピラミッドの、一段下。

それは。

最初に、わかっていたはずのことだろう？

事実——彼女は僕を殺そうとしたじゃないか。

彼女は僕を食べようとしたじゃないか。

僕の血を飲み干そうとしたじゃないか。

取るに足りない人間ごとき。

そもそもは僕だって——

彼女にとっては食料だったのだ。

通じ合ったつもりになっていても。

こっちが勝手に絆を感じていても。

所詮――食べ物なのである。

「…………」

キスショットにとって――人間は誰も。

人間はどれも、同じく等しいのだろう。

勿論、忍野のスキルは評価していた。

奴にはそれだけのスキルがあった。

あるいは、僕の見ていないところでそんな話をしていたのかもしれない――とさえ思うが、それでも、人間は人間だ。

食べ物は食べ物だ。

忍野だってそれはわかっていた。

その証拠に――キスショットが完全体となり、吸血鬼としてのスキルを取り戻す前に――彼は廃墟を去っているではないか。

そして。

よくよく思い出してみれば――キスショットは羽川とは、ほぼ口を利いていない。眼に入っていない――どころではなかった。

そりゃそうだ。

キスショットにとって羽川は食べ物だった。

彼女を僕の友達じゃなくて——

彼女を僕の携帯食としてとらえていたのだ。

吸血鬼たる僕の、携帯食として。

あるいは、吸血能力が戻っているときに羽川と会っていたら、羽川はそのスキルの犠牲になっていたのかもしれない——そう思う。

ギロチンカッターのように。

ばらばらに刻まれ、食べられていたかもしれない。

「聖職者はまずいと相場が決まっておるのじゃが——しかしなかなかの美味《びみ》であったわ。好き嫌いはないつもりじゃったが、しかし空腹は最高のソースとはよく言ったものじゃのう」

「いや……」

口元についた血と肉片をべろでなまめかしくぬぐう彼女に、僕は——振り絞るようにして、言った。

勇気と。

そして恐怖を。

振り絞るようにして、言った。

「……に、人間を食べちゃ——駄目だろ」

「ん？」

本当にわからないらしく。

キスショットは、大いに首を傾げるのだった。

「しかし従僕よ、食べなければ死んでしまうぞ?」

その通りだ。

その通りだった。

非常にわかりやすい理由だった。

シンプルにも程があった。

そしてその理由に、キスショットはまるで何の疑問も抱いていない——元人間の僕、これから人間に戻そうという僕を、いちいち説き伏せようとさえしない。

一般常識だと思っている。

一般常識なのだろう。

ずっと——食べてきたのだろう。

彼女は人間を食べてきたのだろう。

食べ続けてきたのだろう。

吸血鬼。

一人目の眷属——そして二人目の眷属。

五百年生きて、血を吸った相手がその二人だけのはずもない——そしてそれ以外の人間は、全てああいう風に、ばらばらにして、肉も骨も残さずに食べてきたのだ。

それが眷属を造らない場合の、彼女の栄養補給。

聞けば。

吸血鬼が血を吸えば、人間は例外なく吸血鬼になるというのは——それはまるっきり嘘ではないらしい。血を吸った後、しかるべき処理をしなければ、やはり誰しも、吸血鬼化してしまうそうなのである。

一滴でも血を吸えば。

人は必ず——吸血鬼となる。

そしてしかるべき措置《そち》というのが——肉片も残さず、その人間の身体を食べることなのだそうである。それによって、より多くの栄養を、吸血鬼は得ることになるし——血を絞られた人間の死体も、吸血鬼化をまぬがれる。

そういうことなのだそうだ。

僕は血を吸われただけだから——吸血鬼になった。

そしてギロチンカッターは。

食事として——肉まで喰らわれた。

しかしそれはギロチンカッターに限らず、キスショットがこの五百年、ずっとやってきたことなのだった。

当たり前の。

考えるまでもないそんなことから——僕は気付かず、気付こうともせず、ただただ眼を逸らし続けてきた。

そうだ。

僕が何もわかっちゃいなかっただけだ。

最初に会ったときでさえ、あんな瀕死の状態でさえ、キスショットはどうして死にかけの自分を、僕が助けようとしないのか——最初は、全然わかっていなかった。
どうして助けてもらえないのか。
わかっていないようだった。
食料の人間が——どうして吸血鬼を助けないのか。
捕食者と被捕食者。
それだけの関係しかないというのに。
「う、うううう……ああ」
ギロチンカッター。
嫌な男だった。
卑怯で卑劣な、人間の風上《かざかみ》にも置けない男だった。
それでも——
殺されていい人間ではなかった。
羽川が酷い目に遭わされたけれど——あれだって、僕の所為《せい》だったのだから。
僕が吸血鬼だった所為なのだから。
ギロチンカッターは。
理由はどうあれ、やり方はどうあれ、化物退治をしようとしただけなのだから。
「い……嫌だ。嫌だ、嫌だ、嫌だ……嫌だ。考えたくない——考えたくない！」
手を脳髄から引き抜いて——そのまま僕は頭を抱えた。
「嫌だ！」

しかし、僕の脳は考えるのをやめない。

ギロチンカッターだけのことではなかった。

ドラマツルギー。エピソード。

既に故郷に帰ったという彼らだって、吸血鬼退治が目的で——その目的を阻害したのは、他ならぬ僕なのである。

折角。

彼らが苦労して奪ったキスショットの四肢を——僕は彼らから奪い返してしまったのだ。そして、こともあろうか、あの伝説の吸血鬼を、完全なる状態へと——復活させてしまった。

ギロチンカッターは言うまでもなく。

今後キスショットが人間を食べれば——食事をとれば、それは全て僕の責任なのだった。

羽川が食われても。

妹達が食われても。

両親が食われても。

それは全て——僕のせいだ。

僕が彼女を助けた所為だ。

手足、それに心臓のことだけじゃない。

そもそも最初のあの日、あのとき。

あの街灯の下で、キスショットのことを助けなければ——あのまま彼女を見捨てることができていれば、話はそれで終わっていたのである。

あのときキスショットを見捨てられなかったのは——こうなってしまえばわかる、僕の心の弱さだった。

羽川のような強さとは違う。

忍野が気持ち悪いと称した、僕が怖いと思った、彼女のような優しさとは似ても似つかない、そんな弱さだ。

それこそ、自己犠牲ならぬ自己満足である。

ちゃらんぽらんに生きてるからって——ちゃらんぽらんに死んでいいわけじゃないだろう。

僕がそんな風に、吸血鬼に食われて死んで。

たとえば妹達がどう感じたと思う？

泣かなかったとでも、思うのか？

「——げ、えふっ！」

吐きそうになって、何とかこらえる。

泣きそうだったが、それもこらえていた。

こらえるのは、一旦堤防が壊れるとどうなるのか、全くわからなかったからだ——自分が制御できなくなるのが怖かった。

今は。

少しでも自律性を保っていたかった。

キスショットと、もう何を言ったのかもわからないくらいの言い合い、言い争いになって——僕は結局学習塾跡を、行くあてもなく飛び出した。

そして辿り着いたのがこの体育倉庫。

記憶の中にあった唯一の暗闇である。

外ではもう太陽が昇っているだろう――春休みとは言え、部活動の連中は学校に来ることもあるのだろうが、幸い今日は春休み最終日。部活動は禁止されていたはずだ。

運動部の生徒がこの体育倉庫を開ける心配もない。

勿論、念のために内側からバリケードを作っているが。

「僕のせいで」

考えていることが。

意識しないのに、口の端から漏れた。

「僕のせいで、これからも人間が――食われ続ける」

誰にも止められない――あの吸血鬼に。

鉄血にして熱血にして冷血の吸血鬼に。

キスショット・アセロラオリオン・ハートアンダーブレードに！

「僕のせいで――僕のせいで、僕のせいで！」

考えてみれば。

やっぱり、忍野には、この展開は読めていたのだ。

そもそも、バランスがどうとか言っていたが、最初にキスショットから心臓を奪う際、彼は誰からも依頼を受けていないはずである――あの三人と対面したのは、その後のことなのだから。

ならら、それは自主的な判断だったのだ。

仕事を逸脱した行為だったのだ。

あちらとこちらの橋渡し。

それはつまり——少なくとも彼は人間サイドの判断として、キスショットから心臓を奪ったということなのだろう。

あえて退治まではしない。

バランスを取るのが彼の主義だから。

日和見主義——キスショットが忍野を示してそう言っていたのを思い出す。

そうして取ったバランスを——僕が崩したのだ。

キスショットが眷属を造ることが予想外だったなら、瀕死のキスショットを助ける人間がいることも予想外だったに違いない。

僕の愚考《ぐこう》、僕の愚行《ぐこう》は——

誰にとっても想定外だったのである。

三人の努力を水の泡にして。

心臓を奪った忍野まで引き込んで。

話をややこしくしたのは僕じゃないか。

誰かに仕組まれているようだ、だって？

何を馬鹿なことを言っているんだ——仕組んだのは、これじゃあ僕のようなものじゃないか。この状況は、全てが全て、あますところなく完璧に——僕のせいじゃないか。

僕の軽はずみな行動が。

死にかけた吸血鬼を見捨てられないという心の弱さのしっぺ返しが――これだ。

ギロチンカッターは死んだ。

食われて、死んだ。

頭をかじられ、頭蓋骨《ずがいこつ》ごと脳を食われていた――もうどうやっても生き返らない。吸血鬼の血を使おうがどうしようが――生き返らない。

死んだ。

死。

もうどうやっても取り返しがつかない。

「なんでこんなことに――」

そしてギロチンカッターは、終わりではなく始まりだった。吸血鬼、キスショット・アセロラオリオン・ハートアンダーブレードにとっての、新しい出発点にしか過ぎない。

彼女はこれからも――『普通』に、食事を続けることだろう。

普通は苦痛。

そんな言葉を誰かから聞いた気がする。

彼女を止めることは、もうできない――三角の重要な頂点であったギロチンカッターは食べられてしまったし、まして本来ならば三人がかりでも勝てる相手ではなかったのだ。

ドラマツルギーも。

エピソードも。

どれだけ仕事であろうとどれだけ私情であろうと、最早完全体となったキスショットを相手取ろうとはしないだろう——そう思うと、単身でキスショットに挑んだギロチンカッターの使命感は、それだけで大したものだったのだと思い知らされる。

決して褒められた男ではなかったけれど。

それでも、それが人間の力だったのだ。

返り討ちにされても——それは色褪《あ》せない。

色褪せるのは——僕のほうだった。

忍野メメは——キスショットから気付かれることなく心臓を奪うことのできた忍野なら、あるいはキスショットを止めることができるのかもしれないが、多分彼はやらないだろう。

バランスは既に取り終わっている。

ゲームも。

局面も、既に終わっている。

人間は、負けたのだ。

キスショットに——負けたのだ。

もとより僕が、この僕が、どの面を下げて言うことができるのだ——今更、キスショット・アセロラオリオン・ハートアンダーブレードを止めてくれだなんて。

言えるわけがない。

口が裂けたって、言えるわけがない。

「——もう、嫌だ」

この春休み。

この春休みにやってきたことがまさか全部間違いだったなんて——思いもしなかった。色々紆余曲折あったけれど、振り返ってみれば、そんな悪くない春休みだったように思えたのに——そんな悪くなかったはずなのに——

実際は最悪の春休みだった。

ただの地獄だった。

地獄のような、冗談でしかなかった。

僕は何もわかっちゃいない愚者《ぐしゃ》だっただけなのだ。

「嫌なのに」

それでも。

僕の中には——まだもうひとつ、燻《くすぶ》っているものがあった。

後悔することで、反省することで、何とか目を逸らそうとしている——恐ろしい事実があることに気付いてもいた。

けれど眼を逸らすのも限界だった。

そうなのだ。

それもまた、明白なことなのだ。

「嫌なのに、僕だって」

明白過ぎて——わかりきっていることなのだ。

「僕だって——吸血鬼だ」

どれだけ吸血鬼という存在を恐れ、忌《い》み嫌い、憎んだところで——僕自身は、その吸血鬼という存在なのである。

そう。

忍野の台詞が重くのしかかる。

僕の心に重くのしかかる。

僕の胃に——重くのしかかる。

——ああそうそう。

——阿良々木くん、これはただの興味から訊くんだけど——

——最近、おなかすかない？

「…………っ！」

小腹が——すいている。

空腹を、今の僕は憶えている。

——あっそ。

——でもさすがに——

——そろそろおなかもすいてくる頃だろうと思うよ。

——何せ、もう二週間になるもんね——

「畜生、畜生、畜生、畜生……っ！」

今は——まだ我慢できる。

ちょっとした空腹くらいのものだ。

だけど——忍野のあの暗示が、今の状況を示唆しているというのならば——僕はその内、人の血を吸いたいと思うようになる。

吸血衝動を覚え。

人間を食べたいと思うようになる。

だって——僕自身が化物なのだから。

上位の存在なのだから。

「畜生！」

一人目の眷属。

彼がどんな男だったのかは知るすべもないが——彼がただの数年で自殺した理由は、およそそんなところだったのだと思う。彼は僕とは違うのだろうけれど——やっぱり僕と同じだったのだ。化物に成り下がる——否、化物に成り上がる自分に、耐え切れなかったのだろう。キスショットには、やはりその感情はわからなかったようだが——わかるはずもない。

それは人間の感情だ。

そして、それから四百年。

二人目の眷属の僕も——同じ目に遭っているのだった。

「はっ……はははは」

ついに——笑い声が出るようになってしまった。

笑うしかない。

考えてみれば、これはかなりの滑稽譚《こっけいたん》だ。

笑い話としては上出来だろう。

右往左往した挙句、結局最後には、その全てが間違いだったことを思い知らされるのだから——今回の件に観客がいたとするのならば、僕はかなり腕のいい道化師だったことだろう。

間抜けにも程がある。

間が抜け過ぎて——面白いくらいだった。

「どうするんだよ、これ——死ぬしかないじゃん」

それは。

当然というなら、当然の発想だった。

まるで無駄なことだ。

今更。

今更僕は、人間に戻りたいとは思わない。

これだけのことをしでかして、その上で自分の望みだけを叶《かな》えようなんて、そんな虫のいいことは思えない——違う。

こんなのは綺麗ごとだ。

僕はきっと、そんな殊勝なことを思っていない。

ただ——怖いのだ。

人間に戻って——その瞬間、キスショットに食われてしまうのが、怖いのだ。

そうに決まっている。

食物連鎖の下側に落ちることを怖れているだけだ。

でも、だからって吸血鬼ではいられない。

血を吸うのも人を食べるのも嫌だ。

不死身の肉体さえ、今は忌まわしい。

だから。

「死ぬしかない」

ちゃらんぽらんに死ぬのではなく——ちゃんと死ぬ。

吸血鬼の死因の九割——である。

退屈で死ぬのとは違うけれど。

でも、罪悪感は人を殺すのだ——だから。

一人目の眷属と同じく、死を選ぶしかないじゃないか——もう僕に残された道は、それしかない。

いや実際——どうしてこんな風に、体育倉庫の中に隠れてしまったのだろうか。そんなことをして、どうしてこの日中を、僕は生きようとしてしまったのか。

そう、たとえば。

たとえば今、バリケードを解いて、鉄扉を開いて、グラウンドへと身体を躍らせれば——それで死ぬことはできる。

自殺志願——そう言われたのだっけ。

それは勿論、キスショット・アセロラオリオン・ハートアンダーブレードの眷属としての回復力だ、太陽の下に身を投げたところで、そう簡単には死なないだろうが——蒸発と回復をただただ繰り返すだけだろうが、それでも。

日没までには死ねるだろう。

服を脱いで、裸で、全身で日光を浴びればきっと――人生、最初で最後の試みとなるストリーキングだ。

怪異の王《ノーライフキング》ならぬ裸の王様《ストリーキング》か。

笑えない冗談だ、と僕は思う。

だから僕は基本的に突っ込みなんだって。

「……あーあ」

失敗したなあ。

本当に、失敗したなあ。

もっとうまくやれると思っていた――うまくやっていると思っていた。

でも、現実はこの有様だ。

ざまあない。

死ぬしかなくなってやんの。

「……ああ、そうだ」

そう決めた途端。

憑き物が落ちたかのように、僕は冷静になれた。

家に電話しなくてはならないと思う。

すっかり頭から抜けていたが、僕は自分探しの旅に出ていることになっていたのだ――実際は、なんのことはない、自分を見失っていただけなのだけれど。

いや――連絡しないほうがいいか？

これから死ぬなんて、果たしてどんな風に伝えればいいんだ——理由も絶対に言うわけにはいかない。ならばこのまま、自分探しの旅に出たまま、長兄は行方不明になったということで、通したほうがいいような気もする。

どう受け取られるかはわからないけれど、まあ両親はともかく、妹達は笑い話にするかもしれない——家出少年。

プチ家出とかじゃない、マジ家出。

まあそれもいいんじゃないか、と思う。

「でも、羽川には——言いたかったよな」

そして、言うべきなのだろう。

あそこまでかかわった羽川が、あそこまで巻き込まれた羽川が、このまま何も知らずにいていいわけがない——しかし、残念なことに、僕には今、太陽の光から、そしてキスショットから逃げるように飛び込んだこの体育倉庫から、羽川に連絡をとる手段はないのだった。

携帯番号もメルアドも、僕が自ら消去した。

彼女の目の前で。

彼女を傷つけるために、消去した。

以来、羽川と出会い直してからも——連絡先は、気まずくて訊けていない。そんなものは、僕が一方的に感じているだけの気まずさなのだろうけれど——それも今にして悔《く》やまれる話だった。

どれだけチキンでヘタレだというのだ。

数学は得意でも数字に強いわけではない、十一桁《けた》の番号の並びなんて覚えているわけもないし、ましてアルファベットのメルアドなど絶望的だ。一回でも連絡を取っていれば履歴に残るはずなのだが――僕は羽川に一度も連絡をとっていなかったし、羽川もまた、僕に連絡を取ってきてはいない。考えてみれば、あのやり方では羽川のほうには僕の番号もメルアドも伝わらないのだ。

彼女もまた、僕の連絡先を知らない。

あのとき教えていればな。

……あのとき教えていれば、なんだ？

このタイミングで、羽川のほうから電話をかけてきてくれるとでもいうのか？

馬鹿馬鹿しい。

いくらあいつでも、そんな超能力者みたいなことはできないだろう――そんなご都合主義な展開があるわけもない。

神様がそんなご都合主義なら、僕はこんな目に遭っていないし――あんな失敗をしでかしちゃいないはずなんだ。

無駄な足掻《あが》きだと思いながら、しかしとりあえず、現在時刻の確認の意味も含めて、携帯電話を取り出した。

現在時刻は午後五時だった。

十二時間以上も、僕はここにこもっていたらしい――そんな実感はまるでないけれど。しかし、そんなどうでもいいような現在時刻は、僕の視界に入りはしても、頭に入りはしても、ただそれだけのことだった。

それよりも、アドレス帳を開くという無駄な足掻きが――無駄でなかったことが、僕の心に鈍器で殴りつけたような衝撃を与えていた。

そこに。

羽川翼の名前があったのである。

「……だから」

僕は、声を漏らす。

不覚にも、こんな状況であるにもかかわらず、感動してしまっていた――まさかこの僕が、携帯電話の無機質な画面を見て、感動するなんてことがあるとは思わなかった。

いいことなんてひとつもない。

悪いことばかりの春休みだと思っていたのに。

「勝手に人の携帯、いじんなっつーの……！」

機会はいつでもあっただろう。

エピソードとの戦いの際、このグラウンドにまで携帯を届けにきてくれたときでもいい、そうじゃなくてもいつでもいい。基本的に僕は携帯電話の管理にはおおらかだ、パスワードもかけていない。だって、個人情報なんてほとんど入っていないのだから――だけど。

からっぽだったアドレス帳には。

今再び、羽川翼の名前が登録されていた。

番号も――メルアドも。

「………っ」

それでもいいと思っていた。

羽川に言いたいし、言うべきだとも思っていたけれど、言えなかったとしても、それはそれでいいのかもしれないと、どこかで考えてしまっていた。

何も知らずにいていいわけがないけれど。

何も教えたくないとも思っていた。

だから——ご都合主義とか言って、僕にとってはそちらのほうが都合がよかったのかもしれない。

けれど、無理だ。

こうなってしまえば、僕のするべきことは決まっていた。

いや——自分で決めたのだ。

僕は羽川にメールを打った。

電話だと、泣いてしまうかもしれないから。

春休み最終日、羽川は一体何をしているのだろうか——図書館で勉強かな？　しかし、図書館がどこにあるのか僕は知らないが、もしもそうだとしたら、携帯電話の電源を切っている可能性があるな。

まあいいさ。

返信を気長に待とう。

と思っていたら、すぐに返信があった。

確認すると、そのメールの受信時刻は僕がメールを送信した時刻と全く同じだった。一分のズレもない。

嘘だろ……。

最大でも六十秒以内に返信したってことだぞ、これ。

そんな簡潔な内容の返信なのだろうかと思って本文を確認すると、それは『拝啓《はいけい》』から始まり『草々不一《そうそうふいつ》』に終わる、本格的な手紙だった。

すげえ。

女子はメール打つの、確かに速いらしいけど……。

そう言えば、終業式の日、最初に僕の携帯電話に自分の個人情報を登録したときも、羽川の打鍵はかなりの速度だったけれど……改めてすげえ。

て言うか、僕はほとんど家族としかメールをしないから知らなかったけれど、メールってここまで畏《かしこ》まった文章で書かなくちゃいけないものだったのか……もっとフランクなツールだと思ってた。

ともかく、羽川から来たメールは要約すると、『すぐに行くから待ってて』という内容だった。結局うまくまとめられず、僕はことの概要のみしか送ることはできなかったが、さすがは羽川、あれだけで全てを察したらしい。

本当に。

僕じゃなくて羽川が——キスショットと出会っていればよかったのにな。噂をすれば影がさす、だっけ？　吸血鬼の噂をしていたのは、羽川だって同じなのに——羽川が行き遭ったのは僕で、キスショットに行き遭ったのは僕だった。

ふと、思う。

キスショットのことは女子の間で噂になっていたという——ならば羽川でなくとも僕以外にも、他校に通う生徒も含めた女子の間で、全く別にキスショットと行き遭った者も、ひょっとしたらいたのだろうか、と。

いたとしたらどうなる?

すれ違うだけか。

それとも血を吸われ——食われたか。

そんなことがあれば大事件になるはずだ、と思う反面、身体をまるごと食べられてしまうのであれば証拠は一切残らず、家族やら、精々クラスやらでは話題にはなっても、周囲には広まりにくいものかもしれないとは思う。

自分探しやプチ家出——

むしろ、そんな風に思われるだけかもしれない。

大人数になればそうもいかないだろうけれど——キスショットは、それは吸血鬼としてのランクの問題なのだろう、そこまで大量の『食料』を必要とはしていないようだし……ありうる話か。

「二週間くらいって、忍野は言ってたよな。だとすると、キスショットの場合は一ヵ月に一人くらいなのかな……なら、犠牲者はギロチンカッターを含めても、まだ二、三人くらいか……?」

数の問題ではないけれど。

それなら——露見《ろけん》もしない。

「……なんだろう。また何か、見落としているような気がするな——」

見落としているというか。

やり残しているかのような。

羽川に連絡が取れた今、僕にやり残していることなんて、何もないはずなのに——と。

そのタイミングで羽川はやってきた。

体育倉庫の鉄扉をノックする音。

こんこん、と。

「女の子の届け物です」

「…………」

いや、笑えねえ。

気遣いの方向性が間違っていた。

ともあれ、僕はバリケードを解除して（吸血鬼の腕力なので、作るのも崩すのも簡単だ）、なるべく扉を開けずに身体を横向きにして這入るように羽川に言ってから、羽川が這入ってくるとき同時に入ってくるであろう太陽光が当たらないよう、壁に身体を引っ付けた。そろそろ日没の時刻ではあるが、まだ夕日は残っているだろう。

太陽光はいずれ浴びることになるが。

全身くまなく日光浴をすることになるが。

しかしそれは、羽川と話したあとの話だ。

羽川は今日も制服姿だった。

この女は僕に私服姿を見せる気がないのだろうか……あるいは僕に私服姿を見られるのがそんなに嫌なのだろうか……いや、別にそんなところにこだわりはないのだけれど。

にへら、と羽川は笑った。

いつも通りの笑顔だった。

それもまた——気遣いなのだろう。

「なんだかなー」

しかも、再び鉄扉をバリケードで塞ぐ作業をしている僕の背中に、やけにテンションの高い感じの口調で、こんなことを言う。

「うまいこと体育倉庫に閉じ込められちゃったみたい。阿良々木くんにいやらしい悪戯とかされたらどうしよう」

「……悪戯って」

こいつ……。

ひょっとして僕のことを、かなりのエロ野郎だと思っていないか？　いや確かにそういう面は多々《たた》見せたかもしれないけれど、決してそんないやらしトークが好きな人間ではないんだぞ？

むしろ紳士だ。

「懐中電灯、オン」

点灯させて、それを跳び箱の上に置いた。四角い形の懐中電灯なので、転がったりはしない。それから、羽川はマットの上に座った。僕はその正面に座る。

「あー。正面座ってパンツ見ようとしてる」

「お前は僕という男を誤解している」

スカートの裾を引っ張るような仕草《しぐさ》をする羽川に、とうとう僕はこらえきれずに言った。

「僕はたとえ目の前に裸の女の子がいたとしても、その子が見ないでと言ったら見ないことができる男だ！」

「それは普通」

「くっ……！」

マジかよ。

世間の常識はいつ変わったんだ。

「いや、羽川、僕がどれほどのジェントルメンなのか、お前は知らないだけなんだよ」

「ジェントルメンは複数形」

羽川は言う。

「まあ、それが本当なんだったら、私としては楽しみだよね」

「楽しみって何が」

「新学期になったら、私は阿良々木くんのジェントルなところを、いっぱい見られるってことでしょう？」

「…………」

つーか、よお。

勘、良すぎるだろ――お前は。

メールでは、僕はそんなこと、おくびにも出さなかったのに――そのことは最後まで、伏せておくつもりだったのに。

羽川は絶対に止めるだろうから。

「だから、死んじゃ駄目だよ」

「……羽川」

「死んじゃ駄目」

言う。

暗闇の中で、はっきりと僕を見て。

「そんな風に考えるのは、心が逃げてる証拠だよ」

「……お前は、すげえよ」

僕は——羽川の言葉を噛みしめて、それから、思ったことをそのまま言った。

「お前は、すごい。お前を前にしていると——自分が酷くつまらない人間のように思えてくるよ。多分お前に会ってなかったら、僕はもっと早く死んでたと思う。そうなりそうな場面はいくらでもあった」

「いやだから、死んじゃ駄目だって言ってるじゃない——私の話、聞いてよ」

「全部、僕の所為なんだよ」

僕は言った。

もうそれは懺悔《ざんげ》のような気分だった。

「僕の軽はずみな行動が、こんな結果を生んじまった——僕はさ、あのとき、キスショットに血をやったとき、こんなことになるなんてまるで思っていなかった——ちょっと考えればわかりそうなものじゃないか。吸血鬼に血を与えるってことが、どういうことなのか——それなのに僕は」

あいつが——人を食うなんて。

その犠牲者が出るなんて。

ちっとも、思っちゃいなかった——そう考えることから、逃避していたのだ。その後だって、いくら吸血鬼になってしまい、自分のことで手一杯になってしまったとは言え——考える時間はたっぷりあったはずなのに。

いや。

そもそも、僕は最初に言っていたのだ。

終業式の日、羽川に対して。

僕のほうから言ったのだ。

血を吸われて——殺されちゃうんだぜ、と。

まさにその通り。

ギロチンカッターは、血を吸われて。

殺されたのだ。

死んだのだ。

わかっていたはずのことを——

僕は、わかっていなかった。

「僕のせいで、人が死んだ」

「阿良々木くんのせいじゃないよ。それに……きっと、吸血鬼……ハートアンダーブレードさんにとってはそれは、とても当たり前のことなんだろうね。私達が、牛さんや豚さんを食べるのと同じ——ことなんだよね」

「…………」

食べないと死んでしまう。

そう言っていた。

「でも——あいつはお前のことも、僕の携帯食だと思っていたんだ。お前を数に入れて——数えていなかった」

「でも、阿良々木くんに対してだけは違ったよね」

命の恩人。

互いが互いの命の恩人。

僕はキスショットを助け——

キスショットは僕を助けた。

信頼関係は、ならばあったのかもしれない。

しかし、それは。

「頭のいい牛を可愛がってるようなものだったんだろ……ほら、牛じゃなくても、よくいるじゃないか——天才犬とか、天才猿とか」

「ペットってこと?」

羽川は合いの手を入れる。

そうだ。

確かに、忍野も——そんなようなことを言っていた。

ペットに向けるような愛情——

「でも、それも、向こうからしたら当たり前のことなんだよね——私のことを含めても」

「ああ。だからキスショットは悪くない。悪いのは僕だ。僕が悪い——他には誰も悪くない」

「私は、阿良々木くんが悪いとも思わないけれど。善《よ》し悪《あ》しなんて、立ち位置ひとつで百八十度変わっちゃうもんだよ」

「その通りだ」

それも——忍野は言っていた。

正義の定義は人それぞれ——だと。

だから忍野は。

中立の立ち位置を——頑《かたく》なまでに選ぶのだ。

「まさか、思わなかったよ——ドラマツルギー、エピソード、ギロチンカッター。あの三人が——人間側の正義だったなんて」

「そのときの阿良々木くんは吸血鬼だったんだから——仕方ないことだよ。……って言っても、そう簡単には割り切れないよね」

「難しくも割り切れないよ。僕は人間の敵になってしまった」

「だから、人間に戻るのは諦めるの?」

羽川は言う。

詰問するような口調ではないが——それは今の僕にとっては厳しい質問だった。

「阿良々木くんは人間を諦めたの? 人間に戻りたいって——現実に戻りたいって、そう言ってたじゃない」

「犠牲者が出てしまったんだ。今更僕だけが望みを叶えるなんて、あまりにも虫がよすぎるよ」

「虫がいいって言うなら、今の阿良々木くんのほうが虫がよくない?」

「え?」

「だって」

眼鏡の位置を確認するようにして、一拍呼吸を置いてから——羽川は言った。

「自分がしでかしたことを全部投げ出して、逃げようとしている」

「……いや」

そうじゃない、と言おうとしたが、言葉がうまく出てこない。

羽川はそこに重ねた。

「心も逃げてるし、身体も逃げてる」

「…………」

「ここから、逃げようとしている。失敗したからって、全部リセットしようとしている。人生にリセットボタンがないからって——コンセントから引き抜こうとしている。違う？」

「……違うよ」

違う。

そう思う。

「逃げたいんじゃなくて、責任を取りたいんだよ。この不死身の命を自ら絶《た》つのが、僕にとってのせめてもの罪滅ぼしだ」

「罪に罪を重ねるだけだよ」

羽川は言う。

「自殺は罪だよ」

「なんだよ……羽川は、自殺反対派？」

「はっきりとそういう立ち位置を取るわけじゃないけれど、その辺については、きっと阿良々木くんと同じかな」

「同じ？」

「人が死ぬのは気分が悪い」

含みを持たせて、続ける羽川。

「自分が死ぬのはいいけれど——人が死ぬのは気分が悪い」

「……………」

「たとえ、それがどんな人間であっても」

「……ギロチンカッターのことか」

僕は彼のことを思い出す。

といっても、接点はただの数回だけれど。

「死ぬべき人間はいる——でも、死んでもいい人間なんているわけがない。そういう風に僕は思う。それが僕の定義だよ。そして、それで言うなら、僕はもう、死ぬべき人間だ」

「今の阿良々木くんは人間じゃないでしょう」

「それはただの揚《あ》げ足《あし》取りだな」

「足も取るよ。友達のためなら」

「羽川」

僕は言った。

こんなことは、羽川相手には言うまでもないことで、言ったとしても何らかの反論を受けて、言い負かされてしまうんじゃないかとも思うが――

それでも言った。

「確かに今の僕は人間じゃない、吸血鬼だ。だから――僕もキスショットと同じように、人を食べるんだよ」

「…………」

「ちょっと想像してみたけれど……考えただけで気分が悪くなるよ。人を食べてまで、僕は生きていたくない」

だから死ぬしかないんだ、と僕は言った。

人間に戻らないなら――死ぬしかない。

「僕はお前と違って弱い人間だから、今死なないと、きっとずるずるいっちまう――いずれ食欲に勝てなくなる」

携帯食。

キスショットの言葉である。

「羽川――お前のことも、いずれ僕には、食べ物にしか見えなくなる」

それが怖い。

ギロチンカッターの死体も怖かったけれど――僕にはキスショットが羽川をそう評したこともまた、怖かった。

その認識。

その常識は、いずれ僕の常識になる。

人間だった頃の常識が抜けて——吸血鬼の常識が身についてしまったら。

きっと僕は羽川が食べ物にしか——見えなくなる。

彼女を、食べたくなってしまう。

「だったら、食べなよ」

羽川は。

しかし、僕が思っていたような反論など一切せず——僕を言い負かそうとなんてまるでせずに、落ち着き払った口調で、そう言った。

「阿良々木くんは、私を食べていいと思う」

「……何言ってんだ？　お前」

本気でわからなかった。

言っていることじゃなくて、羽川の気持ちが。

「相手のために死ねないのなら、私はその人のことを友達とは呼ばない」

「……いや」

さすがにその定義は乱暴過ぎる。

誰がそんな定義についていけるというんだ。

「そうだね。だから言ったでしょ？　本当の私を知ったら幻滅するって」

羽川は笑顔を浮かべて、そんなことを言った。

「……お前一体、何なんだよ」

「んん？　阿良々木くんの友達。の、つもりだけど」

「それだけで普通、ここまでかかわってくるか？　なんで僕なんかのためにそこまでできる――それともお前は僕が小学生の時に助けた猫の生まれ変わりとか、引っ越していった幼馴染《おさななじみ》とか、前世での戦友とか、そういう奴なのか？」

「いえ全然」

「だよな」

ちなみに猫を助けたことなどない。

引っ越していった幼馴染もいない。

前世のことは知らないが。

「前にも言ったけど――会ったばかりの僕のために、どうしてそこまでできるんだよ。誰にでもそんなことをしてたら、身体がいくつあっても足りないだろう」

「誰にでもなんてしないけど」

羽川は言う。

「阿良々木くんだから、してるんだよ？」

「お前がそこまでしてくれても、僕は未成年だから、お前の連帯保証人にはなれないんだぜ？」

「いや、そんなことは企んでません」

「たとえ成人したところで、どうせ無職だから、やっぱりお前の連帯保証人にはなれないんだ」

「別の問題として、それは就職してほしいけれど」

「そんなこと言われても困るよ！」

「確かに困るのは阿良々木くんだろうけれど……」

大体、と羽川は続けた。

「阿良々木くんひとりを助けるためだったら、身体なんて、ひとつあったら十分だよ」

「……自分が死ぬのはいいけれど——か？」

「死にたくはないけれど、でも、阿良々木くんは私の命を二回も助けてくれたんだから——私は阿良々木くんに食べられても、多分文句は言わないよ」

痛いとか、そういうことは言うと思うけど。

羽川はそんな暢気なことを言った。

言い負かされたわけでもないのに——

僕には言葉がなかった。

こいつは——本当に、すごい。

正直、意味がわからないくらいに。

「だから、死んじゃ駄目」

羽川は改めて言った。

「死なないで」

「……責任は、どうなる？」

僕は——訊くともなく訊いた。

「瀕死のキスショットを復活させてしまったのは僕だ——ご丁寧に手足をかき集めて、頼まれもしない心臓まで取り戻してな。その責任はどうなる？　死ぬことが逃げることなのだとしても、じゃあ死ななければ、僕には責任が取れるのか？」

「じゃあ死んだら責任が取れるの？」

「わからないけれど」

全てはもう終わっているのだ。

今更どうしようもない――局面は変えようもない。

完全復活したキスショット・アセロラオリオン・ハートアンダーブレードを止められる者はいない。

僕の責任で復活したあいつは――臆面《おくめん》もなく人を食い続けるだろう。

これまでと同じように。

これからは僕の責任で。

「ギロチンカッターには無理だった――僕がコンビニに買い物に行っている間に、まるで間食の如く切り刻まれて食われていた。故郷に帰ったドラマツルギーやエピソードでも、絶対に相手にならないだろう。強いて可能性をあげるとするなら忍野だが――あいつは絶対にバランスを取る以上のことをしてくれない。確固《かっこ》たる一線を引いている――あいつにとってキスショットの件は、もう終わっていることなんだ。それにキスショットも、これからは易々《やすやす》と心臓を奪われたりはしてくれないだろう。もう誰にもあの吸血鬼を止められないんだよ」

「阿良々木くんにも？」

羽川は――切り込むようにそう言った。

「阿良々木くんには――止められるんじゃないの？どころか――もう、阿良々木くんにしか止められないんじゃないの？」

それは。

まるで予想外の言葉だった。

そして――僕が見落としていたことだった。

「キスショット・アセロラオリオン・ハートアンダーブレード……鉄血で熱血で冷血の吸血鬼、だったっけ？　そしてその唯一の眷属である阿良々木くんは――逆に言えば唯一、彼女を止められる存在なんじゃゃないの？」

「……あ」

見落としたこと。

そして、やり残したこと。

そうだよ。

なんでそんな簡単なことに気付かなかったんだ――ドラマツルギーにもエピソードにもギロチンカッターにも忍野にもできないことなら。

その四人から右脚を集め、左脚を集め、両腕を集め、心臓を集めた――この阿良々木暦が、やるしかないじゃないか。

僕がやればいいじゃないか。

それが――責任ということだ。

できるできないは別にして。

そうだ、僕は色々と仕出かしたけれど。

まだ何も――やっていない！

「僕が――キスショットを退治する」

口に出して言って。

それははっきりと実感を伴った。

そう。

それは——僕にしかできないことだ。

かの怪異殺しを——僕が止める！

そうするべきなら——そうするしかないだろう！

がちり、と。

頭の中で——歯車がかみ合った気がした。

「表情が変わったね」

と。

「ついでにいいことを教えてあげよっか、阿良々木くん」

羽川翼は、更に畳みかけるように言った。

「悪いことかもしれないけれど」

「うん？　いいことなのか悪いことなのかどっちだよ。よくわからない言い方をするな」

「今の阿良々木くんにとっては都合の悪いことかもしれないけれど、少し前の阿良々木くんにとっては都合のいいこと、だよ」

「余計わからなくなったが……」

「私ね、昨日、図書館に行って——調べたんだよ。一昨日の夜にギロチンカッターさんをやっつけて、パーツが揃って……まあ実際は心臓が揃っていなかったわけだけれど、これで阿良々木くんは人間に戻れるってことになったじゃない。でも——私は少し、不安になったんだよね」

「不安って」

「ハートアンダーブレードさんが阿良々木くんのことを、本当に人間に戻してくれるかどうか——不安だった」

疑ったわけじゃないけれど、と羽川。

「だから、もしも彼女が阿良々木くんを人間に戻してくれなかったときのことを考えて——他に阿良々木くんが人間に戻れる方法がないか、調べてみたの」

つまり。

吸血鬼に咬まれ、眷属と化した『元人間』の吸血鬼を、元の人間に戻す方法を——調べたのか。

「……あったのか？　そんな方法が」

「あった。ひとつだけ」

羽川は頷く。

「本来主人に従うべき従僕が、逆に主人に害をなしたとき、その主従関係は崩壊し、従僕は従僕たる資質を剝奪《はくだつ》されるんだって」

「……？　意味がわからないけれど……」

「つまり、阿良々木くんがハートアンダーブレードさんをやっつけちゃえば——ハートアンダーブレードさんの意思にまるで関係なく、阿良々木くんは人間に戻れるってこと」

「そ」

僕は。

その単純なルールに——まずはただ、驚いた。

「そ——そうなのか」

主従関係の崩壊。

今でも、もうそれは崩壊していると言えるが——それを決定的にすることで。

僕は人間に戻れる。

そういうことなのか。

「いくつかの本で同じ記述を見つけたから、信憑性はそれなりだと思う——人間に戻りたくない、死にたいっていう阿良々木くんには、それは都合の悪いことかもしれないけれど、でも、仕方ないよね。ハートアンダーブレードさんを倒せるのは、阿良々木くんしかいないんだから」

「——それは、都合が悪いな」

ああ。

結局、備えあれば憂いなしということか。

一石二鳥なんてありふれた言葉で表現することがためらわれるくらい、本当に——

「本当に——都合が悪い。全部、お前の思う通りになるってことじゃないか」

「仕組む、っていうのはこういうのを言うのよ。我ながら——えげつないとは思うけれど」

「お前は——何でも知ってるな」

「何でもは知らないわよ。知ってることだけ」

阿良々木くん、と羽川は言う。

「これで阿良々木くんは人間に戻るしかないでしょう?　ハートアンダーブレードさんを放置するな

ていうの分かってる？　責任を持つなんてことも――今の阿良々木くんにできるわけがないんだから」

「できるわけが――」

「それとも逃げる？」

羽川はとどめのように言った。

「それでもまだ逃げるって言うのなら、私はもう――全力で止めるけど」

それはいささか……勘弁して欲しかった。

勿論責任は残る――僕がこの事態を引き起こしてしまったという責任は残るし、それは永遠に消えないものだ。

けれど。

後始末をすることは――できるのだ。

後始末をすることが、できるのだ。

できるなら、やるしかない。

安易な死より。

安楽な死より、それはよっぽど罪滅ぼしだった。

僕は改めて、羽川を見た。

そして改めて、すごいと思う。

ついさっきまで、僕は死ぬことばかり考えていたのに――なんだかんだ言って、自分を罰することばかりを考えていたのに、羽川と少し話しただけで、いつの間にか、その問題を棚上げにしてしまっている自分に気付く。

羽川と話すまでは死ぬことはできないと思っていたけれど——羽川と話すことによって、逆に僕は死ねなくなってしまった。

キスショットを退治して。

そして人間に戻ったとして、その後、改めて死ぬことも——きっと羽川は許さないだろう。ありとあらゆる手練手管《てれんてくだ》を使って、僕にそんなことをさせないと思う。

厄介な友達ができた。

そして——いい友達ができた。

「だとすると、問題は——僕がキスショットに勝てるかどうかだよな」

一番キスショットに近い位置にいる吸血鬼。

それが僕だとして——しかし、そうは言っても主人と従僕という立場の違いは致命的とも言える。下克上《げこくじょう》を成立させるのは、やはり並大抵のことではないはずだ。

「それなんだよね。私は仕組みはしたものの——だけど、穴がないわけじゃないのよ。阿良々木くんが負けた場合って、少なくとも私にとっては最悪の結果なの。阿良々木くんは阿良々木くんの望み通りに死んじゃうし——それにハートアンダーブレードさんの怪異としての存在は残るし。……私はハートアンダーブレードさんに食べられちゃうかもね。携帯食として認識されているくらいだから、とりあえず顔は覚えられてるだろうし」

「そのあたりの対策とかって、ある?」

「んん?　いや、そこまでは」

羽川は困ったように、首を振った。

「貴重種っていうんだっけ。どうもハートアンダーブレードさんって、既存のどの吸血鬼とも型が一致しないんだよね。阿良々木くんや忍野さんの言う通り、不死力が高過ぎるから、弱点が弱点じゃなくなっちゃうみたい」

「基本的にそれは僕も同じだとして——問題となるのは、キャリアの違いか……」

「あとはメンタル」

「メンタル？」

「春休みの間、ずっと一緒に過ごしてきたハートアンダーブレードさんを、阿良々木くんが——倒せるのかどうか」

「…………」

看病してくれた。

つきっきりで、面倒をみていてくれた。

太陽に焼かれる僕を助けるため、自分も日の下へと身を投げ出した。

そして——命の恩人。

命を投げ出そうとした僕の命を——

彼女は、あえて、絞り尽くさなかった。

それは人間がペットに対して持つような愛情に近い——

それでも。

たとえば、屋根の上でのあの時間とか——

笑いあった、あの時間とか。

「――メンタルなら大丈夫だ」

そういう全てを含めて、僕は言った。

「僕はちゃんとあいつを、退治する」

「そう」

羽川は頷いた。

まだ何か言いたそうではあったが、しかしそれは言わずにおこうと決めたようだった。

その代わりに――「じゃあ」と言う。

「私も、勿論協力する。企画立案者の私には、そう、責任があるからね。私にできることがあるなら、遠慮しないで言って」

「遠慮しないで――か」

「あはは、まあそうは言っても、あれ以上エッチなサービスなんて、私には思いつかないけどねー」

話がひと段落ついたところで、果たして雰囲気を変えようとしてなのかどうなのか、そんな風に快活に笑う羽川――いやいや。

だからそれは誤解だって……全くもう、あの辺の物言いは、話をうまく運ぶための導入部ではなかったのか。

なんでそういう方向に協力しようとしているんだ。

作戦を立てるとかで協力してくれよ。

全く、この紳士たる阿良々木暦に対し、何を馬鹿なことを言っているのだろう、遠慮しないで、だなんて――

「羽川」

「何？」

首を傾げる羽川に、僕は極めて紳士的に言った。

「胸を触らせてはもらえないだろうか」

「…………」

羽川の表情が首を傾げたまま凍りついた。

それでも笑顔を保っているのはさすがだった。

重苦しい空気が体育倉庫を支配する。

雰囲気が重くなってどうするのだ……。

「胸を」

「いや、聞こえたし」

えーっと、と羽川は上を見て、下を見て。

それからもう一度僕に向き直る。

「それはどうして必要なことなのかな？」

「どうしても必要なことだ」

僕は言う。

思い切り真面目な表情を作って。

「お前は見ていないんだったな。完全体のキスショット・アセロラオリオン・ハートアンダーブレードがどんな姿なのか」

「んん？　まあ……、でも、十二歳と十七歳の姿を見ているから、二十七歳の姿っていうのも、想像つかなくもないけれど」

「恐らく想像以上だ」

　人さし指を立てて、僕は言った。

「想像以上の胸を奴は持っている」

「……胸を」

「あの胸に気を取られている内に負けてしまうことが僕の不安だ。多分あの胸は戦闘中にすごく揺れる。だからその対策として女子の胸に対する修行を積みたい」

「おおお」

　羽川はそんな声を漏らす。

「思いのほか、下らない理由だよ……」

「い、一応理屈は通ってないか？」

「……んん」

　羽川はすっと瞼《まぶた》を閉じて、まるで頭痛をこらえているかのように、眉根を寄せる。

「……いいでしょう」

「え!?　いいの!?」

　なんで？

　今の理屈のどこに納得したんだ、こいつ!?

「ちょっと待って」

言って。

まずはスカーフを外し、スクールセーターを脱ぐ羽川——そしてスカートの内側に入れていたブラウスの裾を抜く。何をするのかと思えば、更に背中に両腕を回し、ブラウスの下に自分の手を差し込む。

数秒経過。

していると。

羽川はブラウスの内から、外したブラジャーをするりと抜き取った。慣れた手つきでそそくさとそれを畳んで、そのまま自分の座っているマットの下へと隠す。

それから、僕を見。

「さあ、触りなさい」

と言った。

「…………！」

いや、僕はそこまで望んでない！

なんだこの現状！

心の準備ができていない！

は——外さなくても！

何も外さなくとも！

「え、えええ？」

それに、なんだろう。

なんだか、スクールセーターを脱いで下着を外した途端、羽川の胸が膨《ふく》らみを増したかのように見えるのだが……眼の錯覚か？

いや、吸血鬼の眼に錯覚はない。

今の羽川は、少なくともブラウスの上から観察する限りにおいて、キスショットに負けるとも劣らない、否《いな》、あるいは匹敵せんばかりのバストを有している。

しかも形がまた素晴らしい。

下着を外して支えを失ったはずなのにまるで物理法則に逆らっている——羽川は地上の人間でありながら重力を無視できるというのだろうか。

これこそ想像以上だ。

無論、羽川にはそういった資質があると判断したからこそ、僕は羽川にこんな申し出をしたのだったが、しかしそれにしても修行だなんて、随分と失礼なことを言ってしまった。

羽川翼。

単体で十分キスショットといい勝負ができる！

まさか羽川がここまでの胸を持っていたなんて！

で、でも……？

立ち上がり、羽川は僕のほうへと歩いてきて（歩くたび、羽川の胸部が想像を超えた動きを見せるので、僕は目を釘付けにされ、金縛りにあったように身動きできなかった）、そしてすぐ前に座り——両脇に腕をそろえて、背筋をぴんと張って、ぐいっと胸を張った。

その姿勢、更に胸が大きく見える。

これぞまさしく、胸部を主張したと言えるだろう。

しかもかなり薄手のブラウスだったので、羽川の胸の全体像はほとんどと言っていいほどに明白だった。

「阿良々木くん」

「え？　あ、何？」

「揉《も》むからにはきちんと揉みなさい」

「き、きちんと？」

「六十秒以上は揉むべきだと思う」

「ろ、六十秒……」

いやいや。

ハードルが高度過ぎる。

きちんとって、どういうことだ？

いつの間にか触るから揉むに変わっているし。

やべえ、今更冗談だとは……。

大事な友達に何やらせてんの、僕。

「手加減無用！」

「お、おう！」

言われて、反射的に両手を構える。

構えるが、しかしそれ以上には動けない。

何せ吸血鬼の握力だから、本当に手加減しないわけにはいかないが、けれどどれくらいの力加減をすべきなのかわからない。そもそも上から触るのが正しいのか下から触るのが正しいのか……、まずどう第一手を打ったものなのか、そこから見当もつかない。

間違いなく手の内には収まらないよな……。

ゆえに正面からいくのもためらわれる。

いっそ横から寄せるように——いやいや。

うう、だけど、それ以上に切実な問題がある。

「あ、あのさ、羽川」

「ん？　何よ」

「後ろを向いてもらっていいかな」

僕は消え入るような声で言う。

「顔を見ながらというのは厳しいんだけど」

懐中電灯の光だけでは、羽川からは僕がよく見えないのかもしれないが、吸血鬼の僕には羽川の表情が完全に見えるのだ。

そんなもう顔を真っ赤にして。

唇を噛み締めて。

厳しいって。

「…………」

黙ったまま、羽川はこくりと神妙に頷いて、くるりと向こうを向いた。

三つ編みの付け根が見える。

じっくり見たことはなかったけれど、なんて綺麗な髪なんだ……全く傷《いた》んでいる様子がない。普段からの丁寧な手入れが窺われる。

「くっ……」

あ、でもこれも難しい。

背中を向けられたから羽川の身体を迂回《うかい》するように手を回さなくちゃならないのだけれど、そうなると、羽川が両脇にきちっと揃えている腕が微妙に邪魔だ……。

「りょ、両手を上に上げて」

「ラジオ体操ですか」

言いながら、羽川は腕を上げた。

これで道は開かれた。

そして僕はその脇の下に腕を通す——当然、ここまで来れば身体はぎりぎり密着する寸前である。いや、羽川が向こうを向いたことで、胸に触ろうとすれば自然と、羽川の身体を後ろから抱きしめるような感じになっちゃうんだけど……。

それに距離感が難しい——腕をクロスさせるべきだろうか？　いや、あくまでノーマルにいったほうが感覚がつかみやすいか。

指を開く。

さっきからまるで微動だにしない羽川——しかし後ろ姿からでも、彼女が緊張しているのがわかる。

しかし僕のほうが緊張しているのに違いない。

心臓がばくばく言っている。

「あ、あとで怒ったりしない？」

「大丈夫。怒りません」

「絶対？」

「絶対です」

「……じゃあ、そのなんだろう、万が一裁判になったときのために、『阿良々木くん、どうか私のノーブラおっぱいをモミモミしてください、お願いします』と言っておいてくれるかな？」

ぶちぃ！

と、そんな音が聞こえた気がした。

羽川の血管が切れた音だろうか。

それとも切れたのは引きつった顔面の筋肉か。

「あ……あ、阿良々木くん、ど、どうかっ、わ、私のノーブラおっぱいをモミモミしてくださいっ、お願い……、お願いしますっ」

「いや、そんな小さな声で言われても困るよ。それじゃあまるで、嫌がる羽川に僕が無理矢理言わせてるみたいじゃないか。もっと大きな声で、自分のどこをどうして欲しいのか、羽川自身の意思で、ちゃんと言ってくれないと」

「阿良々木くん！　ど、どうか私のノーブラおっぱいをモミモミしてください、お願いしますっ！」

「……『阿良々木くんにおっぱいを揉んでもらえるなんてとても光栄です』」

「阿良々木、くんに……おっぱいを揉んでもらえるなんて、と、とても光栄ですっ……」

「えっと……『阿良々木くんに揉んでもらうためだけに、頑張ってこんないやらしいおっぱいに育てました』」

「阿良々木くんに揉んで……揉んでもらうためだけにっ、がっ、頑張って、こんないやらしいおっぱいに、育てましたっ」

「へえ。そんな風には見えなかったけど、羽川って結構エッチなんだな」

「……っ、はいっ、私はとてもエッチですっ、ごめんなさいっ」

「別に謝る必要はないさ。羽川がたとえどんなにエッチでも、誰かが迷惑するわけじゃないんだから」

「そ、そうですねっ、えへへっ」

「それで、エッチで真面目な委員長さんのおっぱいは、具体的にはどういう風にいやらしいんだ?」

「お……、大きさとっ、柔らかさ……が、これ以上ないいやらしさだとっ……、自負していますっ!」

ああ。

そうか、そうだったのか。

どうして自分がこの世に生を受けたのか、そんな思春期にありがちな悩みを、こんな僕でも抱いたことがあったけれど……、今、齢《よわい》十七歳にしてその問いの答が判明した。

悟った。

僕の人生はこの日のためにあったんだ。

僕の命はこのときのためにあったんだ。

今日という日を体験するためだけに、阿良々木暦という人間はこの世に生まれてきたんだ……いや、これはそれどころの話じゃない。最早僕個人のレベルで語っていいような話じゃない。

きっとこの世界は、今日という日を僕に体験させるためだけに、これまで存続してきたんだ。ここから先の歴史はただの消化試合だ！

「て言うか、友達の乳を揉むとか普通に無理ですから！」

逃げた。

僕のほうがお手上げをして、三歩下がって泣きを入れる。

限りなく土下座に近い姿勢だった。

「ないって！　やっぱこれはないって！」

「……チキン」

羽川がものすごく低い声で言った。

こちらを振り向きもしないまま。

僕の限りなく土下座に近い姿勢を見ようともせず。

「チキン。チキン。チキンチキンチキンチキンチキン」

「チキンです。ヘタレです。すいません。何と言われようとも返す言葉もありません。マジで勘弁してください。僕が悪かったです。調子に乗りました。羽川さんの優しさに甘えてしまいましたが、しかし羽川さんのその身を張った行為のお陰で眼が覚めました」

「それで済むと思う？　私が一体、どれくらいの覚悟を決めて、こんな風にここに座ってるんだと思う？」

「い、いえ、僕ごとき存在にはまるで見当もつきませんが、その、ち、ちなみにどれくらいの覚悟だったのか、聞かせていただけますでしょうか」

「正直、胸を揉まれるくらいじゃ済まないんだろうなって思ってた……。ああそっか、そうなんだ、私の初めてって学校の体育倉庫のマットの上になるんだなって」

「覚悟決めるの早過ぎませんか⁉」

「まあありかなって」

「ありなんだ！」

そういうの、いざとなったら女子のほうが潔《いさぎよ》いって話だけど……いくらなんでも！

「それなのに、散々焦らして辱《はずかし》めた挙句、指一本触れさえもせずっ……！」

「だ、だから謝っているじゃないですか」

「謝ったら済むんだ。へー。私って、阿良々木くんに謝られたら許さなくっちゃいけない立場だったんだ。へー」

「本当に申し訳なく思っているんです、許してください、お洒落眼鏡委員長！」

「……私、こんなにコケにされたのは初めてだわ」

「ひいいっ」

胸のこと？

それとも眼鏡のこと？

ひょっとして委員長のこと？

「阿良々木くん……そんなに私、魅力ないかな」

「…………っ！」

やめてやめてやめて！

そんな素敵台詞を言って僕をいじめないで！

「だ、だって僕、こんな形で胸を揉んだら、多分一生後悔するもん！」

揉まなくても後悔するかもしれないが。

けれど僕は、揉んで後悔するよりは揉まずに後悔するほうを選ぶ！

「か、代わりに肩を揉むというのでどうでしょうか」

「肩？」

「はい。肩です。羽川さんの肩が揉みたいです」

「……じゃあ、それで手打ち」

話はついた。

僕は羽川の肩を揉んだ。

もむもむもむもむ。

うわ、全然、凝《こ》ってない。

眼が悪いと肩が凝りやすいと聞くけれど……健康的な奴だ。これじゃあマッサージの腕前を持つわけではない僕に揉まれたところで、全然気持ちよくないだろうな……。

このあたりはさすがに肉がない。

骨の形がはっきりわかる——これが鎖骨か？

う……これはこれで。

いやいや、そうじゃなく。

もむもむもむもむ。

そのまま六十秒。

「い、以上です。ありがとうございました」

肩を揉まされた上にお礼を言う羽目になった。

どんな奴隷《どれい》根性だ。

「もういいの？」

「は、はい。続きはウェブで」

「ウェブで揉まれてたまりますか」

「じゃ、じゃあ続きは新学期、とか」

「ん。そうだね」

頷く羽川。

それに合わせて三つ編みが揺れる。

「女の子にここまでさせた以上」

僕が肩から手を離すと、羽川は立ち上がって歩いていって、元いたマットの場所まで戻り、しかし座らず、立ったままでこちらを振り向いた。

「まさか負けるってことはないよね？」

「勝ちます」

そろそろ口調を戻さないと、これからずっと羽川に対して丁寧な言葉遣いをし続けてしまいそうだった。

ただ、そうであっても。

はっきりとそう言えた。

「僕は勝つ」

僕はそう言うことができた。

「お前の胸にかけて！」

「いや、そんな部位にはかけなくていいし」

いまいちテンションに差があった。

羽川は「ともかく」と、咳払いをひとつして。

それから言った。

「今度こそ、最後の戦いだね」

「ああ——学園異能バトルの幕引きだ」

と。

僕がそう言ったときだった。

体育倉庫の外で——轟音《ごうおん》が響いた。

017

キスショット・アセロラオリオン・ハートアンダーブレード。

鉄血にして熱血にして冷血の吸血鬼。

伝説の吸血鬼。

怪異殺し、怪異の王。

彼女は吸血鬼だ。

目もくらむような金色の髪と、シックなドレスに彩られた、美しい、血も凍るような美しい吸血鬼——その他に説明はいらない。

あえて言うなら——この僕の。

彼女の眷属であるこの僕の、最後の敵である。

「キスショット……」

バリケードを力ずくでよけて、体育倉庫の鉄扉を開けると——外ではもう太陽は沈んでいて、そしてグラウンドの中央に、彼女がいた。

足元の地面が罅割れている。

着地の衝撃だろう。

事実、グラウンドに足首までが陥没していた。

キスショットの背に、蝙蝠のようなあの羽根は生えていない——彼女の眷属である僕には直感でわかる、きっとあの学習塾跡の屋根の上から、助走なしの走り幅跳びで、一気にここまでひとっとび——やってきたのだろう。

日没を待って。

僕のところに——跳んできたのだろう。

しかし、それにしたってすさまじいの一言だった。同じ助走なしの走り幅跳びでも、僕は精々二十メートル跳んだだけのことで自分を褒めていたというのに——キスショットは数キロを、いとも簡単に跳んできた。

勿論あのとき、僕は記録を狙っていたわけではなく、あくまでも砂場への着地を目論んでいたのだから、これは比較する基準にはならないのだけれど——じゃあ僕にここからあの学習塾跡まで跳べるのかと訊かれたら、それは自信がないどころの話ではない。

僕は後ろ手で、体育倉庫の鉄扉を閉めた。

中に羽川を残したまま。

キスショットの前ではこんな扉、何の障害にもならないだろうが——それでも、気休め程度にはなるだろう。

声を立てるなよ、と扉の向こうに囁《ささや》いて。

それから、僕は一歩を踏み出した。

キスショットに向かって。

「……よお」

そんな風に声をかけながら――彼女に近付く。

「そっちから来てくれるとは思わなかったぜ」

それが一番の難関だと思っていたのだ。

時間の設定、場所の設定。

ドラマツルギー、エピソード、ギロチンカッターの三人とやりあったときとは違う――間に立ってくれる忍野はいない。

交渉は自分でするしかなかった。

しかし、そこは吸血鬼同士。

主人と従僕――眷属。

日没とほぼ同時にやってきたということは、恐らく完全体となったキスショットからは僕の動向なんて、丸見えのお見通しということなのだろう。

どこにいるかも。

何を考えているのかも。

丸見えの――お見通しなのだろう。

そのキスショットは、いつも以上に冷たい眼で僕を見ていて――まずは、グラウンドから右脚、左脚の順番で、脚を引き抜いた。

それから。

「一度だけじゃ」

と言った。

「従僕よ。太陽の出ている間に、うぬの気持ちは理解した――うぬがどうしてあれほど怒ったのか、その理由も理解した。眠いのを我慢して考えてやった。儂が無神経であったとも思う――元人間のうぬに対し、あまりに配慮が足りなかったとも思う。じゃから一度だけ、頭を下げてやる」

「…………」

「儂の下に帰れ」

キスショットは言う。

美しい声だった。

魅惑的な声で――彼女は僕を誘惑した。

「儂と共に生きよ。儂はうぬに命を助けられた――うぬは変な奴じゃが、じゃからこそうぬとなら共に生きてもよいと儂は思っておる。人間に戻らず――儂と共に永劫《えいごう》の時を生きる気はないか」

「……断る」

僕は言った。

キスショットの冷たい眼を見返して。

腹を括《くく》って――そう言った。

「お前は人を食った。僕にとってはそれだけで十分だ」

「それがわかっていたら――うぬは儂を助けなかったのか？　見殺しにしておったというのか？」

「キスショット――僕は何もわかっちゃいなかったんだ。いや……」

僕は首を振った。

「違うな、やっぱり最初からわかっちゃいたんだ——ただ、眼を逸らしていただけなんだ。お前のために死のうと、僕は思ったんだからな——それはつまり、お前が人を食うことを許容したってことだ。でも、そのせいで人が死ぬところまで、僕は想像していなかった。僕の行為は美しくはあっても正しくはなかった」

自分が死ぬのはいいけれど——

人が死ぬのは気分が悪い。

考えてみれば、勝手な意見だ。

そんな意見は——通るわけがないのだ。

「……うぬはそう言うと思っておった」

キスショットは笑みをたたえて言った。

「うぬがそう言うのを、聞きたかった」

「キスショット……」

「これで儂から迷いは消えた——従僕よ。儂もな、最初からなんとなくわかっておったよ。うぬはそういう奴じゃろうと思っておった」

「そういう奴って」

「うぬが儂に優しいのは——儂が弱っておる間だけじゃろうとな、そうわかっておった」

完全なる存在になった儂には、うぬは興味を持たんと——そう思っておったのじゃ。

キスショットのそんな言葉は、辛辣でさえあった。

「うぬは儂だから助けたのではない——弱っていれば、誰でも助けたのじゃ」

「………」

誰にでもなんてしないけど。

阿良々木くんだから、してるんだよ？

羽川はそう言った。

だけど僕は。

僕は、キスショットじゃなくても——あのとき。

「じゃからまあ——こうなる予感はしておったわい。ちなみに——儂はうぬじゃから、助けたのじゃがな？　儂のために命を投げ出そうとしてくれた、健気《けなげ》なうぬを殺すのが——惜しくなっての」

「……惜しく」

「その分だけの働きを見せてくれたことには、繰り返し、礼を言っておくぞ。ほれ、もっと近う寄れ、従僕よ。その表情から察するに既に知っておるようじゃな？　そう。うぬが直接に儂を殺せば——うぬは大好きな人間に戻れるのじゃぞ」

「………」

ごくり、と唾《つば》を呑み込む。

こちらの企みが見抜かれていることを、改めて認識する——そして、僕と彼女の間に、どれほどの実力差があるのかを認識する。

こうして相対してみると——違う。

あの三人とやりあったときのどのパターンとも違う——とんでもない威圧感と、そして緊張感に締め上げられるようだった。

そうだ。

一番大きな違いは——これから繰り広げられる戦いは、はっきりと『殺し合い』であるということである。

殺し合いが禁じられていない。

その上で——相手は怪異殺しなのだった。

「あまり落胆させるなよ、従僕」

キスショットは言う。

そんな彼女は——少し嬉しそうにさえ見えた。

「今の儂は、この五百年で一番のベストコンディションじゃ——あの三人を同時に相手取ったときは、体調が悪かった上に油断しておったからのう。まさか心臓を抜かれておったとは思わんかったが……儂クラスになると、なかなかないのじゃよ」

「……何が」

「本気を出せる機会が」

そう言ってキスショットは——僕を手招きする。

「正直言って、儂にも一体何がどうなるかわからん——しかしうぬはこれまで儂が戦ってきた中で、間違いなく最強じゃろうから、手を抜く必要がない。儂にはそれが喜ばしくてのう」

「期待に応えられるとは限らないぜ」

僕は勇気を出して、一歩一歩彼女に歩み寄る。

普段の僕なら、あるいは逃げ出していたかもしれない——しかし、今は違う。僕の背中、体育倉庫の中には大事な友達がいる。僕の背には守るべき者がある——逃げるわけにはいかない。

立ち向かわなくてはならない。

羽川、見ていてくれ。

僕はお前に、情けない姿を見せないから。

「何せ僕は、元人間——『元食料』なんだ」

「……安心せい。儂はこれより、悪意と敵意をもってうぬを殺すが、しかしそうは言うてもハンデはやる——なんじゃったかのう、あの小僧が言うておった……そうそう、五分五分の勝負、か。そういうルールを設定してやろう」

ゲームじゃ。

キスショットはそう言って、軽く跳んだ。

跳んだ次の瞬間には、彼女は僕のすぐ正面にまでやってきていた——互いの脚が互い違いに交差するような、そんな位置にまで。

完全体の彼女は僕よりも背が高い。

その視点で、僕を見下ろす。

「空を飛ばない。影に潜らない。霧にならない。闇にならない。姿を消さない。変身しない。眼力を使わない。物質具現化もしない。言うまでもなく妖刀『心渡』……怪異殺しのブレードも使用せん。つまり、吸血鬼としての積極的なスキルは使わない——そう約束しよう。無論、うぬは使ってもよいが——しかし、うぬにできるのは精々、腕から先の変身くらいじゃろうな」

「…………」

それだって、あれは羽川が人質に取られていたからできたようなものだ——あのときよりもより人間側に意思が寄っている今、指先の変身さえも、きっと僕には難しいだろう。

ドラマツルギーほどの精神力、あるいは経験があれば別なのだろうが——なりたての僕にはそのどちらもがない。

「本来ならば儂はうぬの主人として、従僕たるうぬの行動をある程度支配することができるのじゃが——それもすまい。そんな無粋な真似はしないと約束しよう。純粋な、不死力だけで勝負じゃ——それならば実戦経験は必要あるまい。この距離で、脚を止めての殺し合い——それならうぬと儂で、五分五分じゃろう?」

「……よっぽど退屈なんだな、お前は」

僕は言う。

間近に迫った、キスショットの顔面を睨み。

「そうまでして本気を出してみたいわけだ。それとも、あるいはそういうのを油断って言うんじゃねえのか?」

「油断? 生憎、自分の眷属相手に油断するほど儂も愚かではないよ——じゃが、うぬにも勝機を与えてやらんと、ゲームは成立せんじゃろう? 儂は本気を出したいのじゃよ。勝負の途中で戦闘を放棄されてもつまらんしのう」

そして彼女は手刀を構えた。

両手を刀の形にし——この超近距離で、臨戦態勢に入る。

僕もその真似をした。

拳を握るよりも手刀のほうが、この場合はいい。

吸血鬼ほどの腕力があれば、拳の威力も手刀の威力も、最早誤差の範囲内と言えるのだ。ならば対応の幅の広い手刀のほうが使いやすい――

「…………」

僕はそこで、周囲を窺うようにした。

既に日は没しているとは言え、まだそこまで深い時間でもない――校内に人はいないだろうが、いくら人家から離れたところにある学校と言えど、目撃者が出ないとも限らない。

早めに決着をつけなければ。

しかし、そう考えたとき、

「この儂を目前に余所見《よそみ》とはいい度胸じゃな、従僕よ」

と、キスショットが言った。

「安心しろ。既にあの三人はおらんことじゃし――一般人なら、フルパワーの儂には近付くことさえ叶わんわ。誰かに見られたところで、精々町の噂になる程度じゃよ――」

「――噂に」

街談巷説。都市伝説。道聴塗説。

噂が噂を呼び――そして噂をすれば影がさす。

「もっとも――その後ろの小屋におるうぬの携帯食は別じゃがのう?」

「……キスショット。僕もお前に――最後に訊きたいことがある」

「ほう。いいじゃろう、冥土《めいど》の土産じゃ――何でも答えてやる。訊いてみよ」

「お前にとって人間って、何だ?」

「食料」

「そう」

間髪《かんはつ》入れぬ答に。

僕は、最後の楔《くさび》を外すことができた。

「僕もお前がそう言うのを聞きたかった——お前の口からそれを聞きたかったぜ!」

そして僕は動く——キスショットも動いた。

「死んでくれ、我が主人!」

「死ぬがよい、我が従僕!」

それも状況を五分五分にするためだったのだろうか——同時に動いたと見せて、キスショットはまず先手を僕に譲った。

僕の手刀が横薙《よこな》ぎにキスショットの顔面を襲った——その彼女の頭部の上半分が切り離され、金色の髪ごと後ろに吹っ飛ぶ。

と、それを待ったかのように、キスショットの手刀が僕の頭部を爆散させた。同じ手刀でもまるで威力が違う——ドラマツルギーの拳よりもずっと打撃点が小さい分、威力が集約されているようでもあった。

ふたりの頭部がふたりとも飛んだのだ。

本来ならこれで決着だろう。

しかし——僕もキスショットも人間ではない。

化物だ。

頭部が飛んだところで、脳髄を破壊されたところで、五分のタイムリミットなど何の関係もなく、ほんの一瞬、意識と視界が寸断されただけで——すぐに元通りに再生する。

互いに何のダメージも残らない。

「ひゃは！」

キスショットが——笑う。

「は！「はは！「あはは！「ははは！「あははは！」

一人でハモっているかのごときビブラートで——

彼女は楽しそうに笑う。

「いいのう——これが吸血鬼同士の殺し合いの醍醐味《だいごみ》じゃ！　もっと、もっと、もっとじゃ——従僕！」

「うるせえ！」

手刀と手刀が交錯する。

頭部に限らず、身体にも四肢にも。

僕の手刀がキスショットをえぐって——

キスショットの手刀が僕をえぐる。

えげつなく、えぐり続ける。

「…………っ！」

無論、痛覚が麻痺《まひ》しているわけではない。

痛みは痛みとして成立する。

脳を破壊されれば思考が止まるし、肺《はい》を破壊されれば呼吸が止まるし、心臓を破壊されれば血流が止まる。

吸血鬼になったところで――

身体が物理的に変わったわけではないのだ。

回復力、治癒力、不死力。

それがずば抜けているだけなのである。

しかし――それで十分だった。

「うおおおおおおおおおおおおおおおおおおっ！」

「ははっ！　もっと叫べ――儂は男のあげる雄々《おお》しい咆哮が大好きじゃ！」

予想通り、胸を激しく揺らしながら――しかしそれ以上に激しい攻撃を繰り出しながら――キスショットは哄笑する。

痛み――勿論キスショットのほうにもあるだろう。

痛覚が切れているわけがない。

しかし彼女はそんなことをまるでおくびにも出さない、僕のように歯を食いしばりもしないし、僕のように叫び声をあげたりもしない。

どこをどう破壊されようが――

脳を破壊されようが肺を破壊されようが心臓を破壊されようが、まるで構わずに高らかに笑い続けている。

冷たい眼で、しかし楽しそうな表情で。

凄惨に笑っている。

「ち……畜生！」

「おいおい、まだその台詞は早いぞ従僕――まるで互角のこの状況で、うぬが何を悔しがるというのじゃ！」

ならば痛みに慣れている――のだろうか。

身体をずたずたにされる痛みなど、彼女にとってはずっと慣れ親しんできた感覚でしかないのだろうか。

だとしたら。

この五百年。

彼女はどんな修羅場《しゅらば》を潜り。

彼女はどんな死線を越えてきたのだろう。

経験の差――戦闘経験の差！

「くおおおおおおおおおっ！」

ただし！

僕は根性でその経験の差を埋める――という設定！

「そうじゃそうじゃ、そうやって叫び続けろ――雄叫《おたけ》びをあげろ！」

「余裕ぶってんじゃねえよ、キスショット！」

「うぬにそう呼ばれるのも最後かと思うと、名残惜しくもあるのう！」

不毛な戦いだった。

どれほど血飛沫《ちしぶき》をあげ、どれだけ肉飛沫を散らそうと、それは地面につく前に蒸発してしまい、それが蒸発する頃には再生してしまっているのだ。

その上ノーダメージ。

僕の側は、痛みによるショック死がありえるのかもしれないが——吸血鬼の不死力は、あるいはそのショック死からも僕を蘇らせてくれるのかもしれなかった。

しかし……不思議ではあった。

互いの不死力は互角。

攻撃力はキスショットが上。

このこと自体に不思議はない。

しかし、どうだろう——僕の手刀による攻撃に、ここまでキスショットの身体を傷つけられる破壊力があるとは、正直、思っていなかった。その点において、僕はキスショットよりも圧倒的に不利だとばかり思っていたが——実際は、僕の攻撃は彼女の身体を大した衝撃もなく、破壊する。

まるで豆腐を破壊するかのようだった。

「ははははは！「はは！「あはははは！」

頬を破壊され、まるで口裂け女のような笑顔になりながら——キスショットは、僕のそんな疑問に答えた。

主人と従僕。

僕の考えているようなことはお見通し——

「実のところのう、従僕よ——吸血鬼の防御力は、それほど高くはないのじゃよ！　無論、食料である人間如きとは比べるべくもないが——しかし、ずば抜けている攻撃力に反比例しているかのように、その防御力は低いのじゃ！　攻撃力を百とすれば、防御力は十から二十でカウンターストップしてしまうと、まあそういったところかのう！　従僕よ、それは何故じゃかわかるか!?」

「…………っ！」

キスショットはドレスまでが復元する——そのドレスは彼女の意思で作り出しているものだから。

ただし僕はそうはいかない——僕の服はただの服である。

僕の上半身はもう裸も同然だった。

「不死力が、イコールで防御力だからだろ！」

「その通り！」

キスショットは言う。

「じゃからうぬも、この戦いにおいて儂の攻撃を防ごうとする必要はないのじゃ——目一杯、ただただ攻撃にのみ専念し、儂の身体を破壊せよ！」

「マゾかてめえは！」

「否定はせんよ！」

手刀と手刀がぶつかることもある。

そうなれば崩されるのは僕の手のほうだった。

この戦いに小細工《こざいく》の入る余地はない——しかしだからと言って、大細工の入る余地もなかった。

不死力が尽きるまで。

あるいはどちらかの精神が崩れるまで。

そういう勝負だった——否。

否、本当は違う。

この不毛な戦いは、あくまでも前哨戦《ぜんしょうせん》でしかないのだった——キスショットにとってもお遊びみたいなものだし、僕にとっても、遊びでこそないが、まだ準備段階のようなものだった。

知っている。

わかっている。

そして——僕は直感していた。

キスショット・アセロラオリオン・ハートアンダーブレードの——殺し方を。

彼女を退治する方法を。

実際に彼女と対面して。

本能でそれを理解していた。

それが人間としての本能なのか、吸血鬼としての本能なのか——それはわからないけれど、とにかく、直感していた。

考えてみれば、僕はそれを、キスショット本人から聞いていたではないか——ならば、その方策は確実に有効なはずだ。

するべきことははっきりしていた。

けれど——そのタイミングがない。

なぜならそれは、僕がキスショットを退治する方法であると同時に、キスショットが僕を退治する方法でもあるからだ。

だからこそ、彼女にとっては遊びなのだ。

ゲームなのだ。

きっといつでも——キスショットは僕を殺すことができる。勿論それは油断しているわけではなく——自分のフルパワーとやらを、少しでも長く楽しみたいからなのだろうけれど。

だから——キスショットに隙ができれば。

その隙を待って——僕はこの、脚を止めての打ち合いを続けなければならない。

この不毛な、殺し合いと生き返り合いを。

「はは、気に入ったぞ、従僕——なかなかの根性じゃ！　儂の眷属としての力があるとは言え、普通なりたての吸血鬼は、そこまで捨て身にはなれんもんじゃがのう！」

「そういう設定だからな！　お気に召してなによりだ！」

「それだけに惜しいのう！　うぬならひょっとしたら、儂と同じく伝説になれたかもしれんのじゃがな！」

「伝説？　んなもんになりたかねえや——知らない奴が自分の名前知ってると思うだけでぞっとするぜ！」

「それは全くの同感じゃな！」

殺し合いながらの会話。

互いが互いをえぐりながらの会話。

昨日——学習塾跡の屋根の上で交わした会話とはまるで違う——乱暴で、乱雑で、ただただ思いつきで喋っているような会話だった。

僕には笑う余裕なんてなかったし。

キスショットは笑っているけれど、でもそれは昨夜の笑顔とは全然違って、何の親しみも感じられない。

後ろに吹っ飛ばされそうになりながらも――

両脚で踏みとどまる。

等活地獄《とうかつじごく》、という。

身体を粉々に砕かれても、一陣の風と共にそれが修繕《しゅうぜん》されて元に戻り、また砕かれ、また修繕され、そして繰り返し身体を粉々に砕かれて、永遠に砕かれ続ける――そんな地獄。

八大地獄のその一。

ならば正しく、今ここは――地獄だった。

「ところで、ひとついいことを教えてやろうか――従僕よ！　これでお別れとなるうぬが知っても仕方のないことじゃがの――」

「ああ!?」

「ドラマツルギーやエピソード、ギロチンカッターは勿論、これまで儂を殺そうとした全ての吸血鬼退治の専門家――それにあの派手なシャツの小僧も知らなかったようじゃがの、儂も実は、元人間なんじゃよ！」

キスショットは――笑いながら言った。

首元を切断され、回復させながら言った。

「元人間――つまりはドラマツルギーやうぬと同じじゃの！」

「あ——ああ？　純正じゃなかったのか⁉」

てっきりそう思っていたが。

そう言えば——キスショット自身は、一度もそんなことを言っていない。

「人間だった頃のことはほとんど忘れてしもうたがのう——それなりにいい家柄じゃったようじゃぞ！　貴族というのかのう？　このドレスが、その頃の名残のようじゃが——はっ！　まあ年齢が三百を越えた吸血鬼には、もう純正も眷属もあったものではないがの！」

「で——それがどうした！」

「いや、久しく忘れておったというだけじゃ——昨夜うぬと言い合って、思い出したわ！　そう言えば儂も、最初は人を食うことにためらいを憶えておったとなあ！」

「だったら！」

「うぬとて！」

キスショットは一旦攻撃の手を止めた。

そして言った。

「一人でも人を食えば——そのような罪悪感は消えてなくなるのじゃぞ？」

「…………」

僕の攻撃も——合わせて、止まった。

負っていた傷が、お互い、瞬く間に回復する。

「ドラマツルギーも元人間で……、しかも吸血鬼退治の者でありながら——人間を食ってはおったのじゃぞ？　まあもっとも、奴が食うのはギロチンカッターの教会から支給された死罪人に限られておったらしいがの――」

「死罪人だから食っていいってことはないだろう……ましてギロチンカッターの教会の判断による罪人なら、尚更《なおさら》だ」

「しかり。しかし、食べてよいか悪いかということならば、何もそれは基準を人には限るまい。牛を食ってはならぬ、豚を食ってはならぬ、鯨を食ってはならぬ、犬を食ってはならぬ――それこそギロチンカッターの話ではないが、人間同士の間でさえ、文化に差異はあるのじゃろう。まして、儂は怪異殺しの吸血鬼じゃ。人間なんぞ、一ヵ月にひとり食えばそれで事足りるわ――一年にたかが十二人じゃ。五百年で換算しても、ほんの六千人じゃぞ。歴史的に見て、それがどれほどの数なのじゃ？人間が人間を、これまでどれほど殺した？」

「……詭弁《きべん》だ」

「儂は決して世界の脅威などではないよ。儂が世界に与えられる影響など微々たるものじゃ。それでもお前は儂に、人を食うから死ねと言うのか？」

キスショットは言う。

「人間の食欲のほうが、よほど貪欲であろうに」

食べなければ死んでしまう。

吸血鬼だけじゃない、人間だってそうだ。

人間だけじゃない、動物だってそうだ。

僕がなりたいと願った植物だって――そうだ。

無機物でもない限り。

石や鉄でもない限り。

他の生命を犠牲にしなければならないのだ。

「そういう問題じゃないんだ、キスショット」

僕は言った。

「そしてお前の言う通りだ。僕はお前にこう言うんだよ——人間を食うから死ね、と」

「…………」

ほう、とキスショットは受ける。

そして——冷たい眼をゆっくりと細めた。

「キスショット。僕は人間なんだよ」

「そうか。儂は吸血鬼じゃ」

そして戦闘は再開される——はずだった。

不毛な殺し合いと不毛な生き返り合いが、どうしようもなく不毛に繰り広げられるはずだった——

そのときである。

僕の背中。

後方から、

「ちょっと待って！」

と——そんな声が響いた。

直江津高校のグラウンドに響いた。

それが羽川の声であることははっきりしていた——そう言えば、直前に体育倉庫の鉄扉が開かれる音がしていたかもしれない。

「あ——阿良々木くん、何かおかしい！」

背後からの羽川のそんな言葉に、僕は、おかしいのはお前だ、と思う。

どうしてこの状況で体育倉庫から出てこられる——お前に恐怖心はないのか。身体が不死身であると理屈ではわかっている僕でさえ、こうしてキスショットの正面に立っているだけでいつ心が折れてもおかしくないというのに——キスショットは眼力で、ただ見るだけでコンクリートブロックを破壊できるスキルさえ持ち合わせていることは、ちゃんと教えたはずだぞ？

なのにどうして——姿を晒せる。

「羽川！　いいから隠れてろ！」

リスクは承知で、僕は後ろを振り向いた。

「いや——逃げろ！　もう逃げろ！　ここにいるな！　できる限りここから遠く離れるんだ！」

「ち、違うの、阿良々木くん——」

羽川は——取り乱していた。

僕に散々傷つけられたときでさえ、エピソードに脇腹を散らかされたときでさえ、ギロチンカッターに人質に取られたときにさえ、ずっと平静を保っていた羽川が——明らかに動揺していた。

「さっきからすごく変なの——、阿良々木くん、わ、私達、多分、まだ何か、とても大事なことを見落としている——」

見落としている？

まだ——これ以上見落としていることがあるというのか？

いや、もうそんなことはないはず。

やり残していることなんて、何一つ——

「やかましいわっ！」

キスショットが——怒鳴った。

キスショットもまた、取り乱したのだ。

それはかなり意外な反応だった。

いや、だけど僕は、キスショットが取り乱したシーンは、一度だけ見たことがある——僕がまだ人間だった頃、僕が一旦は彼女を見捨てかけたとき。

正しい判断をしたとき。

彼女は——取り乱し。

泣いて、頼んで、謝って——

「余計なことを言うな——携帯食が！」

睨んだ。

それだけで——

羽川の後ろの、体育倉庫の鉄扉が吹き飛んだ。

眼力。

僕が蹴り抜いたときとは違って、もう修繕は不可能だろう——体育倉庫の鉄扉はまるでアルミホイルを『ぐしゃっ』と丸めたときのように小さくなって、体育倉庫の内側へと消し飛んだ。

羽川の周囲の土もずたずたに罅割れた。

羽川の周囲と後方が――削除されたのだ。

見られただけで。

ただ、見ただけで。

鉄血で熱血で冷血の吸血鬼――怪異殺し！

「……………あ」

さすがに羽川の言葉も、一旦は呑み込まれる。

けれど、わかる。

僕にはもう――わかる。

知っている。

彼女の危うさを知っている。

羽川翼は。

その程度のことで、止まりはしないと――知っている。

彼女は、キスショット・アセロラオリオン・ハートアンダーブレードを――気丈《きじょう》にも、強く睨み返した。

「ハートアンダーブレードさん――あなた、ひょっとして――」

「人間風情が――出しゃばるな！」

もう一度、キスショットは羽川を見る。

見る。

眼力――吸血鬼の眼力、しかし！

——隙！

不毛に殺し合っていただけでは、まず生じようもなかった、キスショットの隙——それがここにきて生じた！

勿論、僕とは違う、たとえ僕と向かい合っていたところでキスショットには文字通りの余所見をする余裕はあったはずだろうが——今は違う。

今は違う。

彼女は取り乱していて——羽川を見ていて。

い、い、隙だらけだ。

「……キスショット！」

僕は彼女の名を叫びながら——

羽川とキスショットの間へと割り込んだ。

彼女の眼力を真っ向から受け。

全身を吹き散らし飛ばされながら——

その首元へと、かぶりつく。

かぶりつく——伸びた八重歯で——牙で。

「…………！」

キスショットを退治する方法。

吸血鬼を退治する方法。

吸血鬼が吸血鬼を退治する方法——

考えてみればそれは至極単純明快だ。

本能がそれを教えている。

それが人間としての本能なのか、吸血鬼としての本能なのか、それは判然とはしないが——しかし。

そもそも、言っていた。

ドラマツルギーと戦う前に、キスショットから受けた、アドバイスとも言えないアドバイス——

——一応——

——ドラマツルギーに血を吸われんようには気をつけろ——

——吸血鬼が吸血鬼に血を吸われると、存在そのものを絞りつくされてしまうからのう——

あの頃の僕は吸血衝動を持っていなかったけれど——今は違う。

僕は今——小腹がすいている。

ごぶり、と。

僕は彼女の血を吸う。

柔らかな白い肌に牙を食い込ませて。

血の吸い方は——誰に教えてもらうまでもなく、わかっていた。

まさしく人が食事を取るが如く。

「ぐ——」

キスショットが、うめく。

こぼれた血は回復しても——吸われた血は戻らない。

それはエナジードレインだから。

怪異が怪異に対しているだけで。

食事でさえないから。

食事でしかないのに、食事でさえないから。

これはただの——怪異殺しだ。

眼力は、僕が身体を張ってガードした——羽川には届いていないはずだ。このままキスショットを吸い尽くせば——あの日、僕がキスショットからされたように、その血をあますところなく絞り尽くせば、そのまま——

「は」

キスショットは。

後ろに倒れ込みながら——僕に上から伸《の》し掛かられながら——しかし。

それでも、笑った。

「はは「ははは「ははは「はははは「あっははは「ははははは「はは「はははは「は「ははははは「はは「あはははははははははははは——！」

笑いながら死ぬか。

それもいいだろう。

彼女の血は。

キスショット・アセロラオリロン・ハートアンダーブレードの血液は——しかし、これ以上なく美味《おい》しかった。

どれだけの量があろうと——永遠に飲み続けられるくらい。

永遠に飲み続けていたいくらい。

美味しかった。

キスショット。

僕はこのまま、充実感ひとつなく、どんな達成感も得ることなく、真っ直ぐによどみなく、純粋にお前を退治する——

お前を殺す。

僕が救った命を——僕が殺す。

それが僕の責任だ——このままお前が死んで、僕が人間に戻ったところで、僕はやはり、充実感も達成感も得ることはないだろう——それはただの結果でしかない!

「……え?」

ふと。

ふと、唐突に、思った。

見落としていること?

見落としていることって——なんだ?

羽川が、体育倉庫から飛び出してこなければならないほどの、見落としていることって——一体なんだ?

そしてキスショットは、どうしてあれほど取り乱した——たかだか『携帯食』の戯言《ざれごと》に、どうしてああも激昂した?

あれほど余裕だったのに。

それに、聞き覚えがあるよな。

『余計なことを言うな』。

キスショットの、あの台詞――僕は以前にも、どこかで同じような言葉を、キスショットの口から聞いたような――

――交渉人だかなんだか知らぬが――

――余計なことを言うでないぞ――

――小僧。

そうだ。

忍野に対して、キスショットはそう言っていたんだ――何の話題のときに？

それは、憶えている。

その前に、忍野が言った台詞――

――僕は気に入ったよ、ハートアンダーブレード――

――眷属とした阿良々木くんを――

――ちゃんと人間に戻してあげようという――

――きみの心意気が――

「…………！」

僕は。

キスショットを押し倒し、馬乗りになった姿勢から――思わず、反射的に身を起こしてしまった。

当然、彼女の首元から牙は引き抜かれ――そして。

僕はそのまま、彼女の表情を見た。

見た。

キスショットの冷たい眼は、冷たいままでうつろになっていて、その瞳が若干濁っているようでさえあったが――それでも彼女は口元を歪める。

「どうした――従僕」

キスショットは言う。

「まだ儂の血は――半分ほど残っておるようじゃぞ」

「………………」

「ここまで血を抜かれてしまえば今はもう動けんが、しかし早くせねば、儂はすぐに復活すると思うが？」

その通りだろう。

今は動けないということも、すぐに復活するということも、その通りだろう。

しかし――そんなことより。

僕は彼女に訊かなければならないことがあった。

最後に訊きたかったことは、もう訊いたはずというのに――訊かなければならないことがあった。

それは。

訊いてはならないことかもしれなかったけれど。

「お、おい――キスショット」

「何じゃ」

「お前……どうやって僕を人間に戻すつもりだったんだ?」

僕の質問に。

キスショットは、露骨な舌打ちをした。

「そんなことが——今のうぬに関係あるのか?」

「関係あるよ。大事なことだ」

「あの携帯食が。黙っておけばいいものを」

キスショットは羽川に対してそう毒づいて。

そうして口をつぐんだ。

そして毒づかれた側の羽川は——ゆっくりとした歩調で、僕とキスショットに歩み寄って来る。スクールセーターを着直し、スカーフを締め直しているものの、たふんたふんという擬音《ぎおん》が背景に描き込まれそうな胸の揺れ具合から見て、ブラジャーを付け直す時間はなかったようだ。

構わず、羽川は近くまで来て。

そして言った。

「ハートアンダーブレードさん」

神妙な口調で、言った。

「あなた……最初から、阿良々木くんに殺されるつもりだったんですか?」

「……………」

「阿良々木くんを、人間に戻すために」

見落としていた。

もしもこんなことにならなければ——たとえば、ギロチンカッターがキスショットに食われているシーンを、僕が目撃していなければ。

果たしてキスショットは、どのようにして僕を人間に戻すつもりだったのだろうか——羽川が調べてくれた方法以外に、一体どんな方法があったというのだろうか？

僕はそれを考えもしなかった。

完全に——見落としていた。

そして。

「たわけたことを言うなよ、携帯食——何の根拠があって」

「じゃあ、どうやって阿良々木くんを人間に戻すつもりだったのか、それを教えてください。私、調べましたけれど——吸血鬼が人間に戻る方法なんて、そう言えば、他には見当たりませんでした」

他には。

主人を殺す他には。

主従関係を破綻《はたん》させる他には。

「はっ。知れたことよ——儂にはそもそも、この従僕を人間に戻す気がなかったというだけのことじゃ。儂の手足を集めさせるために、嘘をついておったというだけのことよ。完全体に戻るためには嘘など幾らでもつく——こやつを眷属とした理由も、本当はやっぱり、ただの儂の都合じゃった」

「違います。欠けたパーツを集めさせたのは、たとえ不完全な状態で阿良々木くんに殺されたとしても、それじゃあ阿良々木くんは人間には戻れないからでしょう？　完全体に戻ってから殺されないと、意味がないから——」

あのとき。

あんなにもキスショットがはしゃいでいたのは、自分が完全体に戻れたからではなく——それによって、僕を人間に戻せる条件が整ったから——とでも？

「たわけが。まるで見当違いじゃ」

「だったら——どうしてここに来たんですか」

羽川は極めて冷静にキスショットと話す。

捕食者と被捕食者。

上位の存在と下位の存在でありながら。

まるで普通に話す。

「阿良々木くんにはあなたと戦わなければならない理由があったけれど、あなたにはないでしょう。全力を出す機会とか、色々それらしい理由をこじつけていましたけれど——実際は、あなたは阿良々木くんに殺されに来たんでしょう？　それだけだったんでしょう？　条件を五分五分にしてまで——殊更《ことさら》、阿良々木くんを挑発して」

「は、羽川」

「阿良々木くんは黙ってて」

ぴしゃり、と羽川は僕を制する。

そして続ける。

「勿論、根拠はありませんでしたけれど——何かが変だ、くらいにしか思えませんでしたけれど、でも、さっき、あなたが勝負に水を差した私を殺さなかったことで——わかりました。あなたは」

吸血鬼の眼力で。

羽川の周囲を吹き飛ばしたものの――

羽川本人には危害を加えていない。

エピソードは、同じように戦闘に割り込んだ羽川に対して、容赦なく十字架を投げつけたというのに――キスショットは、僕の携帯食だと言った羽川に対して、攻撃を加えなかった。

威嚇《いかく》しただけだった。

「あなたは、死ぬつもりなんです」

「……黙っておればよいものを」

キスショットは。

さっきと同じ台詞を繰り返した。

「うぬ、そんなこと言ってどうするつもりじゃ？　そんなことを言って――この従僕に、儂を殺すことができると思うのか？」

「え？」

「従僕のことはあるじたる儂がよくわかっておる――こやつは瀕死の吸血鬼を助けるようなたわけ者じゃぞ。小僧の言うところの儂の『心意気』とやらを知って、それでこやつは儂の血を吸えるのか？」

「そ、それは――でも」

羽川が言葉を失う。

キスショットはそんな彼女を、冷たく見た。

うつろな瞳で――冷たく見た。

「儂はそれが一番難しいと思っておった——こやつにどうやって儂を殺させるか、それが悩みどころじゃった。だからぎりぎりまで方法は黙っておった。もうぶっつけ本番でいくしかなかろうと思っておったのじゃが……しかし、儂にとっては予想外のことじゃったとは言え、ギロチンカッターのお陰で期せずして状況は整った。人を一人食ったくらいのことで、あそこまでこやつが怒るのであれば、わざわざ悩む必要はなかったの——」

儂は、と。

キスショットは、その眼のままで僕を見た。

「——儂はこのまま悪役で、憎まれ役で、うぬに殺されておけばよかったのじゃ。うぬが儂の腹積もりなど知る必要はなかった」

「なんで」

僕は、呟いた。

茫然自失《ぼうぜんじしつ》だった——いや、しかし。

そう考えると全ての辻褄が合うのも事実だった。

「お前がどうして——そんなことを」

「従僕よ」

キスショットは言う。

「儂はの、死に場所を探しておったのじゃ」

「死に場所——」

吸血鬼の死因の九割。

自殺。

退屈は——吸血鬼を殺す。

よっぽど——退屈。

「この国に来たのも、それが理由じゃ——一人目の眷属が死んで以来、来たことはなかったのじゃがな。観光などではない——」

「で、でもお前」

死にたくないと。

そう言って——泣き喚いていた。

心臓を奪われ——四肢を切断され——

命からがら逃げ出した。

「死んでもいいと思っておった。そのはずじゃった」

しかし、とキスショットは言う。

「最後に、死ぬのが怖くなった」

「…………」

「五百年生きた自分が消えることが——怖くなった。自分がいなくなってしまうことが、怖くて怖くて、どうしようもなくなった。そこに通りかかったのがうぬじゃ——儂はうぬに、助けを求めてしまった」

「僕は——それを助けた」

大それたことは何も考えていなかった。

後のことも先のことも、何も考えていなかった。

ただ僕は。

彼女の泣き顔を――見ていたくなかった。

見ていられなかったのだ。

「儂は――生まれて初めて、他人に助けられた」

「……………」

「人間にも吸血鬼にも、助けられたことなどなかったよ。そんなうぬの血を吸っている内に――儂は何をしておるのかと思った。じゃから――うぬの血を吸い尽くしたところで、儂はそれ以上うぬを食するのをやめ――そのままうぬを、我が眷属とすることにした。生涯二人目の、眷属に」

なかなか眼を覚まさんから、暴走するのかと思ったが――と、キスショットは言う。

ずっとつきっきりで。

看病していてくれた。

「しかし、なんとか、うぬは眼を覚ました。まあ、うぬが吸血鬼でありたいというならそれでよいと思っておったが――うぬは案の定、人間に戻りたいと言いおった。うぬが意識をなくしておる間にも、散々考えておったがの。そのとき決めたよ」

キスショットは力なく、しかし力強く言った。

「儂はうぬのために死のうと」

「……僕のために」

「うぬに殺されて、うぬを人間に戻して、今度こそ死のうと。儂の死に場所をやっと見つけた気がしたよ――四百年前から探していた死に場所を」

「四百年前って――」

それは――一人目の眷属。

言っていた。

キスショットは、彼を人間に戻すことが。

――当時の儂には、奴を人間に戻してやることはできんかったのでのう――

――今回はその教訓を活かしておるつもりじゃ。

「儂は奴のために死ねんかった。死んでやることができんかった。奴を人間に戻してやることができんかった――じゃから」

「僕のために」

僕を人間に戻すために。

僕を助けるために。

命を投げ出そうというのか――こいつは。

「じゃから、思い上がるな、従僕。元はと言えば儂の責任じゃ――儂がみっともない真似をしなければこんなことにはなっておらんし、うぬが助けてくれなければ、儂はあのとき死んでおったのじゃからのう」

「…………！」

え？

あれ……ちょっと待てよ。

何だよ、この状況——ありえないだろう。

これじゃあ、僕は——メンタルは。

メンタルは大丈夫だと——

僕はついさっき、そう言ったはずなのに！

「……なんじゃ、うぬ。泣いておるのか？」

「あっ……」

気付けば——僕の頬が濡《ぬ》れていた。

どうして？

だって、そうだとしても——しなければならないことは、何も変わらないだろう？

僕のために死のうとしていても。

こいつは、人を食べたんだぞ？

「泣き虫じゃのう——我が従僕は。情けない」

「ち——違う。これは涙じゃない。これは」

これは、と僕は言う。

「これは——血だ」

「ほう」

「血が、流れてるんだ——」

こういうことになるなんて。

キスショットは吸血鬼で。

ギロチンカッターを食って。

これまで六千人を食べてきて。

でも。

「――お前にだって、血は流れてるだろう――！」

生きているんだ。

だから、同じことじゃないか。

僕がやったこと。

彼女がやろうとしていること。

彼女がやったこと。

僕がやろうとしていること。

寸分狂わず、同じじゃないか――！

「全く、余計な真似をしてくれたな、携帯食」

キスショットは言った。

「適当なところで隙を見せて殺されてやるつもりじゃったのに――じゃが、まあよいわ。従僕よ、所詮うぬには、儂を殺す以外の選択肢は残ってはおらんのじゃからな」

「そ、そんなことは」

メンタルは。

僕のメンタルは。

「儂を殺さねば、儂は明日から、一日千人の人間を食おう。……こう言えば、うぬは儂を殺すしかなくなるじゃろう？　脅しでない証拠に、手始めにそこの携帯食を横取りしてやれば、踏ん切りもつくか？」

「………っ」

「助けた命は自分で摘《つ》むがよい。それが——責任とかいう奴なのじゃろう？」

「キスショット——」

「その名で儂を呼ぶ者も、うぬで二人目じゃ。そして最後の一人となる」

僕は、助けを求めるように羽川を見た。

羽川は——しかし、下唇を噛んでいるだけで、それ以上、何も言ってはくれなかった。それが、現在のこの状況の絶望性を知らしめているかのようだった。

羽川でも、もう手の打ちようがないのだ。

ああ。

キスショットの言う通りだ。

こんなことなら、羽川は体育倉庫から飛び出してきてまで、キスショットの思惑を暴く必要はなかったのだ——そんなことをしても、やらなければならないことはちっとも変わらず、この通り、状況が悪化するだけだったというのに。

でも。

それを知らなければ——僕はキスショットのことをずっと誤解したまま——後悔することもできず反省することもできず。

ただの道化として、人間に戻っていたのだ。

そんな話があるか？

結局――僕が望みを叶えただけじゃないか。

誰も幸せになっていない。

キスショットに全てを押し付けているだけだ。

「さあ」

キスショットは笑う。

「さあ。さあ。さあ。さあ。さあ。さあ。さあ。さあ。さあ。さあ。さあ。さあ。さあ。さあ。さあ。さあ。さあ。さあ。さあ。さあ――儂を殺すがよい、従僕」

「――畜生！」

死に場所を探していただって？

自殺だって？

そんなの――ただの逃避だろうが！

心が逃げてる証拠だろうが！

どれだけ潔い振りしたって、お前の本音は――僕があの日、街灯の下で聞いた、あっちのほうじゃないか！

嫌だ、嫌だ、嫌だ！

死にたくない、死にたくない、死にたくない！

助けて、助けて、助けて！

お願い！

死ぬのやだ、死ぬのやだ！

消えたくない、なくなりたくない！

誰か、誰か、誰か、誰かあ——！

ごめんなさい！

「忍野ぉ！」

僕は。

天を見上げて——力の限り、そう叫んだ。

吸血鬼の肺活量で、精一杯の雄叫びをあげた。

「忍野メメ！」

そして——あの男の名を呼ぶ。

アロハ服の、軽薄でチャラい、あの男の名を。

全てを最初からわかった上で何も言わず——ふてぶてしくも、ただ、火のついていない煙草をくわえていた男の名を。

「どうせどっかで見ているんだろう——もったいつけてねえでさっさと出てきやがれ！　仕事の依頼だこの野郎！」

羽川が驚いて僕を見ている。

キスショットが驚いて僕を見ている。

しかしそんな視線に構わず——僕は叫び続ける。

「忍野！　いることはわかってんだ——中立だっつうお前の立ち位置で、今のこの場を見ていないわけがないだろう！　お前の言っていたことは全部わかった——もう何の説明も求めない！　だから出て来い——自分が何をしたかもわかった、僕が被害者じゃない加害者であることも大いにわかった！　だから出て来い——忍野メメ！」

「——そんな怒鳴らなくても聞こえるよ」

と。

まるで変わらぬ飄々とした態度で——忍野は、体育倉庫の屋根の上に、座っていた。

胡坐をかいて——頬杖《ほおづえ》をついて。

とても面倒臭そうに。

いつからか——あるいは唐突に、そこにいた。

「阿良々木くん。こんなところで会うなんて空前だね」

「……忍野」

「はっはー、全くもって阿良々木くんは元気いいなあ——何かいいことでもあったのかい？」

「仕事の依頼だ」

僕は繰り返した。

忍野を見据えて——繰り返した。

「何とかしてくれ」

「何とかって」

苦笑しながら、忍野は体育倉庫の屋根から飛び降りる——とても運動神経がいいとは思えない体格の彼だが、しかし綺麗に、膝も折り曲げずに着地してみせた。

そして暢気に、僕達のところに寄ってくる。

「曖昧だね」

「金は払う」

「金の問題じゃない」

「じゃあ何の問題だ」

「自分の問題だろ」

押し付けるなよ、と。

突き放すようなことを言う忍野。

いや、実際に突き放したのだろう。

「やあ、委員長ちゃん」

そして、忍野は羽川に対し、片手をあげた。

「初めまして、だね」

「……はい」

羽川も目礼《もくれい》をして、応じた。

「初めまして——羽川です」

「ハートアンダーブレードのことが終わっても、一応、この町にとどまっていてよかったよ。こうして、きみと知り合えたんだからね」

「……忍野さんには、てっきり嫌われているものだとばかり思っていましたけれど」

「やだなあ。僕は女の子を嫌いになったりはしないよ。阿良々木くんから何か変なことを聞いているのなら、それはデマだと言っておこう」

ぬけぬけと。

白々しいことを言う忍野だった。

「しかしすごいね、きみは——きみは怪異とは何の関係もないのに、こんな深部にまでかかわっちゃって、本当に女子高生は元気いいなあ、何かいいことでもあったのかい？」

「関係なくありません」

羽川は毅然《きぜん》として言った。

「阿良々木くんの問題なら、つまり私の問題ということです」

「わお、友情じゃん」

くつくつと、忍野は笑う。

心底腹の立つ、人を馬鹿にした態度だった。

「それとも青春かな」

「小僧」

キスショットが、そんな忍野に言う——

「邪魔をするなよ。そういう約束じゃろう」

「きみと約束をした憶えはないよ、ハートアンダーブレード——僕はただ、いいように状況を整えたかっただけだ。きみが阿良々木くんを人間に戻すために自らの死を選ぶというのなら、それが僕にとっては都合がよかったというだけさ。僕——つまり人間にとってはね」

忍野は言った。

そうだ。

ギロチンカッターも、きっとそうだったんだ。

あいつが素直にキスショットの両腕を返したというのはおかしな話だと思っていたが、しかし、忍野は確か、ギロチンカッターにその旨《むね》を告げたと言っていた――僕が人に戻ろうとしていることを、キスショットがそれを受け入れていることを、告げていた。

だから返したのだ。

忍野はそうやって、折り合いをつけたのだろう。

そうやって説得した――そういう理由で、ギロチンカッターに妥協させたのだろう。

たとえ両腕を返したところで、それならば奴の教義にも反しない。

大司教としての彼の面子も保てるはずだった。

それなのに、僕がキスショットと話し込んだり、コンビニに行ったりと、キスショットとの別れを惜しんでいたから――ずるずると、いつまでたってもキスショットを殺そうとしないから。

ギロチンカッターは忍野に騙されたのだと思って、単身で学習塾跡に乗り込んだのだろう。

完全体のキスショットは――結界でも隠せない。

「だからまあ、大体思った通りの展開になったんだけれど……委員長ちゃんは本当に余計なことをしてくれたよね。阿良々木くんはそんなこと、知らなくてよかったのに」

「私は」

羽川は、それでもひるまずに言う。

「私は、そんなの間違っていると思います」

「やれやれ。全くいい胸だね、その胸だけは認めてあげるよ」

「は、はいっ？」

慌てて胸元を押さえる羽川。

揺れる揺れる。

忍野はそんな羽川を見て、

「ああ、違った違った。全くいい度胸だね、その度胸だけは認めてあげるよ、と言いたかったんだ」

と、笑った。

そんなわけあるか。

ただのセクハラである。

「何にせよ、優等生な発言は大したもんだけど、じゃあ委員長ちゃん、この状況をどうするつもりなのさ」

「……それは阿良々木くんが決めることです」

忍野の反駁《はんばく》に、羽川はそう答えた。

「少なくとも、知らないままでことを終わらせるなんて、あまりに酷いことです」

「だってさ、阿良々木くん。難しい振りをされたもんだね——委員長ちゃんは優し過ぎて残酷だよ。本当に常軌を逸している。一体、きみのどこをどう信頼しているんだろうね？」

「…………」

「で、どうする？」

忍野は僕の方を向いて——

そして例の如く、火のついていない煙草をくわえた。

「僕は祭りのあとを見届けようと思っていただけれど――乗りかかった船ならぬ降りかかった船だ、一応、聞いてあげるよ。専門家たる僕への仕事の依頼だよね。料金は、そうだな、チャラにしてあげた五百万円を引き継ぐってことにしよう」

忍野はにやついた顔で――言った。

「で、きみの望みは？」

「……みんなが幸せになる方法を教えて欲しい」

僕は口にする。

心からの望みを。

「誰も不幸にならずにすむ、そんな方法を」

「あるわけないじゃん、そんなの」

馬鹿じゃないの、と忍野は肩をすくめた。

「都合がいいにも程がある。そういうのは小学生が道徳の時間にやる作文のテーマだよ。現実的じゃないね」

「忍野――僕は」

「ただし」

煙草を口から外してポケットに戻し。

羽川と、キスショットと、そして僕を順番に見て――忍野メメは言う。

「みんなが不幸になる方法ならある」

その言葉に唖然となる僕達を相手に——

彼は滔々《とうとう》と語った。

「つまり、今回のことによって生じる不幸をみんなで分散して背負おうって話さ——誰の望みも叶わないけれど、それでもいいんなら、そういう方法はある」

「…………」

みんなが不幸になる——みんなで不幸を背負う。

分散して。

小分けにして——背負う。

決して、誰か一人に押し付けることなく。

「具体的には……そうだね。阿良々木くんは、ぎりぎりのところまで、ハートアンダーブレードを殺す。吸血鬼としての特性とスキルをほとんど奪い取る——死なない程度に。ハートアンダーブレードにはハートアンダーブレードとして、前以上に瀕死の状態になってもらう。影も形も元も子もなく、名前さえも残らないほどに。吸血鬼もどきの人間のごとき下等な存在になってもらう——どれだけおなかが減っても人間は食べられない、そんな存在に」

そして、と忍野は続けた。

「阿良々木くんも、それでは人間には戻れない——けれど、すれすれまでは戻れる。阿良々木くんには人間もどきの吸血鬼のごとき存在になってもらう。吸血鬼としての特性とスキルがいくつか残ってしまうけれど——厳密には人間とは言えないけれど、だけど吸血鬼からは限りなく遠い、だから人間に限りなく近い、勿論ヴァンパイア・ハーフとも全然違う、そんな中途半端な存在になってもらう。

お似合いだね」

「お——お似合いって」

「勿論、きみだって、どれだけおなかが減っても人間は食べられない。ただし……この始末だと、阿良々木くんはともかくハートアンダーブレードは栄養が足らずに餓死《がし》してしまうからね。阿良々木くんはハートアンダーブレードにコンスタントに自分の血を与え続けなければならない。ハートアンダーブレードを唯一生かし続けられる栄養素は、彼女をそんな下等な存在に落とした、きみの血肉だけだ。きみは残りの一生をハートアンダーブレードに捧げなければならないし、ハートアンダーブレードは残りの一生、ずっときみに寄り添わなくてはならない」

「じゃあ——」

と、羽川が口を挟んだ。

「つまり、私達、人間は——」

「そう。吸血鬼という危険な存在の退治を——諦める。怪異殺し、鉄血にして熱血にして冷血の吸血鬼、及びその眷属の完全削除を——諦める。力をそこまで失ってしまえば、ドラマツルギーやエピソードといった彼らは、もうハートアンダーブレードのことを探し出すことさえできなくなるからね。つまり、そういうリスクを残す。ハートアンダーブレードと阿良々木くんが吸血鬼に戻り、人を食べるかもしれないという危険度を、決して無視できない程度に残す——」

そうすれば——

みんなが不幸になる。

誰の望みも叶わない。

キスショットは死ねず。

僕は人間に戻れず。

吸血鬼はふたりとも生き残る。

「……ふ、ふざけたことを吐かすな、小僧！」

キスショットが僕の下で怒鳴った。

声を張り上げる。

血を既に半分も僕に吸われて——動けない彼女にできるのは、そうやって怒鳴ることだけだった。

「儂の十分の一も生きとらん小僧に一体何がわかる！　都合のいいことを吐かすな——そんな状態になってまで生き延びたいなどと儂は思わん！　みっともないにも程があるわ——生き恥を晒す気などない！　儂の死に場所はここなんじゃ！　やっと見つけたんじゃ——やっと死ねるんじゃ！　儂は——従僕のために死ぬ！　こやつのために死なせてくれ！殺せ、殺せ——さっさと殺せ！　儂は生きたいとは思っていない！」

「だから不幸になってもらうんだって。きみの望みは叶わない。もっとも、決めるのは阿良々木くんだけど。うん、委員長ちゃんの言う通りだね」

「従僕！」

忍野では話にならないと思ったのか、キスショットは僕に視線を向けた。

「今言った通りじゃ——あんな小僧の口車に乗せられるな。儂は生きたいと思っておらん」

「……それでも僕は」

迷うまでもなく、決意して。

はっきりと自分の責任で。

後先しっかり考えて――僕は言った。

「僕は、お前に生きて欲しいと思うんだ」

「…………っ」

僕は――

そっと、彼女の髪を撫でた。

金色の髪を。

柔らかでなだらかな、彼女の髪を。

それは――そう。

確かな、服従の証だった。

「一度とは言わない――従僕らしく、何度でも頭を下げよう。だから格好良く死のうとなんてせず――無様に生きてくれ。死に場所じゃなくて、生きる場所を探してくれ」

キスショットは――絶望的な表情をした。

しかし彼女は動けない。

足掻くことさえできない。

涙を浮かべて――

血のような涙を浮かべて、懇願するだけだった。

「た、頼む……お願いじゃ、従僕。どうか……どうか儂を殺してくれ。儂を殺して、どうか人間に戻ってくれ。助けると思って――」

「ごめんな、キスショット」

僕は彼女の真名を呼んだ。

多分、もう二度と呼ぶことのないその名前を。


「僕はお前を、助けない」


こうして——僕の春休みは終わった。

まるで地獄のような春休み。

そして高校生活最後の春休みは——誰も幸せにならない、何の救いもない、見るも無残なバッドエンドで、幕を引いたのだった。

018

後日談。

と言うよりは、これからの話。

翌日、久し振りに二人の妹、火憐《かれん》と月火《つきひ》に叩き起こされ、僕は学校へと向かうこととなった。二週間にわたる自分探しの旅から帰ってきたという設定の長兄に対し、両親は特に何も言わなかったし、妹達は大爆笑しただけだった。実際、言葉もないようなことをしていたと思うし、笑われるだけのことをしていたと思うので、それはそれとして受け入れるしかなかったと思う。

とにかく、今日から新学期。

僕は自転車に乗って学校へと向かった。自転車に乗るのも、また二週間振りだった。自転車の乗り方というのは、ちょっと地獄を経験したくらいのことでは忘れないものだと思った。

到着。

体育館でクラス分けが掲示されていた。

「おお」

奇跡が起きていた。僕の名前と羽川の名前が、同じ枠の中にあったのだ。いやまあ奇跡というほどのことではないのかもしれないけれど、軽く胸が躍った。二年生になるときのクラス替えでは、まるで経験しなかった気持ちだった。その気持ちの正体をどう形容したものなのかはわからなかったが、ともかく、僕は羽川と、見事同じクラスになれたのだった。

我先《われさき》に自分のクラスを確認しようという生徒で込み合う中から、僕は羽川の姿を探し出して声をかけた——彼女のごとき絵に描いたような優等生姿は直江津高校においても珍しいので、すぐに見つかった。

彼女は髪型を変えていた。

とは言え、ひとつに結っていた三つ編みを左右へふたつに振り分けただけなのだが、それだけでも随分印象が変わるものだった。

「なあんだ、阿良々木くんじゃない……やっほー」

羽川は疲れた表情だった。

肩を落として、心なし、前かがみになっていた。

新学期から景気の悪いことこの上ない。

「ど、どうかしましたか、羽川さん」

なんだろう。

僕と同じクラスになったことが嫌なのだろうか。

そんな被害妄想が僕を襲ったが、しかし、どうやらそうではないようだった。

「あー」

羽川は僕の学生服の袖を引き、体育館の外へと連れ出した。そしてふたりで話せるところにまで来たかと思うと、

「体育倉庫にブラを忘れました！」

と、唸るように言った。

「ああ」

「今頃、きっと発見されてます……」

グラウンドに関してはできる限り、可能な限りの後処理を済ませたつもりだったが、しかし吸血鬼の眼力によってアルミホイルのようにくしゃくしゃに丸められた体育倉庫の鉄扉だけはもうどうしようもなかったので、そのままにして帰ったのだった。まだグラウンドのほうへは行っていないけれど、扉がまるごとなくなっているのである、まあどう考えても騒ぎにはなっているだろう。当然、体育倉庫周辺は綿密《めんみつ》に調査されるはずだ。

羽川はそれを憂《うれ》えているらしい。

「とてもそんなことに気が回る状況ではなかったとは言え、しかしこの羽川翼、一生の不覚……そして一生の恥です」

「安心しろ、羽川」

「？　どうして」

「ちゃんと僕が回収しておいた」

「なんですと!?」

「お前に恥ずかしい思いをさせる僕ではない」

「あの状況のどこにそんな余裕があったの!?」

「おいおい、あんまり悲しいこと言うなよ。僕は春休みの間中、お前の下着よりも他の何かを優先させて考えたことなんて一度もないさ」

「そんな悲しい話を聞かせないで！」

「というわけで僕の部屋には今、上下がセットで揃っているのだった」

「返してよ！」

とか言って。

予鈴《よれい》が鳴るまでまだ時間があるようだったので、僕と羽川は、その場で少し話すことになった。勿論テーマは、吸血鬼についてである。羽川は吸血鬼に関する蘊蓄《うんちく》をひとつ、披露してくれた。

「まあ、一説なんだけれど」

と、前置きをしてから。

「吸血鬼は人の血を吸う――けれど、食事として血を吸うときと、眷属を造るために吸うときとでは意味合いが全然変わってくるって」

「ああ、本人からだったか忍野からだったか、聞いたような気もするな」

「食事は、まあ食事なんだけれど、眷属を造るっていうのは、どうも性行為に近いものみたいなんだよね」

「せ、性行為？」

「真面目な話」

と、羽川。

「食欲と性欲って、似たようなものだって言うし。それに、そう考えれば、吸血鬼があまり眷属を造りたがらない理由もわかろうってものじゃない？　彼女にいたっては――五百年で二人。吸血鬼の貞操観念はちょっとわからないけれど、身持ちの堅いことだよね」

「身持ち?」

「一人目の眷属って、彼女の恋人だったんじゃないのかなあって思うのよ」

眷属を造らない主義――

そんな風に、言われていた。

身持ちの堅い――吸血鬼。

自分が死にそうなときでさえ、眷属を造ってまで助かろうとはしない――のだったか。

ならば。

どんなときに、眷属を造るのか?

そういう話。

「……だけど、人間と吸血鬼だぜ?」

「だから眷属にしたんじゃない? ヴァンパイア・ハーフの存在が、そういうカップリングを肯定しているとも言えるけど……でもまあ、それは少し場合が違うか。いずれにしても、ただの推測だよ。だけど、だからこそ、そのときのことを、阿良々木くんでやり直そうとしたんじゃないのかな――償いっていうのかな」

「償い――」

一人目を人間には戻せなかった。

だから二人目の僕を――一人目に重ねた。

そうなのかもしれない。

「吸血鬼退治の三人には、殺されたくなかったんだろうけれど――本当の意味で彼女が死に場所を見つけたのって、阿良々木くんに会ったときじゃなかったのかな。二人目の眷属に――出会ったとき」

「死に場所――か」

「考えてみれば、阿良々木くんを眷属にしたことで、吸血鬼としてのスキルをあらかた失った時点で――吸血能力を失った時点で、彼女はもう、餓死する覚悟を決めてたってことになるのかもね。吸血鬼は、血を吸えなかったら死んじゃうんだから」

「そう……、だよな」

「でもまあ、阿良々木くんを人間に戻すためには、餓死するわけにはいかなかったんだろうけれど」

「……あいつさ。ゆうべ、まず最初に、一緒に永劫の時を生きようとか、そんな風に誘ってきたけど……あの誘いに僕が乗ってたら、どうするつもりだったのかなって思うんだ」

「そりゃ、その通りになってたんじゃない？」

「一人じゃ生きられなくとも、二人なら生きられるでしょ」

「その通りに」

「…………」

「一人より二人、三人より二人きり――って言うらしいよ。そういうの」

なんだかな、と羽川は言う。

なんだろうな、と僕も応えた。

「傷」

「ん？」

「傷、残ったんだね」

羽川は僕の首元を見て——そう言った。

首筋に残る、二本の牙のあと。

「あれ？　カラーでうまく隠れてないか？」

「んー。知ってるとわかっちゃうかも」

腕を束《つか》ね、色んな角度から確認する羽川。

「それに、体育の時間とかあるし……阿良々木くん、髪の毛をもう少し伸ばしたほうがいいかもね」

「そっか……手入れとか面倒だな」

「結局、阿良々木くんの身体にはどれくらいの吸血鬼性が残ったの？」

「これから試していくしかないけれど……、まあ、治癒力がそれなりに上がってはいるようだな。歯を磨いても歯茎《はぐき》から血が出にくくなった気がする」

「地味な……」

「そんなとこだ。ポジティヴな見方をするなら、一応は人間に戻れはしたが、それなりに後遺症が残った——ってところだな」

「ふうん……後遺症、ね」

「まあ、今の僕が人間だとしてもそうじゃないにしても——こうして太陽の下に出られるってだけで、随分と世界が変わった気がするよ」

「前向きだね」

羽川ははにかむ。

そういう羽川の笑顔も——やっぱり、太陽の下で見たほうが、ずっと眩しいように思われた。

「まあ、困ったことがあったらいつでも言って。肩なら、いくらでも揉ませてあげるから」

「そうだな。揉みたくなったらいつでも言うよ。色々と事前に下調べをして、心の準備もしっかりとして、羽川が気持ちよくなれるよう、次からはちゃんと揉めるようになっておく」

「……か、肩をだよね？」

「ん？　え、あ、うんまあ」

「曖昧な返事だ……」

苦笑いの羽川。

しかし、ともあれ、と。

羽川は右手を僕に差し出して言った。

「折角阿良々木くんと同じクラスになれたんだから——これを機会に、阿良々木くんにはきちんと更生してもらわないとね」

「更生って……何それ」

「更生って、甦《よみがえ》るって書くんだよね」

不死身の阿良々木くんには相応しいでしょう？

そんなことを言う羽川だった。

「一年間よろしく、阿良々木くん」

「ああ。一年と言わず、末永くよろしく」

きっと、永劫よりは短いだろうけれど。

それでも末永くよろしく。

僕は羽川の右手を握ったのだった。

それは確かな、友情の握手だった。

そして僕達は教室に行き、新学年、新学期の講習を担任教師から受ける——まあその辺りは例年通りだ。明日学級委員を決めるから誰がいいか考えておくように言われた。勿論僕は羽川に投票するだろう——男子のほうは、まあ誰でもいいや。

そして放課後。

僕は単身、学習塾跡へと向かった。

羽川にその旨を告げてから、出発した。彼女と一緒に行くことも考えたけれど、しかしこればっかりは僕の責任であり、また僕の責任でしかなかった。

自転車で二十分ほど——その場所に辿りついた。

既に勝手知ったる他人の家どころか、勝手知ったる自分の家みたいなものだった、フェンスの穴をくぐって、敷地内へと這入る。とは言え、考えてみれば、昼間に外からこの建物をじっくりと見るのは、初めてと言えば初めてのことだった。

日の光の下で見ると——予想以上にぼろぼろだった。

朽《く》ちて、果てて。

死んでいるかのような建物だった。

人の眼で見れば、こう見えるのか。

僕は眼を伏せて、その廃墟の中に這入る——そして階段を昇る。

二階——を、通り過ぎる。

四階を目指す。

既に『彼女』にとって、日光は弱点ではない。

もう『彼女』は、吸血鬼ではないのだから。

天井に穴が開いたあの教室をチェックしたが、そこには誰もいなかった。その隣の違う教室のドアを開けると——そのドアもそのドアで、やや不具合があるようだったが——忍野はそこにいた。

「やあ。遅かったね阿良々木くん——待ちかねたよ」

と。

忍野は気楽な調子で僕を迎えた。

相変わらずのアロハ服である。

机で作った簡易ベッドの上で寝転んでいて、どう見ても僕を待っていたとは思えないけれど、まあそんなところをいちいち突っ込んでも仕方ないだろう。

「はっはー。学生服が似合うね、阿良々木くん。見違えたよ」

「そりゃ、こう見えても学生なもんでね」

「ああ、そうだっけ。うっかり忘れていた。そうそう、阿良々木くんは学園異能バトルの主人公だったね」

「それはもう、本当にあったのかどうかもわからない、遠い過去の話だよ」

どの道、僕は、主人公なんて柄じゃない。

敵役すら、化物役すら、似合わない。

今となっては、ただの高校生である。

こう見えても——見ての通りの、学生だ。

少しだけ、人間離れしているけれど。

「そうかい。委員長ちゃんは一緒じゃないのかな？」

「ああ、僕ひとりだ。一緒のほうがよかったのか？」

「いや、この場合はどっちでもいいんだけどね」

けどね、と忍野は続けた。

「老婆心《ろうばしん》ながら言わせてもらえれば、委員長ちゃんについては精々気をつけておくことだよ、阿良々木くん——きみは彼女から目を離すべきじゃない。あの子は少し——危う過ぎる。今回は誰もが……きみも僕も含めて、全員が彼女に振り回された形だ。そんな彼女がことの中心になった場合、一体何が起こるのか、正直、さすがの僕にも予想はつかない」

「ああ……言われなくともそのつもりだよ」

僕は答えた。

「友達だからな」

「あっそ。まあ、仕事のアフターケアってわけじゃないけど、阿良々木くんの今後のことも気になるし、僕もしばらくはこの廃墟にいさせてもらうつもりだからさ——色々探したけれど、やっぱりこの学習塾跡が一番過ごしやすそうだしね。何かあったら相談してよ」

「お前に相談すると高くつくからな」

「高くはないよ。正当な対価だ」

言って。
忍野は、教室の隅を、火のついていない煙草で示した。
「じゃあ、早速一回目——行ってみようか」
教室の隅。
そこにいたのは金髪の少女だった。
膝を抱えるようにして座っている。
八歳くらいに見える——小柄な女の子。
二十七歳でも。
十七歳でも十二歳でも十歳でもない——
八歳の金髪少女。
彼女は。
剣呑《けんのん》な目つきで——僕を睨んでいた。
「……本当」
彼女のことを一体何と呼ぶべきなのだろう。
影も形も元も子もない、名前すらない少女。
吸血鬼の成れの果て。
美しき鬼の搾りかす。
そして——
僕にとっては、忘れることのできない存在。

「本当に……ごめんな」

僕は少女に近付いていって。

そして座っている彼女に合わせて腰を下ろして、そのまま彼女を抱きしめるようにする。

「殺したくなったら、いつでも殺していいから」

少女は何も言わない。

もう僕に何も言ってくれない。

更にむずかるように、若干の抵抗を示したが——すぐに大人しくなって、そして、無言のままで、僕の首元へと、かぶりついた。

軽い痛みと。

そして陶酔感《とうすいかん》が全身に伝わる。

「それもまた、正しいことだとは思わないけどね」

後ろから、忍野が飄々とした口調で言う。

「人間の身勝手とでも言うのかな。きみが吸血鬼の人喰いに嫌悪《けんお》を憶えたのは、言ってみれば可愛らしい猫ちゃんが鼠を食べているシーンを見て幻滅するのと同じだよ。そしてきみは、言わばペットとして吸血鬼を飼うことを選んだんだ。牙を削って爪を抜いて喉を潰して去勢して——ね。ペット扱いされたきみが、主人をペット扱いし返した。今回の話はね、それだけのことなんだ。そう考えると——さして美談でもないな」

「…………」

「吸血鬼のために命を投げ出そうとした人間と、人間のために命を投げ出そうとした吸血鬼か。血で血を洗う関係のようでありながら——しかし、血は争えないものだね。仕事だから、口を挟む気はないけれど——でもまあ、そのときは僕が何とかしてあげるから、そんな自分に嫌気がさしたらいつでも言ってくれよ、阿良々木くん」

「嫌になることなんてないよ」

少女に血を吸われながら、僕は答える。

「好きでやってることなんだから」

「じゃあ、好きにしたら?」

忍野からの突き放すような物言い。

それを背中に受けながら、僕は少女の、小さくて頼りない、このまま力を込めれば人間の腕力でも潰れてしまいそうな身体を——軽く、抱きしめる。

互いに傷つけ合った僕達は、その傷を舐《な》め合う。

傷物になった僕達は、互いに互いを求め合う。

「お前が明日死ぬのなら僕の命は明日までていい——お前が今日を生きてくれるなら、僕もまた今日を生きていこう」

僕は声に出して、そう誓った。

そして傷物達の物語が始まる。

赤く濡れて黒く乾いた、血の物語。

決して癒えない——僕達の、大事な傷の物語。

僕はそれを、誰にも語ることはない。

本書は、２００８年に講談社ＢＯＸより刊行された『傷物語』を特装版化したものです。

西尾維新

1981年生まれ。第23回メフィスト賞受賞作『クビキリサイクル』（講談社ノベルス）で2002年デビュー。同作に始まる「戯言シリーズ」、初のアニメ化作品となった『化物語』（講談社BOX）に始まる〈物語〉シリーズなど、著作多数。

傷物語《キズモノガタリ》

瀆《トク》葬《ソウ》版《バン》

2015年12月22日　第1刷発行
2016年5月18日　第4刷発行

著　者——西《にし》尾《お》維《い》新《しん》

発行者——鈴木　哲
発行所——株式会社講談社
東京都文京区音羽2-12-21　郵便番号112-8001
編集03-5395-4114　販売03-5395-5817
業務03-5395-3615
印刷所——凸版印刷株式会社
製本所——黒柳製本株式会社
定価はカバーに表示してあります。

ISBN978-4-06-219948-3　N.D.C.913 510p 18cm